# O véu da Meia-Noite

LARA
ADRIAN



São Paulo
2013

UNIVERSO DOS LIVROS

*Veil of Midnight*

Esta tradução foi publicada em acordo com a Dell Books, uma editora do grupo Random House Publishing, uma divisão de Random House, Inc.



1ª edição - 2013

Diretor editorial
**Luis Matos**

Assistentes editoriais
**Bóris Fatigati**
**Raíça Augusto**
**Raquel Nakasone**

Tradução
**Luís Protásio**

Preparação
**Júlio Domingas**

Revisão
**Marina Constantino**

Arte
**Francine C. Silva**
**Karine Barbosa**

Capa
**Zuleika Iamashita**

Dados Internacionais de Catalogação na Publicação (CIP)
Angélica Ilacqua CRB-8/7057

A186v Adrian, Lara.

Véu da meia-noite / Lara Adrian ; tradução de [Luis Protásio]. – São Paulo : Universo dos Livros, 2013.
336 p. – (Midnight Breed)

ISBN 978-85-7930-354-8

Título original: Veil of Midnight

1. Vampiros 2. Ficção 3. Romance

I. Título II. Protássio, Luis III. Série

13-0085 CDD 813.6

**Universo dos Livros Editora Ltda.**
Rua do Bosque, 1589 - Bloco 2 - Conj. 603/606
Barra Funda - São Paulo/SP - CEP 01136-001
Telefone/Fax: (11) 3392-3336
www.universodoslivros.com.br
e-mail: editor@universodoslivros.com.br
Siga-nos no Twitter: @univdoslivros

Para Lindsey, magnólia de aço com um coração de ouro maciço. Este é para você, na esperança de dias melhores e mais brilhantes.

# Agradecimentos

Vale a pena repetir (de novo e de novo) que sou muito grata a diversas pessoas pelo privilégio de poder acordar a cada dia e fazer algo que realmente amo. Uma dívida de gratidão para minha fabulosa agente, Karen Solem, e minha maravilhosa editora, Shauna Summers, por me publicar, aos meus leitores incríveis por me manterem onde estou, aos livreiros, bibliotecários e blogueiros que tão generosamente espalham as notícias sobre os meus livros, aos meus amigos e familiares por todo o amor.

E ao meu marido, amigo querido, parceiro amado, guardião do meu coração. Obrigada por cada momento dessa vida juntos.

# Capítulo 1

No cenário de um cavernoso e subterrâneo clube de jazz em Montreal, uma cantora com lábios vermelhos arrastava ao microfone palavras sobre a crueldade do amor. Embora a sedutora voz fosse muito encantadora e a letra falasse com clara sinceridade sobre sangue, dor e prazer, Nikolai não estava ouvindo. Ele se perguntava se a mulher sabia – se algum daqueles poucos humanos ali ao menos imaginava – que havia vampiros naquele espaço.

As duas jovens que tomavam Martíni Rosé no canto escuro do bar certamente não sabiam.

Estavam cercadas por quatro indivíduos, um grupo de homens alcoolizados vestidos de motoqueiros que conversavam e tentavam disfarçar, sem muito êxito, os olhos sedentos de sangue, permanentemente fixos na jugular das mulheres durante os últimos quinze minutos. Embora fosse claro que os vampiros estavam negociando insistentemente para que as humanas saíssem do clube com eles, não estavam obtendo muito progresso com suas respectivas Anfitriãs de Sangue em potencial.

Nikolai riu baixo.

*Amadores.*

Pagou pela cerveja que tinha deixado intacta e dirigiu-se para uma mesa no canto do bar. Enquanto se aproximava, olhou para as duas humanas, que saíam cambaleando do balcão. Foram rindo juntas para o banheiro, desaparecendo por um estreito corredor abarrotado de gente.

Nikolai sentou-se à mesa de forma descontraída.

– Boa noite, senhoritas.

Os quatro vampiros olharam-no fixamente em silêncio, instantaneamente reconhecendo-o como um de sua espécie. Niko elevou até o nariz uma das taças de martíni, manchada de batom, e farejou os sedimentos com aroma de fruta. Estremeceu, empurrando a asquerosa bebida de lado.

– Humanos – disse em voz baixa. – Como podem beber essa porcaria?

Um circunspecto silêncio caiu sobre a mesa enquanto o olhar de Nikolai viajava entre os obviamente jovens – e civis – da Raça. O maior dos quatro limpou a garganta enquanto olhava Niko; seus instintos não tiveram dúvida alguma de que ele não era dali. Tampouco havia dúvida de que não era um civil.

O jovem fez uma expressão que provavelmente pensou ser um olhar duro e moveu o queixo para o corredor onde ficavam os banheiros.

– Nós as vimos primeiro – murmurou ele. – As mulheres. Nós as vimos primeiro.

Ele limpou novamente a garganta enquanto esperava que seus amigos lhe dessem apoio. Entretanto, nenhum o fez.

– Nós chegamos aqui primeiro. Quando as mulheres voltarem para a mesa, elas irão embora conosco.

Nikolai riu diante da tentativa do jovem em reclamar seu território.

– Você acha mesmo que haveria alguma disputa se eu estivesse aqui para caçar? Relaxe, cara. Não estou interessado nisso. Estou procurando uma informação.

Ele já havia passado por uma situação similar duas vezes naquela noite em outros clubes, procurando os lugares onde os membros da

Raça costumavam se reunir e caçar sangue – procurando por alguém que pudesse levá-lo a um vampiro mais velho chamado Sergei Yakut.

Não era fácil achar alguém que não queria ser encontrado, especialmente um homem reservado e peregrino como Yakut. Ele estava em Montreal, disso Nikolai tinha certeza. O guerreiro tinha falado por telefone com o vampiro recluso algumas semanas antes, quando o rastreara para informar-lhe a respeito de uma ameaça que parecia dirigida aos membros mais raros e mais poderosos da Raça – os vinte e poucos indivíduos ainda vivos que tinham nascido da Primeira Geração.

Alguém se concentrava na extinção dos integrantes da Primeira Geração. Vários haviam sido dados como mortos no mês anterior e, para Niko e seus irmãos da Raça em Boston – um pequeno grupo de guerreiros altamente preparados e altamente letais conhecidos como a Ordem –, a erradicação e a prisão dos assassinos dos Primeira Geração era uma missão crítica. Por isso, a Ordem decidira entrar em contato com todos os Primeira Geração conhecidos e conseguir sua cooperação.

Sergei Yakut fora o menos disposto a se comprometer. Ele não temia ninguém e tinha seu próprio clã para protegê-lo. Recusara o convite da Ordem para ir a Boston conversar, fazendo com que Nikolai fosse enviado a Montreal para *persuadi-lo*. Quando Yakut ficasse consciente do alcance da atual ameaça – a crua verdade contra a qual a Ordem e toda a Raça estavam lutando –, Nikolai estava seguro de que o Primeira Geração estaria disposto a ajudá-los.

Contudo, antes era preciso encontrar o ardiloso filho da puta.

Até aquele momento, as investigações na cidade não tinham dado em nada. Paciência não era exatamente o forte de Niko, mas ele tinha toda a noite, e continuaria procurando. Mais cedo ou mais tarde, alguém poderia lhe dar a resposta que buscava. E se seguisse atuando de forma dura, talvez perguntando bastante, Sergei Yakut viria procurá-lo.

– Preciso encontrar uma pessoa – disse Nikolai aos quatro jovens da Raça. – Um vampiro estrangeiro, da Rússia. Da Sibéria, para ser mais exato.

– Você também é de lá? – perguntou o líder do grupo. Ele havia evidentemente captado o ligeiro sotaque que Nikolai não tinha perdido durante os longos anos em que viveu nos Estados Unidos com a Ordem.

Niko deixou que seus olhos azuis glaciais falassem de suas próprias origens.

– Conhece esse homem?

– Não. Não o conheço.

Outras duas cabeças agitaram-se em imediata negativa, mas o último dos quatro, o antissocial que estava com os braços apoiados sobre o balcão, lançou um olhar ansioso para Nikolai do outro lado da mesa.

Niko captou aquele olhar e concentrou-se nele.

– E você? Alguma ideia do que estou falando?

A princípio, não achava que o vampiro fosse responder. Os olhos encobertos encararam os seus em silêncio até que o jovem finalmente se moveu e exalou uma maldição.

– Sergei Yakut – murmurou.

O nome foi quase inaudível, mas Nikolai o ouviu. E com o canto dos olhos, percebeu que uma mulher de cabelos cor de ébano sentada no bar perto deles também ouvira. O guerreiro podia perceber tudo sobre ela, desde a súbita rigidez descendo pela espinha, por baixo de sua blusa preta de mangas longas, até a maneira como sua cabeça inclinava-se levemente para o lado, graças ao poder daquele simples nome.

– Você o conhece? – perguntou Nikolai ao jovem da Raça, sem desviar os olhos um segundo sequer daquela morena no bar.

– Ouvi falar dele, isso é tudo. Ele não vive nos Refúgios – disse o jovem, referindo-se às comunidades seguras que recebiam a maioria das populações civilizadas da Raça por toda a América do Norte e Europa. – O cara é bem desagradável, pelo que ouvi.

*E ele realmente era*, Nikolai admitiu para si.

– Alguma ideia de onde eu poderia encontrá-lo?

– Não.

– Tem certeza? – perguntou Niko, observando a mulher no bar deslizar de sua banqueta, preparando-se para partir. Sua taça mal passara da metade, mas com a menção do nome de Yakut, ela, subitamente, pareceu ter pressa em sair daquele lugar.

O jovem da Raça agitou a cabeça.

– Não sei onde você pode encontrar esse cara. Não sei por que alguém estaria disposto a procurá-lo, a menos que queira morrer.

Nikolai olhou por cima de seu ombro; a mulher alta e morena começava a andar no meio da pequena multidão reunida perto do balcão. Por impulso, ela voltou-se para olhá-lo; então, os olhos verdes como jade apareceram por entre a franja do cabelo negro e o brilho de seu queixo magro e agitado. Havia uma nota de medo em seus olhos enquanto ela devolvia fixamente o olhar, um medo nu que ela sequer tentava ocultar.

– Estarei condenado – murmurou Niko.

Ela sabia algo sobre Sergei Yakut.

Algo além de um simples conhecimento passageiro, Niko supôs. Aquele olhar assustado e cheio de pânico, enquanto ela se virava e procurava uma saída, dizia tudo.

Nikolai foi atrás dela. Abriu caminho pela confusão de humanos que enchiam o clube, seus olhos seguiam o sedoso e negro cabelo de sua presa. A mulher era rápida e ágil como uma gazela, suas roupas e cabelos escuros permitiam-lhe praticamente desaparecer pelos arredores.

Mas Niko pertencia à Raça, e não existia humano que pudesse deixar para trás um de sua espécie. Ela evitou a porta do clube e fez um giro rápido para a rua. Nikolai a seguiu. Ela deve ter sentido a presença dele logo atrás, pois olhou ao redor para avaliar sua perseguição, os pálidos olhos verdes fechando-se sobre o seu perseguidor como lasers.

Ela corria mais rápido agora, dobrando a esquina no final da rua. Dois segundos mais tarde, Niko também estava ali. Sorriu enquanto avistava a moça apenas alguns metros à sua frente. O beco em que ela entrou, entre dois edifícios altos, era estreito e escuro, e a saída estava fechada por um contêiner de metal pontudo e uma cerca de uns três metros de altura.

A mulher girou o corpo sobre os saltos de suas botas pretas, ofegando forte, seus olhos sobre Niko, observando cada um de seus movimentos.

Nikolai deu poucos passos para o mal iluminado beco, depois parou; suas mãos sustentavam-se benevolamente pelas laterais do corpo.

– Está tudo bem – ele disse. – Não precisa correr. Só quero conversar.

Ela olhou-o em silêncio.

– Quero perguntar sobre Sergei Yakut.

A mulher visivelmente engoliu em seco; seu doce estômago se contorcia.

– Você o conhece, não é mesmo?

O canto da boca da mulher arqueou-se levemente, mas o suficiente para dizer ao guerreiro da Raça que ele tinha razão – ela conhecia o Primeira Geração. Se poderia levá-lo até ele já era outro assunto. Mas, agora, aquela mulher era sua melhor – possivelmente única – esperança.

– Conte-me onde ele está. Preciso encontrá-lo.

Ela estava com as mãos apoiadas nos quadris, de punhos fechados. Os pés estavam ligeiramente separados, como se estivesse preparada para sair correndo. Niko viu a mulher sutilmente lançar o olhar para uma maltratada porta à esquerda.

Ela avançou rumo à porta.

Niko soltou uma maldição e voou atrás dela com toda a velocidade que tinha. No momento em que ela abriu a porta, sob os rangidos das dobradiças, ele já estava em sua frente, na soleira, bloqueando a passagem para a escuridão do outro lado. Ele riu com a facilidade do ato.

– Eu disse que não precisa correr – disse, dando de ombros ligeiramente enquanto ela retrocedia um passo, afastando-se. Ele deixou que a porta se fechasse enquanto seguia o lento retrocesso da mulher para o beco.

Jesus, ela era estonteante! Ele só tinha conseguido vislumbrá-la no clube, mas, agora, a poucos metros de distância, Niko se dava conta de que ela era absolutamente sensacional. Alta e magra, esbelta sob sua roupa negra, com uma irrepreensível pele branca como o leite e luminosos olhos de amêndoas selvagens. Seu rosto tinha a forma de um coração e era uma combinação cativante de fortaleza e suavidade, sua beleza igualava partes claras e obscuras. Nikolai sabia que estava ofegando. *Que inferno!* Não podia evitar.

–Diga-me... – disse ele. – Diga-me seu nome.

Ele estendeu o braço para a mulher, fazendo um movimento simples e nada ameaçador com a mão. Sentiu uma onda de adrenalina disparando em sua corrente sanguínea – na verdade, pôde perceber o penetrante aroma cítrico no ar – mas não viu o golpe chegando até que o afiado salto da bota o atingisse em cheio no peito.

*Maldita!*

Ele caiu para trás, mais surpreso que desacordado.

Era o tempo de que ela precisava. A mulher saltou pela porta de novo, desta vez conseguindo desaparecer no escuro edifício antes que Niko pudesse dar a volta e impedi-la. Ele a perseguiu, amaldiçoando-a.

O lugar estava vazio, muito cimento cru sob seus pés, tijolos à vista e vigas expostas ao redor. Um sentido fugaz de premonição ardeu-lhe pela nuca enquanto corria entrando mais na escuridão, mas toda sua atenção estava centrada na mulher que permanecia no centro do espaço vazio. Ela olhou-o com expectativa conforme ele se aproximava, cada músculo de seu magro corpo parecia tenso, preparado para atacar.

Nikolai sustentava um afiado olhar enquanto se colocava na frente dela.

– Não vou te fazer mal.

– Eu sei – ela sorriu, marcando uma ligeira curva em seus lábios. – Você não terá essa oportunidade.

Sua voz era brandamente aveludada, mas o brilho de seus olhos era de um matiz frio.

Inesperadamente, Niko sentiu uma súbita tensão que deixou sua cabeça em pedacinhos. Um som de alta frequência explodiu em suas orelhas, mais alto do que podia suportar. E, depois, ainda mais alto. Ele sentiu as pernas cederem. Caiu de joelhos, sua visão estava à deriva, enquanto a cabeça estava a ponto de explodir.

Registrou o som de botas a distância – vários pares, pertencentes a homens, todos vampiros. Vozes apagadas zumbiam sobre ele enquanto sofria um repentino e extenuante ataque.

Era uma armadilha.

A vadia o havia guiado até ali deliberadamente. Ela sabia que ele a seguiria.

– Bom trabalho, Renata – disse um dos membros da Raça que tinha entrado no local. – Pode soltá-lo agora.

A dor de cabeça de Nikolai diminuiu ao ouvir aquela ordem. Elevou os olhos a tempo de ver o belo rosto de sua atacante olhando para ele, próximo aos seus pés.

– Tirem-lhe as armas – disse ela aos companheiros. – Precisamos removê-lo daqui antes que recupere as forças.

Nikolai cuspiu várias outras maldições para a mulher, mas sua voz se afogou na garganta: ela já estava longe, as pontas magras de seus saltos ressoando pelo chão de concreto frio em que ele estava deitado.

# Capítulo 2

Renata não pôde sair do armazém rápido o suficiente. Seu estômago se revolveu. Um suor frio escorria, umedecendo-lhe a testa e a parte de trás do pescoço. Ela ansiava pelo ar fresco da noite como seu último fôlego, mas manteve os passos constantes e intensos. Os punhos apertados sustentados rigidamente ao lado do corpo eram os únicos indícios de que ela não estava nada tranquila.

Para ela, sempre era assim – aquela era consequência de usar o poder paralisante de sua mente.

Agora, do lado de fora, sozinha no beco, rapidamente inspirou bastante ar. A pureza do oxigênio refrescou-lhe a garganta ardente, mas isso era tudo o que ela podia fazer para não ceder ao aumento da dor que lhe percorria o corpo todo como um rio de lava.

– Maldição! – murmurou no vazio do escuro, oscilando ligeiramente o corpo sobre os saltos. Inspirando profundamente algumas vezes mais, cravou os olhos na calçada escura sob seus pés e concentrou-se apenas em manter-se de pé.

Atrás dela, ouviu som de passos rápidos e pesados já fora do armazém. Virou a cabeça bruscamente, forçando um olhar de tranquilidade sobre a tensão ardente de seu rosto.

– Tomem cuidado com ele – disse ela, olhando para o grande vulto do homem que ela acabara de deixar inconsciente e que era transportado como um simples brinquedo pelos quatro guardas que trabalhavam com ela. – Onde estão as armas dele?

– Seguras.

Alexei, o líder designado para aquela noite, levou até ela uma mala de couro preta e a mulher não deixou de notar o sorriso satisfeito no rosto magro do homem quando ele atirou-lhe contra o peito o objeto repleto de metal. O impacto foi similar ao de milhares de pregos batendo em sua pele sensível, mas ela agarrou a bolsa e a pendurou no ombro sem um grunhido sequer.

Mas Lex sabia. Ele sabia de sua debilidade. Sabia e nunca a deixava esquecer.

Diferentemente dela, Alexei e seus companheiros eram vampiros da Raça, todos eles, assim como aquele que havia capturado. Renata não tinha nenhuma dúvida a esse respeito. Suspeitara disso quando o vira no clube, uma suspeita confirmada pelo simples fato de ter conseguido dominá-lo com a mente. Sua capacidade psíquica era formidável, mas não ilimitada: tinha influência sobre os homens da Raça, mas a explosão de alta frequência que conseguia projetar mentalmente em um momento de concentração era inofensiva às mais simples células dos cérebros humanos.

Ela era humana, ainda que tivesse nascido ligeiramente diferente dos *Homo sapiens*. Para Lex e sua espécie, todavia, era conhecida como uma Companheira de Raça, uma entre um diminuto número de mulheres humanas que nasciam com habilidades extrassensoriais únicas e com a ainda mais rara capacidade de se reproduzir com os homens da Raça. Mulheres como Renata ganhavam ainda mais forças com a ingestão de sangue da Raça. Força e longevidade. Uma Companheira de Raça podia viver durante séculos e mais séculos enquanto se alimentasse regularmente das veias de um vampiro.

Até dois anos atrás, Renata não fazia ideia do porquê era diferente de todos os outros que conhecia, ou de onde pertencia. Cruzar o caminho de Sergei Yakut a havia levado rapidamente a esse conhecimento. Ele era a razão de ela, Lex e todos os outros estarem de guarda naquela noite, rondando a cidade e procurando o indivíduo que andava perguntando pelo solitário Yakut nos arredores.

O macho da Raça que Renata encontrara no clube de jazz fora tão descuidado com sua investigação que ela se perguntava se ele não estava tentando provocar Sergei Yakut. Se fosse isso, ou o cara era um idiota ou um suicida - ou uma macabra combinação de ambos. De qualquer forma, ela teria a resposta a essa pergunta muito em breve.

Renata tirou o celular do bolso e ligou rapidamente para o primeiro número armazenado na agenda.

– Sujeito recuperado – anunciou quando a chamada se completou. Depois, forneceu sua localização, desligou e atirou o aparelho longe. Olhou para onde estavam Alexei e os outros guardas com o prisioneiro inconsciente e completou: – O carro está a caminho. Deve estar aqui em aproximadamente dois minutos.

– Soltem este monte de nada – ordenou Lex a seus homens. Eles soltaram o homem da Raça, cujo corpo caiu no asfalto com um ruidoso golpe. Com as mãos nos quadris e os punhos emoldurando de um lado uma pistola embainhada e, do outro, uma adaga enfiada no cinto, Lex olhou para o rosto do vampiro inconsciente a seus pés. Soltou um suspiro grave de desaprovação e, em seguida, cuspiu, errando por pouco a bochecha barbeada do homem no chão. A saliva branca e espumosa aterrissou na calçada com um som molhado, não mais do que a uma polegada de distância da cabeça loira do homem.

Quando Alexei o olhou novamente, havia um brilho duro nos olhos escuros de Lex.

– Talvez devêssemos matá-lo.

Um dos guardas riu entre dentes, mas Renata sabia que Lex não estava brincando.

– Sergei disse para o levarmos.

Alexei zombou.

– E dar aos seus inimigos outra oportunidade para pegar sua cabeça?

– Não sabemos se este homem teve algo a ver com o ataque.

– Podemos ter certeza de que não? – Alexei voltou a olhar fixamente para Renata. – De agora em diante, não confio em ninguém. Pensei que você não gostaria de arriscar a segurança dele tanto quanto eu.

– Eu sigo as ordens – respondeu ela. – Sergei mandou que encontrássemos quem estava na cidade perguntando a respeito dele e o levássemos para interrogá-lo. E é isso que pretendo fazer.

Os olhos de Lex estreitaram-se como lâminas debaixo de suas sobrancelhas castanhas.

– Bem – ele disse, com voz calma. – Você tem razão, Renata. Temos nossas ordens. Vamos levá-lo, como você diz. Mas o que vamos fazer enquanto esperamos pelo carro?

Renata o encarou, perguntando-se onde ele queria chegar agora. Lex andou ao redor do macho da Raça que estava inconsciente e lhe deu um chute com a bota nas costelas desprotegidas. Não houve reação alguma, apenas a dilatação suave do peito do homem conforme ele respirava.

Alexei abriu os lábios em um sorriu sádico, movendo seu queixo para os outros homens.

– Minhas botas estão sujas. Talvez esta bagagem inútil limpe-as enquanto esperamos, que tal?

No calor das gargalhadas de seus companheiros, Lex levantou um dos pés e o deixou voar sobre o rosto inerte do prisioneiro.

– Lex – Renata disse, sabendo que ele não a ouviria se ela tentasse convencê-lo a parar. No entanto, foi nesse preciso momento que ela notou algo estranho no homem loiro caído no chão: sua respiração era estável e pouco profunda, seus membros estavam imóveis, mas seu rosto... ele estava se mantendo demasiado inerte, mesmo se estivesse realmente inconsciente. Mas não estava.

Em uma fração de segundo, Renata se deu conta disso e não restou a menor sombra de dúvida de que aquele homem estava bem acordado e consciente. Bastante consciente de tudo o que estava acontecendo.

*Ah, Cristo!*

Alexei começou a rir enquanto abaixava a perna e começava a passar a sola grossa da bota sobre o rosto do homem loiro.

– Lex, espere! Ele não está...

Nada do que ela dissesse teria mudado a explosão caótica que sucedeu.

Lex ainda estava em movimento quando o homem levantou as mãos e o agarrou pelo tornozelo. Segurou-o com força e atirou-o ao chão. Não passou nem um segundo e o homem já estava de pé, fluido e forte. Renata nunca tinha visto nada parecido antes em nenhum outro guerreiro.

*Santo Deus!* Ele estava com a pistola de Lex.

Renata deixou cair a mala e tentou alcançar sua própria arma, uma 45 mm oculta no coldre em suas costas. Seus dedos estavam ainda endurecidos por causa do esforço mental feito pouco antes, e um dos outros guardas respondeu antes que ela pudesse alcançar a arma. Ele disparou uma rajada precipitada, errando o alvo, que se encontrava a menos de um metro.

E mais rápido do que qualquer um deles pudesse supor, aquele que antes era um prisioneiro devolveu o fogo, enfiando uma bala diretamente no crânio do guarda precipitado; assim, um dos guarda-costas que por mais tempo servira Sergei Yakut caiu sem vida sobre a calçada.

*Ah, Jesus,* pensou Renata com uma preocupação que aumentava conforme ela percebia que a situação rapidamente saía do controle. Será que Alexei tinha razão? Será que aquele macho da Raça era o mesmo assassino que tentara atacá-la pouco antes?

– Quem é o próximo? – perguntou o homem loiro, com um pé plantado na coluna vertebral de Lex enquanto balançava com tranquilidade as pistolas dos outros dois guardas de Renata. – O quê? Não há nenhum interessado agora?

– Matem esse filho da mãe! – rugiu Lex, contorcendo-se como um inseto apanhado sob a sola da bota pesada que o aprisionava e dominava. Com a bochecha esmagada contra o chão e as presas salientes por causa do ódio, Lex lançou um olhar brilhante para Renata e seus homens. – Diabos! Arranquem a cabeça dele!

Antes que a ordem saísse completamente da boca de Alexei, ele foi colocado, à força, de pé. E ele gritou quando seu peso caiu sobre o tornozelo ferido, mas foi a presença repentina da própria pistola acariciando-lhe a parte de trás da orelha que realmente fez seus olhos cor âmbar serem tomados pelo pânico. Seu capturador, pelo contrário, estava tão tranquilo como era de esperar.

*Santa mãe de Deus! Com que demônio eles estavam lidando?*

– Vocês o escutaram – disse o homem loiro. Sua voz era baixa e tranquila, sem pressa, e seu olhar fixo penetrava a escuridão. Ele olhou fixamente Renata. – Venham aqui, se algum de vocês for homem o suficiente. Se vocês não querem ver o cérebro desse cara aqui salpicar toda a parede do prédio, então eu lhes sugiro que soltem suas armas e coloquem-nas no chão calmamente.

Ao seu lado, no beco, Renata registrou os grunhidos baixos e ofegantes dos machos da Raça transformados. Individualmente, nenhum dos vampiros era fisicamente muito mais forte do que ela; como um grupo, poderiam ser mais fortes que o capturador de Lex, embora nenhum deles parecesse disposto a verificar. Uma arma foi colocada com cuidado sobre a calçada, produzindo um suave estalo de metal. Isto deixava, então, apenas um guarda junto de Renata. Um segundo mais tarde, este também entregou sua arma. Ambos os vampiros deram alguns passos lentos, rendendo-se em cauteloso silêncio.

E agora Renata estava sozinha diante daquela ameaça inesperada.

O homem loiro lhe dedicou um meio sorriso, mostrando os dentes e as pontas das presas emergentes. Aquelas largas presas eram prova de que estava furioso, assim como a luz âmbar que começava a preencher-lhe os olhos conforme eles tomavam os traços característicos da Raça. O sorriso do homem se alargou, fazendo aparecer covinhas duplas debaixo das maçãs do rosto.

– Parece que agora é com você e comigo, querida. Não vou pedir outra vez. Coloque sua maldita arma no chão ou acabarei com ele.

Renata rapidamente considerou suas opções – as poucas que tinha naquele momento. Seu corpo ainda seguia tão paralisado quanto um nervo exposto e as respostas de seu esforço mental ainda estavam deixando-a fraca. Ela poderia tentar outro golpe com a mente, mas sabia que estaria atirando no escuro. Mesmo se o golpeasse com toda a força que tinha, não seria capaz de dominá-lo novamente, e uma vez que estivesse esgotada por essa tentativa, não seria de nenhuma utilidade para ninguém.

Sua outra opção representava um risco de igual magnitude. Normalmente, ela era uma águia disparando, com reflexos rápidos e precisos de um franco-atirador, mas não podia contar com nenhuma de suas habilidades quando precisava da maior parte de sua atenção apenas para mover os membros e ordenar que os dedos trabalhassem. Não importava o que ela fizesse, naquele momento as probabilidades de Alexei sair ileso eram escassas. Diabos, as chances de ela ou de alguém mais sair ileso dessa situação pareciam nulas.

Aquele macho da Raça tinha todas as cartas, e o olhar dele enquanto a observava, esperando que ela decidisse seu futuro, parecia dizer que ele estava muito cômodo em sua posição de poder. Ele tinha Renata, Lex e o resto deles exatamente onde queria.

Mas ela estaria condenada se se rendesse sem lutar.

Renata respirou fundo para reunir coragem e, então, puxou a arma e apontou para o peito dele. Seus braços gritaram pelo esforço realizado para fazer esse gesto e manterem-se estáveis, mas ela absorveu a dor, tentando colocá-la de lado. Pelo menos por enquanto.

Ela engatilhou a arma.

– Solte-o. Agora.

O cano da arma dele manteve-se no mesmo lugar, apertado atrás da orelha de Lex.

– Você não acredita de verdade que estamos negociando, não é? Solte sua arma.

Renata tinha um tiro, assim como o homem loiro. E ele ainda tinha a vantagem da velocidade sobre-humana, sendo capaz de se esquivar do disparo de Renata, já que facilmente o veria se aproximar. Havia uma fração de segundo de atraso entre as rodadas do carregador, mesmo no melhor momento. Isso significava uma grande oportunidade para ele abrir fogo, decidindo dar um tiro em Lex antes ou depois de ela atirar. Em outro segundo, todos eles podiam estar comendo bala. Aquele homem era da Raça. Com seu acelerado metabolismo e seu poder de cura, ele tinha uma considerável chance de sobreviver, mesmo sendo atingido pelos disparos, mas e ela? Ela certamente iria morrer.

– Você tem um problema comigo ou é ele quem você realmente quer ver morto esta noite? Talvez você apenas odeie alguém que tenha um pau. É isso?

Embora ele mantivesse seu alvo em foco, o tom era leve, como se estivesse jogando com ela. De forma alguma a estava levando a sério. Seu tom também era arrogante. Ela não lhe respondeu, simplesmente armou a pistola e apoiou ligeiramente o dedo indicador no gatilho.

– Solte-o. Não queremos nenhum problema com você.

– Muito tarde para isso, não acha? Tudo o que você tem agora é um problema.

Renata não se alterou. Ela nem sequer se atreveu a piscar por medo de que aquele homem pudesse tomar aquilo como uma debilidade e decidisse agir.

Lex tremia e o suor corria-lhe pelo rosto másculo.

– Renata – ele disse com voz entrecortada, e se com isso quis dizer para ela se render ou fazer seu melhor movimento, não havia sido claro. – Pelo amor de Deus, Renata... Diabos...

Ela mantinha a mira estável no captor de Alexei, os cotovelos completamente fechados, as mãos agarradas na arma. Uma brisa ligeira de verão começou a soprar e a rajada suave de ar passou por sua pele hipersensível como fragmentos irregulares de cristal. A distância, ela podia escutar a música pop e a explosão de fogos do final do festival que acontecia naquele fim de semana, silenciosas explosões que vibravam como trovões em seus ossos doloridos. O barulho do tráfego e as freadas na rua fora do beco, os motores dos veículos que lançavam uma repugnante mistura de gases dos escapamentos e borracha quente dos pneus.

– Por quanto tempo mais deseja prolongar isso, querida? Porque tenho que dizer: a paciência não é uma de minhas virtudes.

O tom daquele homem era casual, mas a ameaça não podia ter sido mais evidente. Ele engatilhou novamente a pistola, preparando-se para dar à noite seu final sangrento.

– Me dê uma boa razão para que eu não encha o cérebro desse idiota com chumbo.

– Porque ele é meu filho – a voz masculina mais baixa veio de trás do beco. As palavras eram desprovidas de emoção, mas sinistras em sua cadência e sotaque acentuados com a áspera frieza da pátria siberiana de Sergei Yakut.

# Capítulo 3

Nikolai virou a cabeça e olhou Sergei Yakut aproximar-se no beco estreito. O vampiro da Primeira Geração passou diante dos dois ansiosos guarda-costas, e seu olhar direto e fixo moveu-se casualmente de Niko para o macho da Raça ainda sob a mira da arma. Com um assentimento, Niko desarmou a pistola e baixou-a lentamente. Logo que afrouxou o braço, o filho de Yakut lançou uma maldição e afastou-se.

– Bastardo insolente – grunhiu, cheio de cólera, agora que estava a uma distância segura. – Eu disse a Renata que este maldito era uma ameaça, mas ela não me escutou. Deixe-me matá-lo, pai. Deixe-me fazê-lo sentir dor.

Yakut ignorou tanto o pedido quanto a presença do filho e permaneceu em silêncio diante de Nikolai, que apenas esperava.

– Sergei Yakut – disse Niko, girando a pistola desarmada e oferecendo-a com um gesto pacífico. – Que maldita maneira de dar boas-vindas vocês têm aqui. Desculpe-me por ter matado um de seus homens. Ele não me deu escolha.

Yakut meramente grunhiu enquanto pegava a pistola e a estendia ao guarda mais próximo. Vestindo uma camisa de algodão e desgastadas calças de couro, que pareciam couro cru, e com o cabelo castanho claro e a barba selvagem e enorme, Sergei Yakut tinha o aspecto de um ardiloso guerreiro feudal, séculos fora de seu tempo.

Com o rosto sem rugas e o corpo alto e musculoso, o que lhe fazia parecer ter menos de quarenta anos, apenas os espessos dermoglifos de macho da Raça marcando seus braços nus indicavam que ele era um antigo membro da Raça. Como Primeira Geração, podia ter mil anos ou mais.

– Guerreiro – disse Yakut sombriamente, com o olhar forte como dois raios lasers que se fechavam no alvo. – Eu disse para não vir. Você e o resto da Ordem estão perdendo tempo.

Em sua visão periférica, Niko captou a troca de olhares de surpresa entre o filho de Yakut e os outros guardas. A mulher – Renata, chamava-se –, em especial, parecia completamente surpreendida ao ouvir que ele era um guerreiro, um guerreiro da Ordem. Tão rapidamente quanto apareceu em seu olhar, a surpresa desvaneceu-se, sumindo como se ela tivesse varrido toda a emoção de seu rosto. Renata estava placidamente calma agora, enquanto permanecia de pé, poucos metros atrás de Sergei Yakut, e o olhava, com a arma ainda na mão e a postura preparada para qualquer ordem.

– Precisamos de sua ajuda – disse Nikolai a Yakut. – E com base no que está acontecendo perto de nós, em Boston e em todos os lugares em que há população da Raça, você também vai precisar de nossa ajuda. O perigo é muito real. Muito letal. Sua vida está em perigo, inclusive agora.

– O que você sabe sobre isso? – grunhiu o filho de Yakut para Niko. – Por mil demônios! Como você pode saber algo sobre isso? Não dissemos nada a ninguém sobre o ataque da semana passada...

– Alexei – o som de seu nome nos lábios de Yakut, seu pai, sossegou o jovem como se uma mão tivesse abafado sua boca. – Não fale por mim, rapaz. Seja útil – disse, gesticulando para o vampiro que Nikolai tivera de matar. – Leve Urien para o terraço e deixe-o lá para que tome sol. Depois, livre este beco de quaisquer evidências.

Alexei encarou-o durante um segundo, como se a tarefa estivesse abaixo de sua capacidade, mas não teve coragem de dizer isso.

– Já ouviram meu pai – grunhiu aos outros guardas parados de pé ao seu lado. – O que estão esperando? Livrem-se desse monte de lixo.

Quando os guarda-costas começaram a se mover diante da ordem de Alexei, Yakut olhou para a mulher.

– Agora você, Renata. Pode me levar de volta para casa. Terminei aqui.

A mensagem para Niko era clara: ele não era convidado e não era bem-vindo nos domínios de Yakut. E, por enquanto, estava dispensado.

Provavelmente, a coisa mais inteligente a fazer seria entrar em contato com Lucan e com o resto da Ordem dizendo-lhes que havia tentado sua melhor aposta contra Sergei Yakut, mas que tudo tinha sido em vão. Depois, deixar Montreal antes que Yakut decidisse arrancar seus órgãos. O pavio curto daquele Primeira Geração tinha provocado coisas piores a outros – e por pecados menores.

Sim, recolher-se e partir eram, definitivamente, as ações mais sábias naquele momento. Exceto pelo fato de que Nikolai não estava acostumado a ficar sem uma resposta, e a situação que tanto a Ordem quanto a Raça enfrentavam, incluindo os humanos, sem dúvida não terminaria tão cedo. Pelo contrário, ficava mais volátil e mais catastrófica a cada segundo.

E então vinha Alexei com aquela atitude despreocupada a respeito de um ataque recente...

– O que aconteceu aqui semana passada? – perguntou Nikolai, uma vez que estava no beco apenas com Yakut e Renata. Ele sabia a resposta, mas fez a pergunta de qualquer forma. – Alguém tentou assassiná-lo... como avisei que aconteceria, não foi?

Sergei olhou com a sobrancelha franzida e com os ardilosos olhos brilhando para Niko, que sustentou o olhar desafiador para o idiota arrogante que acreditava estar fora do alcance da morte, mesmo que ela tivesse batido na sua porta há poucos dias.

– Houve uma tentativa, sim – os lábios de Yakut curvaram-se em uma ligeira careta, enquanto ele dava de ombros –, mas eu sobrevivi.

Como deveria se supor. Vá para casa, guerreiro. Lute as batalhas da Ordem em Boston. Deixe que eu me ocupo com minhas coisas aqui.

Niko coçou o queixo, olhando para Renata, e a silenciosa ordem a colocou em movimento. Enquanto suas longas pernas a levavam para fora do alcance do que pudesse ser dito no beco, Yakut arrastou as palavras:

– Meus agradecimentos pelo aviso. Se este assassino for suficientemente idiota para atacar de novo, estarei preparado para ele.

– Ele atacará de novo – respondeu Niko, com total certeza. – Isso é pior do que suspeitamos no princípio. Mais dois Primeira Geração foram assassinados desde que nos falamos pela última vez. Isso eleva o número de mortos para cinco. Menos de vinte de sua geração ainda existem. Cinco dos mais antigos e poderosos membros da Raça morreram no intervalo de um mês. Cada um deles aparentemente localizado e eliminado por especialistas. Alguém quer todos vocês mortos, e já tem um plano em andamento para que isso ocorra.

Yakut pareceu considerar as palavras do guerreiro loiro, mas apenas por um momento. Sem outra palavra, virou-se e começou a se afastar.

– Há mais – acrescentou severamente Niko. – Algo que não fui capaz de lhe dizer quando falamos por telefone há algumas semanas. Algo que a Ordem descobriu escondido em uma caverna nas montanhas da República Tcheca.

Enquanto o Antigo vampiro continuava lhe ignorando, Niko soltou uma maldição em voz baixa.

– Achamos uma câmara de hibernação, uma câmara muito antiga. Uma cripta onde um dos mais poderosos de nossa espécie foi guardado em segredo durante séculos. A câmara foi feita para proteger um Antigo.

Finalmente Niko conseguiu sua atenção.

Os passos de Yakut diminuíram, depois pararam.

– Os Antigos foram assassinados na grande guerra contra a Raça – disse ele, recitando a história que até muito recentemente era aceita por toda a Raça como fato irrefutável.

Nikolai conhecia a história da revolução tão bem quanto qualquer um de sua espécie. Dos oito selvagens de outro mundo que haviam fecundado a primeira geração da Raça vampira na Terra, nenhum sobrevivera à batalha com o pequeno grupo de guerreiros Primeira Geração que tinham declarado guerra contra os próprios pais, para proteger tanto a Raça quanto os humanos. Esses poucos e valorosos guerreiros tinham sido guiados por Lucan, que nesse dia tornou-se líder do que viria a ser a Ordem.

Yakut lentamente se virou para encarar Nikolai.

– Todos os Antigos foram assassinados há setecentos anos. Eu mesmo cravei uma espada em meu pai. Se ele e seus irmãos aliens tivessem sido poupados, eles teriam destruído toda a vida neste planeta com sua insaciável sede de sangue.

Niko assentiu com gravidade.

– Mas havia alguém que não concordava com o decreto que ordenava a destruição dos Antigos: Dragos. A Ordem descobriu provas que demonstram que, em vez de eliminar a criatura que o originou, Dragos a ajudou a se esconder. Ele construiu um santuário para essa criatura em uma zona remota das montanhas Boêmias.

– E a Ordem sabe se isso é verdade?

– Encontramos a câmara e vimos a cripta. Infelizmente, já estava vazia quando chegamos lá.

Yakut grunhiu, considerando aquilo que ouviu.

– E quanto a Dragos?

– Está morto, mas seus descendentes estão vivos. Assim como sua traição. Acreditamos que o filho de Dragos foi quem localizou a câmara antes de nós e libertou o Antigo de seu sono. Também suspeitamos que o filho de Dragos seja quem está por trás dos recentes assassinatos dos membros Primeira Geração da Raça.

– E o que ele ganha com isso? – perguntou Yakut, com os braços cruzados sobre o musculoso peito.

– Isso é o que queremos descobrir. Temos algumas unidades de inteligência em busca dele, mas não é o suficiente. Ele desapareceu do nada e vai ser muito difícil reencontrá-lo. Mas conseguiremos. Enquanto isso, não podemos permitir que ele avance com o plano que tem em mente. É por isso que a Ordem está atrás de você e dos outros Primeira Geração. Qualquer coisa que pudesse ter ouvido, qualquer coisa que tenha visto...

– Há uma testemunha – disse Yakut, interrompendo Niko abruptamente. – Uma jovem, um membro de minha equipe de serviço. Ela estava lá e viu o indivíduo que me atacou na semana passada. De fato, ela assustou o bastardo de forma que eu pudesse me livrar e fugir.

A cabeça de Nikolai estava dando voltas com aquelas inesperadas notícias. Ele duvidava muito que uma jovem pudesse assustar um hábil e experiente assassino, mas estava suficientemente interessado em escutar mais sobre aquilo.

– Preciso falar com essa garota.

Yakut assentiu vagamente, os lábios estavam apertados enquanto ele elevava os olhos para o céu escuro que lhe encobria a cabeça.

– Amanhecerá em poucas horas. Vamos para minha casa, você pode esperar que a luz do dia passe. Faça suas perguntas, faça seu trabalho para a Ordem. Então, amanhã à noite, você partirá.

Não, aquilo ainda não era o bastante. Mas era mais do que Niko obtivera poucos minutos antes do zangado vampiro Primeira Geração.

– Está bem – respondeu o guerreiro loiro, enquanto se aproximava de Sergei Yakut e caminhava com ele em direção ao sedan preto que lhes esperava parado no meio-fio.

# Capítulo 4

Renata não tinha nem ideia do que o desconhecido loiro podia ter dito para persuadir Sergei Yakut a convidá-lo para ir até o refúgio dele, um local privado que ficava ao norte da cidade. Nos dois anos desde que Renata fora introduzida como membro da guarda pessoal de Yakut, ninguém fora do pequeno círculo de funcionários e guarda-costas vampiros podia entrar no refúgio isolado no bosque.

Suspeito e solitário por natureza, e cruel até o ponto da tirania, o mundo de Sergei Yakut era feito de controle e desconfiança. Que Deus ajudasse aquele que o desafiasse, pois o punho dele, quando enraivecido, tinha o peso de uma bigorna. Sergei Yakut tinha poucos amigos e ainda menos inimigos, nenhum parecia sobreviver à sua gélida sombra.

Renata conhecia muito bem o homem que protegia para saber que ele não era exatamente adepto de companhias não convidadas, mas o fato de que não tivesse assassinado esse intruso – esse guerreiro, como ele havia dito no beco – parecia indicar que o homem ao menos merecia um mínimo grau de respeito. Se não por ser guerreiro, então pelo grupo ao qual pertencia: a Ordem.

Enquanto guiava o Mercedes blindado até a entrada da casa principal, que ficava no final da longa passagem, Renata não resistiu a dar uma olhada pelo espelho retrovisor e ver os dois vampiros que se encontravam sentados, em silêncio, no banco traseiro do veículo.

Olhos azuis-claros encontraram-se com um olhar fixo no espelho. Ele não piscou, sequer quando seu olhar se estendeu além da curiosidade daquele simples desafio. Estava zangado, seu ego sem dúvida ainda estava golpeado pelo fato de que ela o tivesse enganado no beco e o conduzido para uma armadilha. Renata fingiu ignorá-lo quando interrompeu a conexão de olhares e conduziu o carro até a porta da casa.

Um dos machos da Raça que montava guarda na entrada desceu as escadas e abriu a porta traseira do veículo. Atrás dele, a alguns passos, havia outro guarda acompanhado de dois cães presos em coleiras. Os dentes dos animais imediatamente apareceram e eles emitiram fortes latidos e rosnaram como selvagens até o momento em que Sergei Yakut saiu do carro. Os animais eram tão bem treinados quanto os demais vampiros: bastou um olhar do Mestre para que se calassem automaticamente, mantendo-se em silêncio submisso, com suas grandes cabeças abaixadas enquanto Yakut e o guerreiro entravam na casa.

O guarda que estava de pé ao lado do carro fechou a porta traseira e disparou um olhar interrogativo para Renata através do cristal escuro da janela.

*Quem diabos é esse?* Essa era a pergunta evidente que seu rosto expressava, mas antes que ele pudesse pedir para Renata baixar a janela, a mulher ligou o carro, deixando para trás apenas um rastro de fumaça.

Conforme afastava o veículo do caminho de cascalho e o levava para a garagem, que ficava na parte de trás do terreno, a dor e a tensão que sentira antes recomeçaram a percorrer-lhe o corpo. Ela estava cansada por causa do confronto daquela noite, e seus membros e sua mente estavam igualmente entorpecidos e doloridos. Tudo o que desejava era sua cama e um longo e quente banho de banheira. E não fazia diferença qual dos dois viesse primeiro.

Renata tinha seu próprio quarto na casa, um luxo que Yakut não dava a nenhum dos machos que lhe serviam. Até mesmo Alexei dormia com os outros guardas em quartos comuns, em colchões de palha estendidos no chão, como se fossem uma tropa saída diretamente da Idade Média. O quarto de Renata era ligeiramente melhor que isso: um espaço estreito, porém suficientemente grande para a cama, um criado-mudo e um baú que continha suas poucas roupas. Um banheiro com uma banheira antiga encontrava-se no corredor e era compartilhado com a outra mulher que trabalhava para Sergei Yakut.

As acomodações eram rústicas, no melhor dos casos, como era o resto dos poucos e centenários membros da Raça. Isso para não mencionar os móveis de gosto duvidoso.

Apesar de Yakut ter comentado certa vez que ele e sua família só estavam vivendo ali há uma década, o antigo pavilhão de caça estava cheio do que parecia ser meio século de peles de animais e cabeças empalhadas. Renata presumiu que aquilo tudo pertencera ao proprietário anterior, e Yakut não parecia se importar em compartilhar sua casa com toda aquela tralha doentia. Aliás, parecia que ele desfrutava do caráter primitivo do lugar. Renata sabia que o vampiro siberiano era mais velho do que aparentava ser – muito, muito mais velho, como aqueles de sua Raça geralmente eram. Mas não era preciso ser gênio para imaginá-lo envolto em peles e armaduras de aço e ferro, espalhando sangue em indefesas aldeias das regiões remotas do norte da Rússia. O tempo não tinha suavizado seus talentos, e Renata já testemunhara a natureza letal de Yakut.

O fato de ela ter de servir alguém como ele fazia seu estômago se contorcer com pesar. Mas ela se comprometeu a protegê-lo, jurou-lhe lealdade, tanto em pensamento como na prática, e isso a fazia se sentir como uma estranha em sua própria pele. Sim, ela tinha suas razões para permanecer ali – sobretudo agora –, mais ainda havia muito que desejava poder mudar. Muito pelo que ainda podia lamentar...

Ela afastou esses pensamentos – era muito perigoso dar-lhes forma, mesmo que somente em sua mente. Se Sergei Yakut pudesse sentir a mínima debilidade em sua lealdade para com ele, haveria repercussões rápidas e consequências graves.

Renata entrou no quarto e fechou a porta. Tirou os coldres de suas armas e colocou as pistolas e as adagas cuidadosamente sobre o antigo baú que havia no pé da cama. Tinha dores pelo corpo, seus músculos e ossos estavam gritando por causa do esforço anterior de sua mente. Seu pescoço estava tenso e cheio de nós e ela não pôde evitar a careta de dor quando tentou se massagear.

Deus, ela precisava de um pouco de alívio para essa dor.

Um suave ruído de arranhões ecoou do outro lado da parede. Aquele chiado em seus ouvidos parecia resultado de unhas raspando um quadro negro, e sua cabeça estava tão sensível quanto um sino de cristal.

– Rê? – a voz infantil de Mira era suave, apenas um pequeno sussurro manso chegando através dos espaços da madeira. – Rê... é você?

– Sim, ratinho – respondeu Renata, indo até a cabeceira e apoiando a bochecha contra a madeira lisa da parede. – Sou eu. O que ainda está fazendo acordada?

– Não sei. Não conseguia dormir.

– Mais pesadelos?

– Aham. Continuo... vendo-o. Aquele homem malvado.

Renata suspirou ao ouvir a vacilação contida naquela admissão tímida. Ela pensava no banho quente que estava a apenas poucos minutos de seu alcance; uma solidão bem-vinda de que ela necessitava mais do que tudo em momentos como esse, quando as consequências de sua capacidade psíquica – a mesma coisa que lhe tinha salvado a vida dois anos antes nesse lugar remoto – pareciam decididas a lhe derrubar.

– Rê? – disse novamente a voz tranquila de Mira. – Você está aí?

– Estou aqui.

Ela imaginou o rosto inocente através da parede de madeira e não precisava ver a garota para saber que Mira provavelmente estivera sentada ali na escuridão todo esse tempo, esperando para ouvir quando Renata voltasse e, assim, não se sentir tão sozinha. Aquela garota tinha sofrido bastante nos últimos dias – o que era compreensível, levando em conta o que havia testemunhado.

*Ah! Esqueça o maldito banho*, pensou Renata severamente. Engolindo a dor que lhe correu a pele quando ficou em pé, aproximou-se e tirou um livro do Harry Potter da gaveta de seu criado-mudo.

– Ei, ratinho? Eu também não estou conseguindo dormir. Que tal eu ir aí visitá-la e ler um pouco para você?

O grito alegre de Mira soou abafado, como se ela tivesse coberto a boca com o travesseiro para não alarmar a casa toda com sua felicidade.

Apesar da dor e do cansaço, Renata sorriu.

– Vou entender isso como um sim.

Sergei Yakut levou Nikolai para uma sala grande e aberta que poderia ter sido uma sala para banquetes quando o antigo pavilhão de caça estava em seu apogeu. Agora não havia registros de mesas ou bancos, apenas algumas poltronas de couro colocadas em frente a uma imponente lareira de pedra no outro extremo da área e uma escrivaninha de madeira maciça.

As peles de ursos, lobos e outros predadores mais exóticos estendiam-se como tapetes no piso de tábuas de madeira. Colocada sobre a pedra da lareira havia a cabeça de um alce com um enorme chifre branco e escuros olhos de cristal fixos em um ponto longínquo na vasta amplidão da sala. *Pensando na desejada liberdade?*, pensou Niko ironicamente, seguindo Yakut até as poltronas de couro junto à lareira e, depois do convite do Primeira Geração, sentando-se.

Nikolai olhou indolentemente ao seu redor, adivinhando que o lugar tinha pelo menos um século e fora construído, a princípio, para moradores humanos, embora as escassas janelas estivessem atualmente cobertas por venezianas essenciais para bloquear os raios ultravioletas. Não era o tipo de lugar em que se pudesse esperar que um vampiro estabelecesse sua morada. A Raça tendia a preferir lugares mais modernos, em locais mais luxuosos, nos quais viviam com familiares ou comunidades - os chamados Refúgios, muitos deles equipados com alarmes e cercas de segurança.

Em comparação com os domicílios civis da Raça, o acampamento rústico de Yakut, embora suficientemente distante para garantir uma boa privacidade contra os seres humanos curiosos, era tudo, menos... *típico*. Mas, de qualquer forma, o próprio Sergei Yakut tampouco era... *típico*.

- Há quanto tempo está em Montreal? - perguntou Nikolai.

- Não muito - Yakut deu de ombros, apoiando os cotovelos nos braços da poltrona em que estava sentado e deixando os ombros caídos. Sua postura poderia parecer relaxada, mas seus olhos não tinham deixado de estudar Niko - de avaliá-lo – desde o momento em que eles se sentaram. – Pareceu-me vantajoso manter-me em movimento e não me acomodar demais em qualquer lugar. Os problemas sempre nos encontram quando ficamos mais tempo que o necessário em um mesmo lugar.

Nikolai considerou o comentário, perguntando-se se Yakut falava de uma experiência pessoal ou se aquilo era uma espécie de advertência ao seu convidado inesperado.

- Conte-me sobre o ataque contra você - ele disse, imperturbável, fosse pelo olhar fixo ou pela evidente suspeita do Primeira Geração. - E terei que falar com essa testemunha também.

- Obviamente - Yakut fez gestos a um de seus guardas da Raça. - Busquem a menina - o macho alto assentiu com a cabeça e logo se voltou para cumprir a ordem.

Yakut inclinou-se para frente.

- O ataque ocorreu aqui nesta sala. Eu estava sentado nesta mesma cadeira, revisando algumas de minhas contas no momento em que o guarda que vigiava a entrada escutou um ruído vindo do lado de fora da casa. Ele foi averiguar e voltou me dizendo que se tratava apenas de guaxinins que se esconderam em um dos abrigos dos fundos - Yakut deu de ombros. - Isso não é incomum, portanto o mandei retirar os animais de lá. Quando vários minutos se passaram e ele não voltou, eu soube que havia problemas. Àquela altura, sem dúvida, o guarda já estava morto.

Nikolai assentiu com a cabeça.

– E o intruso já estava dentro da casa.

– Sim, estava.

– E quanto à menina, a testemunha?

– Ela tinha terminado o jantar e estava descansando aqui comigo. Estava dormindo no chão perto do fogo, mas despertou bem a tempo para ver meu agressor de pé, bem atrás de mim. Eu sequer pude ouvir o bastardo se mover, ele foi tão sigiloso e rápido...

– Ele era da Raça – sugeriu Niko.

Yakut assentiu com a cabeça, concordando.

– Sem dúvida ele era da Raça. Estava vestido como um ladrão, todo de preto, com a cabeça e o rosto cobertos com uma máscara de nylon que deixava apenas os olhos visíveis. Mesmo assim, sem dúvida ele era da Raça. Se eu tivesse que apostar, diria que ele poderia ser até mesmo um Primeira Geração, dada sua força e velocidade. Se não fosse pela menina, que arregalou os olhos e gritou, advertindo-me, ele teria arrancado a minha cabeça em um instante. Ele segurava um arame enrolado e estava atrás da minha poltrona. O grito de Mira chamou sua atenção no momento crucial e eu fui capaz de levantar a mão e bloquear o arame antes que ele cortasse minha garganta. Virei-me, mas antes que eu pudesse pular sobre ele ou chamar os guardas, ele escapou.

– Simples assim? Ele deu meia-volta e fugiu? – perguntou Nikolai.

– Simples assim – respondeu Yakut, com um lento sorriso zombador no canto da boca. – O covarde lançou um olhar para Mira e, em seguida, fugiu.

Niko praguejou em voz baixa.

– Você tem muita sorte – disse, achando difícil entender como o simples olhar de uma garota pudesse causar tal distração em um assassino altamente adestrado. Simplesmente não fazia sentido.

Antes que ele pudesse ressaltar esse ponto a Yakut, eles escutaram o ruído de passos aproximando-se do outro lado da sala. Caminhando na frente do guarda que Yakut tinha enviado estava Renata e uma delicada menina desamparada. Renata havia deixado suas armas em algum lugar, mas andava junto à menina de forma protetora, com o olhar fixo, frio e cauteloso enquanto levava Mira sala adentro.

Nikolai não pôde deixar de contemplar o estranho traje da menina. O pijama cor-de-rosa e as pantufas de coelhinho eram inesperados, mas foi o véu negro e curto que cobria a parte superior de seu rosto o que lhe pareceu mais destoante.

– Renata estava lendo uma história para mim – disse Mira com uma voz suave e um tom de inocência que parecia completamente divergente no domínio seco de Yakut.

– E a história é boa? – o Primeira Geração perguntou, uma pergunta lenta que parecia dirigida mais à Renata do que à menina. – Aproxime-se, Mira. Há alguém que quer conhecer você.

O guarda deu um passo para trás uma vez que Mira estava diante de Yakut, mas as botas de Renata mantiveram-se ao lado da garota. À primeira vista, Niko perguntou-se se a garota seria cega, mas ela se movia sem titubear em direção ao lugar onde Yakut e ele estavam.

A pequena cabeça se voltou para Nikolai sem engano. Ela definitivamente o estava vendo.

– Olá – disse ela, inclinando educadamente a cabeça.

– Olá – respondeu Nikolai. – Ouvi o que ocorreu na outra noite. Você deve ser muito valente.

Ela deu de ombros, mas era impossível ler sua expressão quando apenas uma pequena parte de seu nariz e de sua boca era visível debaixo da dobra do véu. Nikolai observou a jovem garota – uma menina de um metro de altura que, de alguma maneira, tinha assustado um vampiro da Raça em meio a uma missão para matar um dos membros mais formidáveis da Raça. Devia ser brincadeira. Será que Yakut estava gozando dele de algum jeito? O que essa menina poderia ter feito para impedir o ataque?

Nikolai olhou para Yakut, preparado para enfrentá-lo pelo que tinha de ser uma pura estupidez. De jeito nenhum aquele ataque podia ter acontecido da forma como havia sido descrito.

– Tire o véu – instruiu Yakut, como se lesse os pensamentos de Niko.

As mãos da garota alcançaram a pequena tira negra de gaze e ela afastou o véu, cuidando em manter os olhos abaixados. Renata estava quieta ao lado da menina, sua expressão plácida mesmo enquanto os dedos apertavam-se ao lado do corpo. Ela parecia estar prendendo a respiração, esperando com um ar de antecipação cautelosa.

– Levante os olhos, Mira – ordenou Yakut à menina com a boca curvada em um sorriso. – Olhe nosso convidado e lhe mostre o que ele deseja saber.

Aos poucos, a franja de pestanas castanhas se elevou. A menina levantou o queixo e inclinou a cabeça para cima, encontrando o olhar fixo de Niko.

– Jesus Cristo! – ele disse entre dentes, quase consciente de que falava em voz alta, quando vislumbrou os olhos de Mira.

Eles eram extraordinários. As íris eram tão brancas que pareciam líquidos e indecifráveis, como uma piscina de água pura. Ou melhor, como um espelho, ele se corrigiu, olhando mais profundo neles já que não podia evitar, aproximando-se, mais e mais atraído pela alarmante e insólita beleza do olhar fixo da garota.

Ele não sabia quanto tempo ficou olhando fixamente – não podia ter sido mais do que alguns segundos, mas agora as pupilas dela estavam ficando menores, encolhendo-se debaixo dos pequenos furos negros dentro do círculo infinito de cor prateada e brilhante, ondeando como se uma brisa tivesse tocado a superfície tranquila.

Incrível. Ele nunca tinha visto algo igual. Olhou atentamente, mais e mais profundamente, incapaz de resistir ao jogo estranho da luz naqueles olhos.

Quando eles se limparam, Nikolai viu-se refletido ali. Viu a si e a alguém mais... uma mulher. Eles estavam nus, seus corpos pressionados juntos, banhados em suor. Ele a estava beijando calorosamente, enterrando suas mãos nos fios sedosos de seus cabelos escuros. Empurrando-a debaixo dele enquanto afundava-se em seu interior. Viu-se expondo suas presas, baixando a cabeça e colocando a boca na curva sensível e sensual do pescoço feminino, saboreando a doçura do sangue quente enquanto perfurava a pele macia debaixo da qual a veia pulsante que bebia latejava eroticamente.

– Santo Deus – ele saiu do transe, arrancando seu olhar da alarmante aparição real. A voz dele estava áspera, a língua grossa atrás da repentina aparição das presas. Seu coração estava acelerado e, mais abaixo, seu pênis estava duro como uma pedra. – O que aconteceu?

Todos olhavam para ele. Todos, menos Renata, que parecia mais interessada em ajudar Mira a recolocar o véu. Ela sussurrou algo no ouvido da menina; o tom suave com que falava dava a impressão de que dizia palavras de consolo. O riso baixo de Sergei Yakut foi retumbado pelas alegres risadas de satisfação dos outros homens.

– O que ela fez comigo? – perguntou Niko, sem achar graça alguma. – Que diabos foi isso?

Yakut recostou-se na poltrona e sorriu abertamente como um czar que faz uma brincadeira pública com um de seus opositores.

– Diga-me o que viu.

– A mim – disse Nikolai, ainda tratando de encontrar algum sentido naquilo. A visão era tão real, como se tudo aquilo realmente estivesse acontecendo naquele momento, não como uma miragem. Deus sabia que seu corpo estava convencido de que tudo era real.

– O que mais você viu? – perguntou Yakut alegremente. – Diga-me, por favor.

*Inferno*. Niko silenciosamente negou com a cabeça. Ele estaria condenado se fosse comentar a experiência completamente luxuriosa a cada um dos que estavam na sala.

– Vi a mim... minha imagem refletida nos olhos da menina.

– O que você viu foi um vislumbre do seu futuro – informou-lhe Yakut. Ele fez uns gestos para que a garota viesse para seu lado, então, passou o braço ao redor dos ombros magros dela, puxando-a para perto de si, como se ela fosse um bem muito valioso. – Um olhar nos olhos de Mira e você tem uma visão dos acontecimentos que estão destinados a vir em sua vida.

Não demorou e nem precisou muito esforço para Niko evocar a imagem de novo em sua cabeça. *Ah, diabos, não, não, mesmo.* Aquela imagem era boa o suficiente para ficar permanentemente gravada em sua memória e em todos os seus sentidos. Nikolai tratou de se conter. Forçou-se a recuperar o controle.

– O que Mira mostrou ao seu agressor na semana passada? – ele perguntou, desesperado para tirar a atenção de si.

Yakut deu de ombros.

– Só ele pode saber. A menina não tem nenhum conhecimento do que seus olhos refletem.

Graças a Deus por isso. Niko odiava pensar na educação que ela poderia ter obtido se conseguisse ver o que ele viu.

– Seja o que for o que o maldito tenha visto – adicionou Yakut – foi suficiente para fazê-lo vacilar e me dar uma oportunidade para escapar da morte – o Primeira Geração sorriu com satisfação. – O futuro pode ser alarmante, especialmente quando não o espera, não é?

– Sim – murmurou Nikolai. – Suponho que sim.

Ele acabava de conseguir uma boa dose daquele conhecimento de primeira mão. Sobretudo porque a mulher que ele tinha visto envolta em seus braços, nua e contorcendo-se de prazer debaixo de seu corpo não era outra senão a fria e bela Renata.

# Capítulo 5

Durante as horas seguintes, aquelas imagens carnais tão reais perseguiram Nikolai enquanto ele vagava pelas áreas arborizadas do local à procura de quaisquer evidências que pudessem ter restado do ataque frustrado a Sergei Yakut. O guerreiro verificou o perímetro da casa principal, mas não encontrou nada, sequer uma única pegada no chão enlameado.

Se o intruso tivesse deixado alguma pista, ela já havia desaparecido. De qualquer forma, não era difícil supor como o agressor conseguira se aproximar de seu alvo. Naquele lugar embrenhado na floresta, sem cercas de segurança, câmeras ou detectores de movimento para alertar sobre a presença de intrusos na propriedade, o agressor de Yakut poderia ter se escondido no bosque a maior parte da noite e esperado a melhor oportunidade para atacar. *Ou poderia ter escolhido um local mais óbvio*, pensou Nikolai, enquanto observava um pequeno celeiro que ficava a poucos metros da parte de trás da construção principal.

O guerreiro dirigiu-se para o local, imaginando que a fachada talvez fosse uma adição recente à propriedade. A madeira era escura, não por causa da ação natural do tempo, como o resto do lugar, mas em virtude de uma tintura que a fazia misturar-se aos arredores. Não havia janelas em lado algum e a ampla porta de painéis da frente estava reforçada com um Z que perfilava uma grande fechadura de aço.

Misturado ao fétido odor de óleo da madeira envernizada, Nikolai podia jurar ter sentido um vago cheiro acobreado.

Sangue humano?

Ele inspirou novamente, filtrando o odor através de seus dentes, fazendo-o dançar sobre as sensíveis glândulas da língua. Era definitivamente sangue, e, com certeza, humano. Não era grande a quantidade derramada do outro lado da porta, e, pelo débil comichão em suas narinas, Niko julgou que o líquido estava seco e envelhecido havia vários meses. Mas ele não podia ter certeza a menos que desse uma olhada dentro do lugar.

Tomado pela curiosidade, ele colocou a mão na grande fechadura e estava a ponto de girá-la quando o rangido de uma folha logo atrás dele chamou-lhe a atenção. Enquanto se virava para verificar o ruído, estendeu a mão para alcançar uma de suas pistolas - e amaldiçoou ao se lembrar de que *todas* as armas dele ainda estavam com Yakut.

Levantou o olhar e encontrou Alexei de pé, olhando-o no canto do celeiro. A julgar pelo desprezo brilhante nos olhos do outro homem, parecia que seu orgulho ferido ainda não tinha se recuperado do confronto na cidade. Não que Niko se preocupasse com isso. Ele tinha pouca paciência para civis idiotas se exibindo, especialmente aqueles com egos delicados.

– Você tem a chave? – perguntou Niko com a mão ainda curvada ao redor do aço reforçado. Se quisesse, como guerreiro da Raça, ele poderia arrebentar aquilo com um simples golpe. Melhor ainda, poderia abrir a fechadura com uma ordem mental. Mas, naquele momento, era mais interessante chatear Alexei:

– Importa-se em abrir a porta, ou será que precisa pedir permissão ao seu pai primeiro?

Alexei grunhiu, mantendo os braços cruzados sobre o peito musculoso.

– Por que deveria abri-la para você? Não há nada de interessante aí dentro. É somente um celeiro. Vazio, aliás.

– É mesmo? – Niko soltou a fechadura e o metal golpeou pesadamente contra os painéis de madeira. – O cheiro é como se vocês estivessem armazenando humanos aí dentro. Ensanguentados. Senti o fedor da hemoglobina cada vez mais forte conforme me aproximava – um exagero, mas ele queria ver a reação de Alexei.

O jovem vampiro franziu a testa e lançou um olhar cauteloso para a porta trancada. Lentamente, agitou sua cabeça.

– Você não sabe o que está falando. Os únicos humanos que puseram o pé neste celeiro foram os carpinteiros que o construíram há alguns anos.

– Então você não vai se importar se eu der uma olhada – observou Nikolai.

Alexei riu sarcasticamente.

– O que você realmente está fazendo aqui, guerreiro?

– Procurando descobrir quem tentou matar seu pai. Quero saber como o intruso pôde ter se aproximado o suficiente para atacar e por onde poderia ter fugido depois.

– Desculpe minha surpresa – disse Alexei, sem remorso em seu tom. – Mas acho difícil acreditar que um ataque frustrado, mesmo que a um ancião da Raça, como meu pai, seja motivo suficiente para mandar um membro da Ordem a uma visita pessoal.

– Seu pai teve sorte. Outros cinco Primeira Geração não podem dizer o mesmo.

O olhar de presunção de Alexei se apagou, sendo substituído por uma sombria gravidade.

– Houve outros ataques? Outros assassinatos?

Nikolai assentiu, sério.

– Dois na Europa e os outros nos Estados Unidos. Muitos para ser coincidência. E muito exímios para não serem trabalho de um profissional. E isso não parece ser um esforço particular. Durante as últimas semanas, depois que soubemos dos primeiros assassinatos, a Ordem vem contatando todos os Primeira Geração conhecidos para lhes avisar do ocorrido. Eles precisam entender o potencial perigo para poder tomar as medidas de segurança apropriadas. Seu pai não lhe disse isso?

A testa franzida de Alexei sulcou sua sobrancelha escura e masculina.

– Ele não falou a respeito disso. Maldição! Eu o teria protegido pessoalmente.

De acordo com o que o jovem vampiro estava dizendo, Sergei Yakut não havia informado ao filho do recente contato de Niko ou mesmo da atual caça aos Primeira Geração. Não importava quanto Alexei tentasse colocar-se ao lado do pai, Yakut evidentemente o mantinha a distância quando o assunto era confiança. O que de forma alguma era surpreendente, dada a natureza de Yakut. Evidentemente, essa desconfiança também se estendia à própria família de sangue.

Alexei amaldiçoou.

– Ele deveria ter me contado. Eu teria me assegurado de que ele tivesse proteção apropriada o tempo todo. Mas o bastardo que o atacou ainda está livre. Como podemos estar seguros de que não voltará a tentar novamente?

– Não podemos. De fato, será melhor continuar com a hipótese de que haverá outro ataque. Minha aposta é que será mais cedo do que imaginamos.

– Você precisa me manter informado – disse Alexei em um tom que voltava a ser irritante. – Espero ser alertado imediatamente de tudo o que descobrir. E de tudo o que você ou a Ordem souberem sobre esses ataques. Tudo. Entendeu?

Nikolai deixou que um sorriso irônico se desenhasse lentamente sobre seu rosto.

– Tentarei me lembrar.

– Como você vê, meu pai acredita que é intocável. Ele tem os guardas treinados por ele, e leais a ele. E tem os conselhos de um oráculo pessoal também.

Niko assentiu, concordando.

– A menina, Mira.

– Você a viu? – o olhar de Alexei se estreitou, e Niko não sabia se aquilo era sinal de desconfiança ou de pura e simples curiosidade. – Então ele deixou que você conhecesse a garota – continuou o filho de Yakut, – deixou que você olhasse nos olhos mágicos dela?

– Sim.

A mandíbula de Niko permaneceu firme, mas Alexei, todavia, sorriu. Sua voz carregava sarcasmo.

– Agradável a visão que ela lhe deu de seu destino, não, guerreiro?

Uma repetição instantânea da visão calorosa moveu-se na mente de Niko como uma chama que lhe queimava o interior.

– Já vi coisas piores.

Alexei riu.

– Bem, não me preocuparia se fosse você. O talento da pequena monstrinha está longe de ser perfeito. Ela não pode mostrar todo o seu futuro, apenas imagens breves do que pode vir, baseando-se no agora. E ela não pode ajudá-lo a contextualizar o que você vê. Pessoalmente, não acho aquela pirralha tão divertida como meu pai parece achar – ele grunhiu, erguendo o ombro e o canto da boca. – O mesmo poderia ser dito da outra mulher que ele insiste em manter protegida, apesar das minhas dúvidas.

A única dúvida que não havia era sobre quem o filho de Yakut falava.

– Não é fã de Renata, é isso?

– Fã dela? – murmurou Alexei, cruzando os braços sobre o enorme peito. – Ela é uma arrogante. Acha que está acima de todos os outros porque conseguiu impressionar meu pai uma ou duas vezes com sua destreza mental. Desde a noite em que ela chegou aqui, ela tem sido muito boa para seu próprio bem. Não tem um homem que trabalha para meu pai que não gostaria de colocar aquela vadia presunçosa em seu lugar, entende? Talvez você sinta o mesmo, depois do que ela lhe fez esta noite na cidade.

Nikolai deu de ombros. Ele estaria mentindo se dissesse quão irritante foi ter sido golpeado pelo ataque mental de uma mulher. Obviamente, ela era uma Companheira, já que a natureza dificilmente esbanjava poderes extrassensoriais em simples *Homo sapiens*.

– Nunca vi alguém como ela – admitiu a Alexei. – Nunca ouvi sobre uma Companheira de Raça com esse nível de habilidade. Posso compreender por que seu pai dormiria melhor sabendo que ela está por perto.

Alexei franziu o cenho.

– Não fique muito impressionado com ela, guerreiro. A habilidade de Renata tem seus méritos, concordo. Mas ela é muito fraca para controlá-la.

– Como assim?

– Ela pode enviar uma onda mental, mas esse poder volta para ela, como um eco. Uma vez que a reverberação a golpeia, ela fica completamente inútil até que os efeitos passem.

Nikolai recordou a rajada de energia mental que Renata lhe enviara dentro do armazém. Ele era um guerreiro da Raça – seus genes alienígenas facilmente davam-lhe a força e a resistência de dez homens humanos – e, mesmo assim, ele tinha sido incapaz de enfrentar a dor daquele incrível golpe. E Renata sentia aquela mesma angústia cada vez que usava sua habilidade?

– Jesus Cristo – disse Niko. – Deve ser uma tortura para ela.

– Sim – concordou Alexei, sem se preocupar em dissimular seu tom sarcástico. – Tenho certeza que sim.

Nikolai não deixou de notar o sorriso no jovem rosto do vampiro.

– Você gosta de vê-la sofrer?

Alexei grunhiu.

– Não poderia me preocupar menos. Renata é inadequada para a posição em que meu pai a colocou. Ela é ineficaz como guarda-costas;

um risco que, temo, possa matá-lo um dia. Se eu estivesse em seu lugar, não hesitaria em chutar aquele traseiro arrogante.

– Mas você não está no lugar de seu pai – Niko lembrou, talvez pelo simples fato de Alexei parecer muito entusiasmado em seu devaneio.

O vampiro olhou o guerreiro em silêncio durante um longo e incômodo momento. Depois, limpou a garganta e cuspiu no chão.

– Termine sua investigação, guerreiro. Se encontrar algo interessante, quero ser imediatamente informado.

Nikolai simplesmente olhou o filho de Yakut, sem palavras diante da ordem do civil. Alexei não o pressionou, apenas virou-se lentamente e partiu em direção à casa.

# Capítulo 6

Em silêncio, Renata abriu a porta do quarto de Mira e espreitou a garotinha adormecida que descansava sobre a cama. Aquela era uma criança normal em seu pijama cor-de-rosa, com a bochecha macia apoiada contra o travesseiro fino, respirando calmamente pela delicada boca de querubim. Sobre a mesinha rústica próxima à cama estava o curto véu negro que cobria os notáveis olhos de Mira durante todos os momentos em que ela estava acordada.

– Bons sonhos, meu anjo – sussurrou Renata em voz baixa, de forma terna e esperançosa.

Nos últimos tempos, ela se preocupava cada vez mais com Mira. Não apenas por conta dos pesadelos que começaram depois do ataque que presenciara, mas pela saúde geral da garota. Embora Mira fosse forte e tivesse uma mente rápida e aguda, ela não estava completamente bem. Ela estava perdendo a visão rapidamente.

Cada vez que Mira era obrigada a exercitar o dom da premonição, um pouco de sua própria visão se deteriorava. E isso já estava acontecendo há meses quando Mira finalmente confidenciou a Renata seu estado. Ela tinha medo, como qualquer criança teria. Talvez até mais, já que Mira era mais sábia do que seus oito anos de idade indicavam. Ela compreendia que o interesse de Sergei Yakut por ela se evaporaria no momento em que ele a considerasse sem nenhuma utilidade. Ele a expulsaria, talvez até a mataria, se assim o desejasse.

Portanto, desde aquela noite, Renata e Mira mantinham um pacto: a condição de Mira seria um segredo entre elas e seria levado para o túmulo, se fosse necessário. Renata cumpria a promessa, jurando a Mira que a protegeria com sua própria vida. Jurou que nenhum dano aconteceria à garota, fosse ele causado por Yakut ou por qualquer outra pessoa, da Raça ou humano. Mira estaria a salvo da dor e da escuridão da vida de uma maneira que a própria Renata jamais esteve.

O fato de a garota ter sido usada naquela noite para entreter o hóspede não convidado de Sergei Yakut apenas aumentou a irritação de Renata. O pior de sua inquietação mental havia passado, mas uma dor de cabeça ainda persistia. O estômago não tinha parado de revirar, e pequenas ondas de náuseas retrocediam pouco a pouco.

Renata fechou a porta do quarto de Mira, estremecendo com outro pequeno tremor que lhe agitou o corpo. O longo banho que acabara de tomar tinha ajudado a aliviar um pouco o desconforto, mas até debaixo de suas calças folgadas de cor grafite e de seu pulôver macio de algodão branco, a pele continuava reclamando das correntes elétricas que lhe acometiam. Ela esfregou as palmas das mãos sobre as mangas da camisa, tentando dissipar a sensação ainda acesa que viajava por seus braços. Muito agitada para dormir, ficou no quarto apenas o tempo necessário para pegar algumas adagas no baú de armas. O treinamento sempre se mostrara bem-vindo nesses períodos de inquietação. Ela apreciava as horas do castigo físico que se infligia, feliz pelo treinamento rigoroso que a exauria.

Desde a terrível noite em que se encontrou imersa no perigoso mundo de Sergei Yakut, Renata havia aperfeiçoado ao máximo cada músculo de seu corpo, trabalhando metodicamente para se assegurar de que ela era tão letal quanto as armas que levava na caixinha de seda e veludo que agora carregava nas mãos.

Sobreviver.

Esse simples pensamento tinha sido seu farol desde que era apenas uma garota, mais jovem até do que Mira. E, mais que tudo, sozinha. Órfã abandonada na capela de um convento de Montreal, Renata não tinha nenhum passado, nenhuma família, nenhum futuro. Ela somente existia, e isso era tudo.

Para Renata, isso tinha sido o suficiente. Era o suficiente inclusive agora. Sobretudo agora que ela navegava pelo traiçoeiro mundo subterrâneo do reino de Sergei Yakut. Havia inimigos por todos os lados naquele lugar, tanto escondidos quanto visíveis. Inúmeros caminhos à espera de um passo em falso, de um equívoco; infinitas ocasiões para ela odiar o vampiro desumano que tinha a vida dela nas mãos. Mas ela não desistiria sem lutar.

Seu mantra dos dias de infância servia bem nesse momento: sobreviver um dia, e depois outro e outro.

Não havia espaço para brandura nessa equação. Piedade, vergonha ou amor não eram permitidos. Principalmente amor, de espécie alguma. Renata sabia que seu afeto por Mira – o impulso vital que lhe dava forças para fazer o caminho da menina mais suave e protegê-la como alguém de sua própria família – provavelmente lhe custaria muito caro no final.

Sergei Yakut tinha perdido pouco tempo explorando essa sua debilidade e Renata tinha as cicatrizes para comprovar.

Mas ela era forte. Não tinha encontrado coisa alguma nesta vida que não pudesse suportar, que não pudesse enfrentar – fisicamente ou de qualquer outra maneira. E tinha sobrevivido a tudo. Inteligente, forte... e letal quando tinha de ser.

Renata saiu do albergue e caminhou a passos largos pela escuridão rumo a um dos edifícios anexos que ficavam na parte de trás do local. O caçador que originalmente construíra a propriedade no bosque evidentemente adorava seus cães. Um velho canil de madeira fora erguido atrás da residência principal, disposto como um estábulo, com um amplo espaço dividido em dois e quatro baias de acesso alinhadas de ambos os lados. O teto de vigas devia ter uns quatro metros e meio de altura.

Embora pequeno, era um espaço aberto e bem ventilado. Na propriedade havia um celeiro maior e mais novo, que permitia movimentos mais fluidos, mas Renata geralmente o evitava.

Uma vez naquele lugar escuro e insalubre já tinha sido o suficiente. Se pudesse, ela já teria colocado fogo naquele maldito lugar.

Renata acendeu o interruptor ao lado da porta do canil e seu corpo se contraiu quando a lâmpada no teto derramou uma luz amarela e áspera no espaço. Entrou e caminhou pelo chão macio de terra batida. Passou por duas correias de couro largas e trançadas que se dependuravam na viga central da estrutura.

No extremo mais afastado do canil havia um poste alto de madeira que antes fora equipado com pequenos ganchos de ferro e laços para o armazenamento de correias e demais objetos. Renata havia se livrado dos arranjos alguns meses atrás e agora o poste funcionava como um alvo, cuja madeira escura já estava marcada de cortes profundos.

Renata colocou as lâminas sobre um fardo de palha que estava por perto e se agachou. Tirou os sapatos e caminhou descalça até o centro do canil. Alcançou o par de compridas correias de couro que havia ali e agarrou cada uma em uma mão. Enrolou o couro nos pulsos e, quando sentiu que estava cômodo, estendeu-se, flexionando os braços e levantando-se do chão de maneira tão leve que parecia ter asas.

Suspensa e livre da gravidade, Renata começou seu aquecimento. O couro rangia brandamente enquanto ela dava voltas e girava o corpo a vários metros do chão. Para ela, aquilo era a verdadeira paz, a sensação de seus membros ardendo, ganhando força e agilidade a cada movimento.

Renata deixou a mente se perder em uma meditação ligeira, mantendo os olhos fechados e todos os sentidos voltados para dentro de si, concentrados no ritmo cardíaco e na respiração, no movimento dos músculos enquanto ela se alongava. Assim foi até que girasse sobre o eixo e ficasse de cabeça para baixo, com os tornozelos agora presos às correias. Nesse momento, sentiu uma leve agitação no ar ao seu redor. Foi repentino e sutil, porém inconfundível. Tão inconfundível quanto o calor de uma respiração que agora lhe esquentava a bochecha.

Abriu os olhos de repente, lutando para compreender o espaço ao seu redor – todo invertido – e o intruso que estava de pé, abaixo dela. Era o guerreiro da Raça, Nikolai.

– Caramba! – ela disse, com sua falta de atenção fazendo-lhe oscilar um pouco no controle das correias. – Que diabos você acha que está fazendo?

– Relaxe – disse Nikolai. – Não estava querendo assustá-la – falou enquanto levantava as mãos para estabilizá-la.

– E não assustou – Renata respondeu com palavras pronunciadas com frieza. Com uma sutil flexão do corpo, afastou-se. – Importa-se? Você está atrapalhando meu treinamento.

– Ah! – as sobrancelhas loiras do macho da Raça arquearam enquanto seu olhar seguia a linha do corpo de Renata. – O que é exatamente esse treino? Está de olho em alguma vaga no Cirque du Soleil?

Ela não lhe deu o prazer de uma resposta. Não que ele esperasse uma. Nikolai virou-se e dirigiu-se para o poste que havia no outro extremo do canil. Estendeu a mão, percorrendo com os dedos as profundas marcas que havia na madeira. Então, encontrou as adagas e levantou o tecido que as protegia. O metal tilintou ao chocar-se brandamente dentro do quadrado dobrado de seda atado com a cinta de veludo.

– Não toque nisso – disse Renata, libertando-se das correias e voltando a colocar os pés no chão. – Eu disse para não tocar nisso. São minhas.

Niko não resistiu quando ela lhe tirou das mãos seus preciosos pertences; as únicas coisas de valor que ela podia reclamar como suas.

O aumento em suas emoções o fez virar levemente a cabeça, certamente os efeitos secundários da força mental que ela esperava terem passado ainda persistiam. Ela deu um passo para trás e teve de se esforçar para manter a respiração estável.

– Você está bem?

Ela não gostou do olhar de preocupação refletido nos olhos azuis dele, pois era como se ele pudesse sentir sua debilidade, como se soubesse que ela não era tão forte quanto queria ser, quanto precisava aparentar.

– Estou bem.

Renata colocou as adagas em uma das baias do canil e as desembrulhou. Uma por uma, ela cuidadosamente colocou as quatro adagas esculpidas à mão sobre a madeira. Forçando um tom ligeiramente convencido, disse: – Eu é quem deveria fazer essa pergunta, não? Deixei você bem duro lá na cidade.

Ela escutou o grunhido baixo em algum lugar atrás de si, quase como um escárnio.

– Nunca se pode ser demasiado cauteloso quando se trata de estrangeiros – continuou ela. – Sobretudo agora. Estou segura de que você me entende.

Quando ela finalmente o percorreu com um olhar, encontrou-o olhando-a fixamente.

– Querida, a única razão pela qual você teve a possibilidade de me derrubar foi porque jogou sujo. Certificou-se de que eu a notasse no clube, fingindo ter alguma coisa escondida, sabendo que eu a seguiria diretamente para sua armadilhazinha.

Renata levantou os ombros, sem arrependimento.

– No amor e na guerra vale tudo.

Ele sorriu suavemente, formando um par de covinhas em seu rosto quadrado e masculino. – E isso é guerra, não é? – ele perguntou.

– Certamente não é amor – disse ela.

– Não – ele retrucou, tornando-se sério. – Nunca.

Bem, ao menos eles concordavam em alguma coisa.

– Há quanto tempo trabalha para Yakut?

Renata balançou a cabeça como se fosse incapaz de se recordar dessa informação, embora a noite em questão estivesse gravada em sua mente como se as memórias fossem ferro em brasa. Sangue. Horror. O começo de um fim.

– Não sei – disse ela. – Alguns anos, suponho. Por quê?

– Eu estava me perguntando como uma mulher, mesmo sendo uma Companheira de Raça com sua poderosa habilidade psíquica, foi parar nesse trabalho, especialmente para um Primeira Geração como ele. É estranho, é isso. Diabos, nunca ouvi falar de coisa semelhante. Então, diga-me: qual é sua ligação com Sergei Yakut?

Renata olhou fixamente o guerreiro: um forasteiro perigoso e ardiloso que, de repente, estava se intrometendo em seu mundo. Ela não estava segura de como responder. Certamente não estava disposta a lhe contar a verdade.

– Se você tem perguntas, talvez devesse fazê-las a ele.

– Sim – disse Niko, estudando-a mais estreitamente agora. – Talvez pergunte. E quanto à garota, Mira? Ela está aqui há tanto tempo quanto você?

– Não há tanto tempo. Apenas seis meses. – Renata tentou mostrar-se indiferente, mas um feroz instinto de proteção nasceu dentro de seu corpo diante da simples menção do nome de Mira nos lábios daquele guerreiro da Raça. – Ela passou por tanta coisa em tão pouco tempo. Coisas que nenhuma criança deveria testemunhar.

– Como o ataque a Yakut na semana passada?

E outras, mais sombrias ainda, Renata reconheceu interiormente.

– Mira tem pesadelos quase todas as noites. Ela praticamente não dorme já faz algum tempo.

Ele assentiu com a cabeça em um sóbrio reconhecimento.

– Este não é um bom lugar para uma garotinha. Alguns diriam que tampouco é lugar para uma mulher.

– É isso o que você diria, guerreiro?

O sorriso de Niko não confirmou nem negou a pergunta.

Renata o observou enquanto em sua mente surgiam perguntas e mais perguntas. Uma em particular.

– O que viu nos olhos de Mira esta noite?

Ele grunhiu algo ininteligível.

– Acredite, você não vai querer saber.

– Estou perguntando, não? O que ela lhe mostrou?

– Esqueça – enquanto ela o olhava, ele passou a mão pelos fios dourados de seu cabelo e exalou uma maldição, desviando o olhar em seguida. – De qualquer forma, isso não é possível. A garota definitivamente errou.

– Mira jamais erra. Ela nunca errou, pelo menos em todo o tempo em que a conheço.

– Mesmo? – o penetrante olhar azul do guerreiro voltou-se fixamente para Renata, percorrendo-lhe calorosamente o corpo em uma atitude lenta e avaliadora. – Alexei me disse que sua habilidade é imperfeita.

– Lex – Renata riu. – Faça-me um favor e não acredite em nada do que ele diz. Ele não diz e não faz nada sem um motivo oculto.

– Obrigado pelo conselho – disse, recostando-se contra o poste marcado pelas adagas. – Então, se é assim, não é verdade que, como ele disse, os olhos de Mira só refletem os acontecimentos que poderiam ocorrer no futuro, com base no agora?

– Lex pode ter suas próprias razões pessoais para desejar que não seja assim, mas Mira nunca erra. Tudo o que ela mostrou esta noite está destinado a acontecer.

– Destinado – disse ele, parecendo divertir-se com aquilo. – Bem, caramba... então acredito que estamos condenados.

Ele a olhou fixamente quando pronunciava essas palavras, desafiando-a a perguntar se ele deliberadamente a tinha incluído em sua observação. Dado que ele achara a ideia bastante divertida, ela não estava disposta a lhe dar a satisfação de perguntar o motivo. Renata agarrou uma de suas adagas e provou o peso do objeto com a palma aberta. Ela gostava de sentir o frio do aço contra a pele, algo sólido e familiar. Seus dedos estavam loucos para trabalhar. Seus músculos agora estavam aquecidos, preparados para mais uma ou duas horas de treino duro. Ela girou a lâmina e fez um sinal para o poste em que Nikolai estava apoiado.

– Importa-se? Não quero calcular mal e acidentalmente acertá-lo.

Ele percorreu o poste com o olhar e deu de ombros.

– Não seria mais interessante um treinamento de combate com um oponente real, que pudesse devolver o golpe? Ou será que você prefere alvos imobilizados?

Ela sabia que Niko estava jogando uma isca, mas o brilho de seus olhos era brincalhão. Ele realmente a estava *paquerando*? A natureza prática dele fez os pelos da nuca de Renata arrepiarem-se com cautela. Ela passou o polegar pela lâmina da adaga enquanto o olhava, insegura do que fazer.

– Prefiro trabalhar sozinha.

– Muito bem – ele disse inclinando a cabeça e afastando-se um pouco, quase que a desafiando com o olhar. – Como quiser.

Renata franziu a testa.

– Se você não se afastar, como pode estar seguro de que não vou acertá-lo?

Ele sorriu abertamente, completamente cheio de arrogância, com os musculosos braços cruzados sobre o peito.

– Mire onde quiser. Você nunca me acertaria.

Ela atirou a lâmina sem a mínima advertência.

O aço afiado cravou na madeira, causando uma fenda profunda, golpeando no lugar exato onde ela havia planejado. Mas Nikolai tinha desaparecido. Simples assim, sumido por completo.

Inferno.

Ele era da Raça, muito mais rápido do que qualquer ser humano, e tão ágil quanto um predador selvagem. Ela não era rival para ele, com armas ou com força física. E ela sabia disso mesmo antes de atirar a adaga. Entretanto, esperava, pelo menos, diminuir a arrogância e a presunção daquele filho da mãe.

Com os próprios reflexos afiados, Renata esticou o braço e alcançou outra adaga. Todavia, quando seus dedos se fecharam ao redor do punho lavrado, ela sentiu o ar mover-se atrás de si e percebeu o calor atravessar os fios de cabelo que estavam sobre o queixo.

O metal afiado subiu até sua mandíbula. Uma dura parede de músculos apertava-lhe a coluna vertebral.

– Não me acertou! Sentiu minha falta?

Ela engoliu cuidadosamente, pressionada pela lâmina que estava sob seu queixo. Tão brandamente quanto pode, relaxou os braços para os lados. Então, abaixou a mão que segurava a adaga, descansando-a entre as coxas separadas.

– Parece que encontrei você.

Como pôde, Renata o golpeou com uma pequena sacudida do poder de sua mente.

– Inferno – grunhiu Niko. E no instante em que relaxou o controle que tinha de Renata, a mulher saiu de seu alcance e virou-se para enfrentá-lo. Ela esperava a cólera dele, temia-a em certo sentido, mas ele apenas levantou a cabeça e deu de ombros. – Não se preocupe, querida. Só vou ter que brincar com você até que seja derrubada pelas reverberações de sua força psíquica.

Enquanto ela o contemplava, confusa e aflita, pensando como ele podia saber sobre a imperfeição de sua habilidade, ele disse:

– Lex me pôs a par de algumas coisas sobre você também. Ele me contou o que acontece cada vez que você dispara um desses mísseis psíquicos. Componente muito poderoso. Mas eu em seu lugar não o gastaria só porque sente necessidade de demonstrar força.

– Que o Lex vá pro inferno – murmurou Renata. – E que você vá pro inferno também. Não preciso de seus conselhos e certamente não preciso de nenhum de vocês falando porcarias a meu respeito pelas minhas costas. Essa conversa termina aqui.

Zangada como estava, ela, impulsivamente, flexionou o braço para trás e lançou a adaga na direção de Niko, sabendo que ele sairia facilmente do caminho como tinha feito antes. Dessa vez, porém, ele não se moveu. Com um estalo rápido como um relâmpago, ele estendeu a mão e capturou a lâmina no ar. E com um sorriso totalmente satisfeito, conseguiu que ela perdesse de vez as estribeiras.

Renata apanhou a última adaga no suporte do canil e a atirou contra ele. Como a outra, esta também foi pega no ar e agora ambas estavam nas mãos hábeis do guerreiro da Raça.

Ele a olhou, sem piscar, com um calor masculino que deveria deixá-la gelada, mas que, todavia, não a deixava.

– E agora o que vamos fazer para nos divertir, Renata?

Ela o fulminou com o olhar.

– Divirta-se sozinho. Vou embora daqui.

Ela deu meia-volta, pronta para sair do canil. Apenas tinha dado dois passos quando escutou um som agudo em ambos os lados de sua cabeça, tão perto que alguns fios errantes de seus cabelos voaram pelo rosto.

Então, diante dela, observou sobrevoar uma mancha imprecisa de aço, que estalou no outro extremo da parede.

Golpe seco.

As duas adagas que tinham voado ao lado de sua cabeça como objetos erráticos estavam agora cravadas na velha madeira, bem próximas de seus punhos. Renata virou-se, furiosa.

– Seu filho da mãe...

Ele se lançou sobre ela, seu enorme corpo obrigando-a a ir para trás, seus olhos azuis brilhando com algo mais profundo que a simples diversão ou a básica arrogância masculina. Renata deu um passo para trás, apenas o suficiente para que pudesse equilibrar seu peso sobre os calcanhares. Ela caminhou para trás e virou-se, elevando a outra perna em um chute giratório.

Dedos tão inflexíveis quanto barras de ferro fecharam-se ao redor de seu tornozelo, retorcendo-o.

Renata caiu no chão do canil, asperamente sobre as costas. Ele a seguiu, colocando-se sobre ela e encurralando-a enquanto ela lutava, agitando-se violentamente com os punhos e com as pernas. Mas Niko apenas precisou de um minuto para domá-la.

Renata ofegava pelo esforço excessivo, seu peito elevava-se pela velocidade de sua pulsação.

– Agora quem deseja demonstrar força, guerreiro? Você ganhou. Está feliz agora?

Ele fixou o olhar nela de forma estranha e silenciosa, não demonstrando prazer ou aborrecimento.

Seu olhar mantinha-se estável, tranquilo e íntimo. Ela podia sentir o coração martelando contra o peito. As coxas grossas dele escancaradas sobre ela, as duas mãos presas por cima de sua cabeça. Ele a sustentava com firmeza, com os dedos segurando-lhe os punhos em um suave apertão – suave e incrivelmente carinhoso. O olhar dele se desviou para onde a segurava, e um brilho de fogo crepitava em sua íris quando ele encontrou a pequena marca de nascimento carmesim com o desenho de uma lágrima que caía sobre uma meia-lua no pulso direito. Com o polegar, acariciou aquele precioso lugar, uma carícia fascinante e hipnótica que enviou um calor selvagem e erótico pelas veias de Renata.

– Ainda quer saber o que vi nos olhos de Mira?

Renata ignorou a pergunta, segura de que aquilo era a última coisa de que ela precisava saber naquele momento. Ela lutou com força debaixo dos músculos do corpo pesado do guerreiro, mas o maldito a dominava com o mínimo de esforço. Bastardo.

– Saia de cima de mim!

– Pergunte-me outra vez o que foi que vi, Renata.

– Já lhe disse para sair de cima de mim – grunhiu Renata, sentindo o pânico aumentar dentro do peito. Tentou respirar normalmente, sabendo que tinha que manter a calma e a situação sob controle. E tinha que ser rápida. A última coisa de que precisava era que Sergei Yakut saísse para procurá-la e a encontrasse impotente debaixo de outro macho. – Deixe-me sair agora.

– Do que tem medo?

– De nada, maldito!

Ela cometeu o erro de levantar o olhar em direção a ele. Um calor âmbar infiltrou-se no azul dos olhos do guerreiro: fogo devorando gelo. Suas pupilas começaram a estreitar-se rapidamente e atrás de seus lábios ela viu as pontas agudas das presas emergentes de Niko.

Se ele estava zangado, aquilo era apenas uma parte da causa física de sua transformação, já que, onde sua pélvis repousava ameaçadoramente sobre a dela, Renata sentia a ponta rija em sua virilha, a dilatação muito evidente do membro de Niko pressionando-se deliberadamente entre suas pernas.

Ela se moveu, tentando escapar daquele calor, da erótica posição dos corpos, mas aquilo apenas o deixou mais encaixado nela. O pulso acelerado de Renata se elevou, assumindo um ritmo urgente ao passo que um calor indesejado começou a florescer em seu sexo já completamente umedecido.

*Ah, Deus! Isso não é bom. Isso não é nada bom.*

– Por favor – ela gemeu, odiando-se pelo débil tremor que resvalou no momento de pronunciar a palavra. Odiando a ele também.

Queria fechar os olhos, recusando-se a ver o ardente e fixo olhar faminto. Ou a boca sensual e completamente selvagem tão perto da sua. Recusava-se a sentir o calor ilícito, a luxúria insana que ele causava nela – o perigo daquele inesperado desejo mortal. Mas seus olhos permaneciam fixos, incapazes de desviar, a resposta de seu corpo para aquele macho da Raça era mais forte que o ferro, mais intenso que sua vontade.

– Pergunte-me o que a menina me mostrou esta noite em seus olhos – exigiu ele, com voz tão baixa quanto um ronronar. Seus lábios estavam tão perto dos dela que lhe roçaram a pele suave. – Pergunte-me, Renata. Ou talvez prefira ver a verdade com seus próprios olhos.

O beijo passou através de seu sangue como fogo.

Os lábios pressionaram-se com paixão, o fôlego quente apressou-se, mesclando-se nos corpos ardentes dos dois. A língua do guerreiro explorou a boca de Renata, inundando-lhe, afogando seu grito mudo de prazer. Renata sentiu os dedos dele acariciando-lhe as bochechas, deslizando sobre os cabelos de sua têmpora para, então, passarem deliciosamente por sua nuca sensível. Ele a puxou para mais perto, afogando-a mais profundamente no beijo, que a estava tomando por completo, rompendo totalmente sua resistência.

*Não. Ah, Deus! Não, não, não. Não posso fazer isto. Não posso sentir isto.*

Renata separou-se da erótica tortura da boca do guerreiro e virou a cabeça para o lado. Ela estava tremendo, e suas emoções estavam chegando a um nível perigoso. Ela arriscara muito ali, com ele. Muito.

Por Deus! Ela tinha que apagar aquela chama que ele acendera em seu interior, aquela chama que a estava derretendo de forma mortal. E tinha de apagá-la rapidamente.

Dedos quentes tocaram-lhe o queixo, dirigindo seu olhar novamente à fonte de sua angústia.

– Você está bem?

Ela livrou-se daquelas mãos e separou-se do macho da Raça com um empurrão, ainda incapaz de falar.

Ele se afastou imediatamente. Segurou-lhe a mão, ajudando-a a ficar de pé. E embora Renata não quisesse ajuda alguma, ela estava muito afetada para rechaçar Niko naquele momento. Ficou de pé, incapaz de olhá-lo, tentando recompor-se.

Rezava para que não tivesse acabado de assinar sua própria sentença de morte.

– Renata?

Aquela voz atravessou-a de forma desesperadamente tranquila e fria.

– Aproxime-se de mim outra vez – ela disse – e eu juro que mato você.

# Capítulo 7

Alexei estava esperando havia mais de dez minutos do lado de fora do quarto de seu pai, o que demonstrava que um pedido seu para uma audiência era considerado como o de qualquer um dos outros guardas de Yakut. A falta de respeito – a flagrante indiferença – não incomodava mais Lex como antes. Ele tinha superado esse passado amargo e inútil em favor de coisas mais produtivas.

Ah! No fundo do estômago de Lex ainda doía saber que seu pai – seu único parente vivo – pudesse pensar tão pouco nele, mas o calor da rejeição constante tinha, de alguma forma, se tornado menos doloroso. As coisas eram simplesmente assim. E Lex, de fato, era mais forte por isso. Era igual ao pai, de maneira que nem o maldito velho Primeira Geração poderia imaginar, que dirá admitir.

Mas Lex conhecia suas próprias capacidades. Conhecia suas próprias forças. Sabia sem dúvida alguma que podia ser muito mais do que era agora, e desejava a oportunidade de demonstrá-lo: a ele mesmo e, sim, ao filho da mãe que o criara também.

Quando a porta finalmente se abriu, o ruído seco da fechadura de metal fez os pés de Lex vacilarem.

– Bem a tempo – grunhiu ele ao guarda, que se afastou para deixá-lo entrar.

O lugar estava escuro, iluminado apenas pelo brilho das madeiras que ardiam na enorme lareira de pedra na parede oposta. Havia eletricidade na casa, mas ela raramente era utilizada – não eram necessárias luzes, pois Sergei Yakut e o resto da Raça tinham uma extraordinária visão, especialmente no escuro.

Os outros sentidos dos homens da Raça também eram bastante agudos, mas Lex suspeitava que até um humano se sentiria em apuros ao sentir os aromas de sangue e sexo que se fundiam com o aroma azedo da fumaça da lareira.

– Perdoe-me por interrompê-lo – murmurou Lex, enquanto seu pai saía de um cômodo anexo.

Yakut estava nu, com o pênis ainda parcialmente ereto e inclinando-se obscenamente com cada movimento. Enojado pela vista, Lex piscou e desviou o olhar. Rapidamente pensou melhor no ato e percebeu que aquele débil impulso seria usado contra ele. Em vez disso, observou o pai entrar no quarto, os olhos brilhando como carvões âmbar enfiados no fundo do crânio, com as pupilas reduzidas a estreitas e verticais frestas no centro do globo ocular. As presas em sua boca estavam enormes, completamente estendidas e afiadas como lâminas.

Uma camada de suor cobria-lhe o corpo e cada polegada da lívida cor latente de seus dermoglifos, as marcas únicas da Raça que se estendiam da garganta aos tornozelos do Primeira Geração. Sangue fresco – humano, sem dúvida, um aroma fraco que indicava pertencer a um Subordinado – manchava todo o torso e os flancos do vampiro ancião.

Lex não estava surpreso pela evidência da recente atividade de seu pai, nem pelo fato de que o trio de vozes fracas no outro quarto fosse as de seu atual grupo de escravas humanas. Criar e manter Subordinados, algo que só as estirpes mais puras e poderosas da Raça eram capazes de fazer, tinha sido durante muito tempo uma prática ilegal entre a educada sociedade da Raça. Entretanto, essa prática continuava, pelo menos entre os domínios de Sergei Yakut. Ele fazia suas próprias regras, executava sua própria justiça, e aqui, neste lugar remoto, deixava claro a todos que *ele* era o rei. Inclusive Lex podia desfrutar desse tipo de liberdade e poder. Diabos! Podia, de fato, saboreá-lo.

Yakut dirigiu-lhe um olhar desdenhoso do outro lado do quarto.

– Olho para você e vejo a morte diante de mim.

Lex franziu a testa.

– Senhor?

– Se não fosse pelas restrições do guerreiro e por minha intervenção nesta noite, estaria ao lado de Urien em cima daquele armazém na cidade, ambos esperando o amanhecer.

O desprezo inundava cada sílaba das palavras de Yakut enquanto ele pegava uma ferramenta de ferro do lado da chaminé e movia as brasas na lareira.

– Salvei sua vida esta noite, Alexei. O que mais espera por hoje?

Lex irritou-se ao se lembrar de sua recente humilhação, mas sabia que o ódio não o ajudaria, particularmente quando estivesse enfrentando o pai. Fez um movimento com a cabeça, tentando encontrar uma maldita resistência para manter o tom em sua voz.

– Sou seu fiel servo, pai. Não me deve nada. E não peço nada exceto a honra de sua contínua confiança em mim.

Yakut grunhiu.

– Você fala mais como um político do que como um soldado. Não preciso de políticos entre os meus, Alexei.

– Sou um soldado – respondeu rapidamente Lex, elevando a cabeça e olhando enquanto o pai continuava movendo a barra de ferro no fogo. As lenhas soltavam faíscas que golpeavam o silêncio letal que tomava conta do ambiente. – Sou um soldado – afirmou novamente. – Quero servi-lo da melhor maneira possível, pai.

Yakut girou a cabeça despenteada para olhar Lex por cima do ombro.

– Você me oferece palavras, garoto. Não confio em palavras. E ultimamente não o vejo me oferecendo nada além de palavras.

– Como espera que eu seja eficiente se não me mantém informado dos acontecimentos?

Quando os olhos matizados de âmbar estreitaram-se sobre ele, Lex apressou-se em acrescentar:

– Falei com o guerreiro no bosque. Ele me contou sobre os recentes assassinatos dos Primeira Geração. Disse que a Ordem havia pessoalmente entrado em contato com você para avisá-lo do perigo potencial. Deveria ter me contado isso, pai. Como capitão de sua guarda, mereço ser informado.

– Merece o quê? – a pergunta saiu dos lábios de Yakut. – Por favor, Alexei... diga-me o que você acha que merece.

Lex permaneceu em silêncio.

– Nada a acrescentar, filho? – Yakut moveu a cabeça em um ângulo exagerado, a boca mostrando um sorriso sarcástico. – Uma acusação semelhante me foi lançada há anos pelos lábios de uma mulher estúpida que pensava poder apelar para meu sentido de obrigação. Minha misericórdia, possivelmente – Yakut riu entre os dentes, voltando a atenção de novo ao fogo, para mover, de novo, as brasas. – Sem dúvida você se lembra do que aconteceu.

– Sim – respondeu com cuidado Lex, surpreso pela garganta seca enquanto falava.

As lembranças formaram redemoinhos com as ondulantes chamas da lareira.

Norte da Rússia, fim do inverno. Lex era um menino, mal tinha dez anos, mas era o homem de seu precário lar tanto quanto podia se lembrar. Sua mãe era tudo o que ele tinha. A única que sabia como ele era realmente, e a única que o queria bem.

Ele estava preocupado desde a noite em que ela lhe havia dito que o levaria para conhecer seu pai pela primeira vez. Disse-lhe que ele era um segredo que ela tinha mantido – seu pequeno tesouro. Mas o inverno fora duro, e eles eram pobres. Precisavam de refúgio, de alguém que os protegesse. O campo estava em batalha e era inseguro para uma mulher cuidando sozinha de um menino. Ela disse que o pai de Lex os ajudaria, que ele abriria os braços em boas-vindas uma vez que conhecesse o filho.

Mas Sergei Yakut os recebeu com uma cólera fria e um terrível e impensável ultimato.

Lex se lembrou da mãe rogando a Yakut para que os acolhesse... Lembrou-se da mulher sendo completamente ignorada. Lembrou-se da bela mulher ajoelhada diante de Yakut, implorando para que cuidasse de Alexei.

As palavras estavam gravadas nos ouvidos de Lex, inclusive agora: "Ele é seu filho! Isso não significa nada para você? Será que ele não merece algo mais?".

Rapidamente a cena saiu do controle.

Facilmente, Sergei Yakut ergueu uma espada e deslizou a lâmina pelo pescoço da indefesa mãe de Lex.

Suas palavras brutais afirmavam que ele tinha apenas lugar para soldados em seu reino, e que Lex tinha uma escolha a fazer naquele momento: servir ao assassino de sua mãe ou morrer com ela.

A débil resposta de Lex tinha sido dita entre soluços. "Vou servi-lo", disse. E sentiu que uma parte de sua alma o abandonava enquanto olhava com horror o corpo ensanguentado e mutilado da mãe. *Vou servi-lo, pai.*

O silêncio que se seguiu foi muito frio, tão frio quanto uma tumba.

– Sou seu servo – Lex disse alto, baixando a cabeça mais pelo peso das velhas lembranças do que por respeito ao tirano que o governava. – Minha lealdade sempre foi sua, pai. Apenas sirvo ao seu prazer.

Um repentino calor, tão intenso quanto chamas ardentes, veio sob o queixo de Lex. Sobressaltado, ele levantou a cabeça, estremecendo de dor com um grito afogado. Viu a fumaça sair diante de seus olhos, sentiu o cheiro adocicado de carne queimando.

Yakut Sergei estava diante dele segurando o atiçador de ferro nas mãos. A ponta brilhante da haste de metal queimava vermelha, exceto pelo resíduo de pele branca pendurada, que havia sido arrancada do rosto de Lex.

Yakut sorriu, mostrando as pontas de seus dentes.

– Sim, Alexei, você serve apenas para o meu prazer. Lembre-se disso. Só porque meu sangue corre em suas veias não significa que eu não possa matá-lo.

– Claro que não – Lex murmurou, seus dentes cerrados pela devastadora agonia da queimadura. O ódio fervilhava nele pelo insulto que tinha que engolir e por sua própria impotência quando viu o homem da Raça desafiando-o com a testa franzida, pronto para fazer um movimento contra ele novamente. Yakut acabou desistindo. O velho arrastou uma túnica de linho marrom de uma cadeira e deu de ombros para ele. Seus olhos ainda estavam brilhantes, com fome e sede de sangue. Deixou a língua deslizar em seus dentes e presas.

– Como você está tão ansioso para me agradar, traga-me Renata. Preciso dela agora.

Lex apertou os dentes.

Sem palavras, saiu do quarto com a mandíbula rígida, os próprios olhos cintilando com a luz âmbar de sua indignação. Não perdeu de vista o olhar confuso do guarda postado na porta, o rumo inquieto dos olhos dos outros vampiros enquanto disfarçava o aroma de carne queimada e o provável calor de sua ira.

A queimadura cicatrizaria – de fato, já estava cicatrizando –, seu acelerado metabolismo da Raça reparava a pele queimada enquanto seus pés o levavam à área principal do refúgio. Renata vinha de fora. Ela viu Lex e se deteve, virando como se quisesse evitá-lo.

Não mesmo.

– Ele quer você – gritou Lex, sem se preocupar com quantos outros guardas estivessem ouvindo. Todos sabiam que ela era a vadia de

Yakut, assim, não havia razão para fingir outra coisa. – Mandou-me que a chamasse. Está a sua espera para que o sirva.

Os frios olhos verde-jade o demoliram.

- Estive treinando. Preciso me lavar.

- Ele disse agora, Renata.

Uma ordem curta que ele sabia que seria obedecida. Havia mais do que uma leve satisfação nesse pequeno e raro triunfo.

- Muito bem.

Ela deu de ombros, apoiada sobre seus pés descalços.

Sua insossa expressão enquanto se aproximava dizia que não se preocupava com o que pensavam dela, muito menos Lex, e essa indiferença à humilhação apenas o fazia querer degradá-la mais. Farejou em sua direção, mais pelo efeito que isso causava do que por qualquer outra coisa.

- Ele não se importará com sua imundície. Todos sabemos que as melhores vagabundas são as sujas.

Renata não fez mais do que piscar com o vulgar comentário. Ela podia reduzi-lo com uma rajada de seu poder mental se assim o decidisse - de fato, Lex quase esperava que ela o fizesse, simplesmente para provar que a havia ferido. Mas o rápido giro de seu olhar disse que ela não sentia que ele merecia tal esforço.

Ela passou junto dele com uma dignidade que ele não podia compreender. Ele a olhou – todos os guardas próximos a olharam - enquanto ela caminhava para o quarto de Sergei Yakut tão calma quanto uma rainha a caminho da forca.

Não precisou muito para Lex imaginasse o dia em que ele controlaria tudo, mandaria naquele lugar, inclusive na altiva Renata. É óbvio, a vadia não seria tão altiva se sua mente, vontade e corpo pertencessem completamente a ele. Uma Subordinada para servir cada um de seus caprichos e os dos outros homens sob seu comando.

Sim, Lex pensou sombriamente, seria muito bom ser rei.

# Capítulo 8

Nikolai pegou uma das adagas de Renata no poste onde ela as havia atirado. Tinha de lhe dar crédito: se tivesse acertado o alvo, ele estaria morto. Se fosse simplesmente um humano com reflexos lentos, e não um macho da Raça, o treinamento dela certamente o teria transformado em espetinhos para assar.

Ele riu ao devolver a lâmina ao envoltório elegante com as outras três. As armas eram belas, lustrosas e perfeitamente equilibradas, obviamente feitas à mão. Niko deixou seu olhar vagar sobre o desenho esculpido nos punhos de prata esterlina da arma. O padrão parecia ser um jardim de videiras e flores, mas quando ele as olhou mais de perto, deu-se conta de que cada uma das quatro lâminas também tinha uma palavra gravada dentro do desenho: fé, coragem, honra e sacrifício.

Ele se perguntou se aquilo seria uma espécie de oração de um guerreiro ou os princípios da disciplina pessoal de Renata.

Nikolai pensou no beijo que tinham compartilhado. Bom, dizer que eles o tinham compartilhado era um tanto presunçoso, considerando como ele tinha descido sua boca com toda a delicadeza de um trem de carga. Ele não tivera a intenção de beijá-la. Certo, e a quem ele estava tentando enganar? Ele não poderia ter parado mesmo que tivesse tentado. Não que fosse uma desculpa. E não que Renata tivesse dado qualquer possibilidade de desculpas ou perdão.

Niko ainda podia ver o horror em seus olhos, a inesperada, porém óbvia repulsão pelo que ele tinha feito. Ainda podia sentir a sinceridade da ameaça que ela pronunciou antes de sair tempestuosamente do canil.

A parte destruída de seu ego tentava acalmá-lo com a possibilidade de que talvez ela realmente desprezasse todos os machos de modo geral. Ou que talvez ela fosse tão fria como Lex parecia pensar. Um soldado assexuado – frígida apesar de ter a cara de um anjo e o corpo que conduzia sua mente a todo tipo de pecado e luxúria. Muitos pecados, cada um mais tentador e atraente do que o anterior.

Nikolai tinha um encanto fácil quando se tratava de mulheres. Não era simples alarde, mas uma conclusão a que ele tinha chegado baseado nos anos de experiência. Quando se tratava de mulheres, desfrutava tranquilamente das conquistas sem complicações, quanto mais temporárias melhor. A perseguição e as lutas eram divertidas, mas o melhor reservava para o combate verdadeiro, em batalhas sangrentas, com vampiros Renegados e outros inimigos da Ordem. Esses eram os desafios de que ele mais desfrutava.

Então, por que estava lutando contra esse impulso perverso de ir atrás de Renata e descobrir se não podia descongelar parte do gelo que a cobria?

Porque ele era um idiota. Um idiota com uma fúria perigosa *e* com um aparente desejo mortal.

Hora de parar de pensar com a cabeça de baixo. Não importava o que seu corpo estivesse dizendo - não importava mais o que ele tinha visto no olhar de Mira. Ele tinha um trabalho a fazer, uma missão da Ordem, e esta era a única razão pela qual estava ali.

Niko cuidadosamente envolveu as adagas de Renata no estojo de seda e veludo, e colocou o pequeno embrulho no fardo de palha esperando que ela voltasse para buscá-los, assim como os sapatos deixados para trás.

Abandonou o canil e se dirigiu à escuridão para recolher informações sobre as terras da mansão. Uma meia-lua pendurava-se no alto do céu noturno, velada por um punhado de nuvens negras como carvão. A brisa da meia-noite era cálida, abatendo-se brandamente através dos pinheiros altos e dos carvalhos espinhosos dos bosques ao redor. Os aromas misturavam-se no ar úmido do verão: o sabor forte da resina de pinheiro, a marca mofada do chão protegido do sol, a nitidez de tantos minerais na água doce, na corrente que evidentemente atravessava a propriedade não longe de onde Niko estava.

Nada incomum. Nada fora do lugar.

Até que...

Nikolai levantou o queixo e inclinou a cabeça ligeiramente para o oeste. Algo inesperado atravessou os seus sentidos. Algo que não podia, não deveria, encontrar ali.

Era a morte o que ele estava sentindo.

Sutil, antiga... mas certa.

O guerreiro correu na direção que seu olfato o levava. Cada vez mais profundo no bosque. A cerca de cem metros da mansão, a mata adensou-se. Niko reduziu sua marcha quando chegou ao lugar onde suas fossas nasais começavam a arder com o fedor envelhecido da decomposição. Aos seus pés, o chão estava esparso com folhas, enredado por videiras que caíam longe pela ravina escarpada.

Nikolai olhou para baixo pela fenda, adoecendo, antes mesmo que seus olhos pousassem na carnificina.

– Inferno – murmurou ele, sob seu fôlego.

Uma fossa de morte se encontrava no fundo da ravina. Esqueletos humanos. Dúzias de corpos, sem enterrar, esquecidos, simplesmente jogados uns em cima dos outros, como se fossem lixo. Tantos que levaria muito tempo para contar todos eles. Adultos. Crianças pequenas. Um massacre que não mostrava nenhuma discriminação a suas vítimas, tampouco misericórdia. Um massacre que poderia ter levado anos para ter sido realizado.

A pilha de ossos brancos brilhava sob a escassa luz da lua, pernas e braços empilhados juntos onde quer que o mortos tivessem caído, crânios olhando para ele, com as bocas abertas em macabros gritos silenciosos. Nikolai tinha visto o suficiente. Recuou da beira da ravina enquanto lançava outra maldição na escuridão.

– Que tipo de porcaria andou acontecendo por aqui?

Em seu íntimo, ele sabia.

Jesus Cristo, não havia muita margem para dúvidas.

*Um clube de sangue.*

A fúria e a repugnância passaram através dele em uma onda negra. Ele teve, por instantes, o desejo entristecedor de rasgar os membros de cada vampiro comprometido em violar a lei assassinando todas aquelas pessoas. Não que ele tivesse esse direito, mesmo como um membro guerreiro da Ordem. Ele e seus irmãos não tinham muitos amigos entre os ramos governantes da Raça, e muito menos na Agência de Controle, que atuava tanto como policiais e como políticos, responsáveis pelas populações de vampiros em geral. Eles pensavam que a Ordem e todos os guerreiros que a serviam estavam acima da sociedade civilizada. Vigilantes e militantes. Cães selvagens que só desejavam uma desculpa para fazê-la cair.

Nikolai sabia que isso estava fora de seus limites de atuação, mas isso não fez que o desejo de prescindir sua própria marca de justiça ficasse menos tentador.

Embora ultrajado e indignado, Niko precisava acalmar-se. Sua fúria não ajudaria as vidas esparramadas lá embaixo. Era muito tarde para isso. Niko não podia fazer nada, exceto mostrar um pouco de respeito, algo que lhes tinha sido negado inclusive depois da morte.

Solenemente, embora só por um breve momento, Nikolai se ajoelhou na borda da profunda ravina. Ele estendeu amplamente seus braços longos, invocando o poder luminoso que estava dentro dele, um talento da Raça que se encontrava unicamente nele e que em sua linha de trabalho, em particular, era de pouca utilidade. Sentiu o poder arder em seu interior quando o invocou. O poder se voltou em energia e luz, propagando-se através de seus ombros e movendo-se para baixo, em direção a seus braços. Logo, em suas mãos, esferas gêmeas brilhavam sob a pele no centro das palmas.

Nikolai tocou com os dedos a terra ao seu lado.

Em resposta, as videiras e arbustos se agitaram ao seu redor, gravetos verdes e pequenas flores silvestres do bosque despertaram acima, fazendo movimentos. Esses movimentos aumentaram cada vez mais em acelerada velocidade. Niko enviou os brotos que estavam crescendo de novo para a ravina e, em seguida, ficou de pé para assistir aos mortos serem cobertos por um manto de suaves folhas novas e flores.

Não era um grande rito funerário, mas era tudo o que ele tinha a oferecer às almas dos corpos que foram deixados ali para apodrecer na intempérie.

– Descansem em paz – murmurou ele.

Quando o último osso foi coberto, ele se dirigiu para a mansão. O celeiro de armazenamento em que ele tinha farejado o sangue agora chamava-lhe a atenção.

Só para confirmar suas suspeitas, Niko inspecionou e moveu o ferrolho solto. Abriu a porta e olhou dentro da construção. O celeiro estava vazio, tal como Lex havia dito. Mas novamente, as jaulas de aço construídas no interior não tinham sido feitas para nenhum tipo de armazenamento permanente. Eram gruas altas, celas da prisão com ferrolhos desenhados para os prisioneiros humanos, com caráter de contenção temporária.

Brinquedos vivos para o esporte de caça ilegal no remoto bosque que Sergei Yakut dominava.

Com um grunhido, Nikolai saiu do celeiro e partiu para a casa principal.

– Onde está ele? – perguntou ao guarda armado que o percebeu assim que atravessou a porta. – Onde está ele? Diga agora!

Ele não esperou por uma resposta. Não quando os outros dois guardas, ambos do lado de fora de uma porta fechada no grande corredor, tomaram uma postura de batalha repentina. Atrás deles, estavam os aposentos privados de Yakut, obviamente.

Nikolai irrompeu e empurrou um dos guardas de seu caminho. O outro tinha um rifle e começou a apontar para o guerreiro. Niko bateu a arma na cara do guarda, e então lançou o vampiro tonto à parede mais próxima.

Deu um chute na porta, estilhaçando a madeira velha e arrancando as dobradiças de ferro. Caminhou a passos largos através dos escombros, ignorando os gritos dos homens de Yakut. Encontrou o Primeira Geração no centro do quarto, diante de um sofá de couro, inclinado possessivamente sobre a garganta nua de uma fêmea de cabelos escuros enjaulada pelos braços do vampiro.

Com a interrupção, Yakut levantou a cabeça de sua alimentação e olhou na direção do invasor. Também o fez sua Anfitriã de Sangue...

*Renata.*

Não mesmo.

Ela estava unida a ele com o laço de sangue? Seria ela a Companheira de Raça desse monstro?

Todas as acusações que Nikolai tinha preparado para lançar a Sergei Yakut morreram repentinamente em sua garganta. Ele ficou olhando fixamente, com seus sentidos da Raça turvados e trincados, mais acordados ao ver o sangue da fêmea que gotejava dos lábios e das enormes presas de Yakut. O aroma dela atravessou o quarto, atingindo com força o cérebro de Niko. Ele não esperava um contraste tão estranho ao de sua conduta fria, mas o aroma de seu sangue era uma mescla quente, embriagadora e intoxicante de sândalo e chuva fresca de primavera. Suave. Feminino. Excitante.

A fome apertou o estômago de Nikolai, uma reação visceral com a qual ele teve que lutar arduamente para conter-se. Disse para si que era simplesmente sua natureza da Raça sobressaindo-se. Havia poucos entre os de sua estirpe que podiam resistir ao canto das sereias de uma veia aberta, mas quando seus olhos encontraram o olhar fixo de Renata, um novo calor explodiu dentro dele. Mais forte, aliás, que a primitiva sede de alimentar-se.

Ele a desejava.

Mesmo enquanto estava deitada debaixo de outro macho, permitindo-lhe beber dela, Nikolai tinha fome dela com uma ferocidade que o sobressaltava. Unida pelo sangue a outro ou não, Niko queimava de desejo por Renata.

O que, até mesmo com seu flexível código de honra, o fazia se sentir quase próximo ao nível desprezível de Yakut.

Niko teve de sacudir-se mentalmente para desprender-se daquela visão perturbadora, voltando bruscamente sua atenção aos problemas que tinha à mão.

– Você tem um sério problema – disse ele ao vampiro Primeira Geração, sendo apenas capaz de conter seu desprezo. – Na verdade, suponho que você tem aproximadamente três dúzias deles apodrecendo em seu bosque.

Yakut permaneceu calado, seu olhar escuro assumiu a cor âmbar, indicando o desafio. Um grunhido ondulou antes que ele voltasse a cabeça para sua refeição interrompida. A língua de Yakut deslizou do meio de seus lábios para lamber as espetadas que tinha deixado no pescoço de Renata, selando as feridas e estancando o sangue.

Só então, quando a língua de Yakut percorreu a pele de Renata, ela afastou o olhar de Niko. Ele acreditou ver alguma tranquilidade, um pouco de resignação, passar através de seu rosto nos segundos antes de Yakut se levantar e a liberar. Uma vez livre, Renata se moveu para o canto do quarto, puxando a camisa de volta ao lugar.

Ela ainda estava vestida com a roupa de antes, ainda estava descalça.

Ela devia ter vindo diretamente para cá depois do que tinha se passado no canil.

Tinha procurado Yakut por proteção? Ou por simples comodidade?

*Jesus.*

Niko se sentiu um asno quando se lembrou da maneira como tentou beijá-la. Se ela estivesse unida por sangue a Sergei Yakut, essa união era sagrada, íntima... exclusiva. Não admirava que ela tivesse reagido como reagira. Os beijos de Nikolai teriam sido um insulto e a degradação para ambos. Mas agora ele não estava ali para pedir desculpas – não a Renata ou ao seu aparente companheiro.

Nikolai dirigiu um olhar duro para o vampiro.

– Há quanto tempo você caça seres humanos, Yakut?

O Primeira Geração apenas grunhiu, sorrindo.

– Encontrei os currais de detenção no celeiro. Encontrei os corpos. Homens, mulheres... crianças.

Nikolai grunhiu uma maldição, incapaz de conter sua repugnância e indignação.

– Você transformou esse lugar em um maldito clube de sangue. Pelo aspecto dos corpos, eu diria que faz isso há anos.

– E o que tem isso? – Yakut perguntou despreocupadamente, sem sequer tentar emitir uma respeitável negação.

E no canto do quarto, Renata permaneceu em silêncio, com os olhos fixos em Niko, mas sem mostrar surpresa alguma.

*Ah, Cristo! Então ela também sabia.*

– Maldito doente – ele disse, olhando de novo para Yakut. – Todos vocês estão doentes. Não poderá continuar com isso. Pare agora mesmo. Há leis...

O Primeira Geração riu, com a voz deformada pela transformação de seu lado mais selvagem.

– Eu sou a lei aqui, rapaz. Ninguém, nem os Refúgios e sua tão elogiada Agência, nem sequer a Ordem têm algo a ver com meus assuntos. Convido qualquer um para vir aqui e tentar me dizer o contrário.

A ameaça era clara. Apesar do fato de a honra e a justiça gritarem dentro de Nikolai para que ele acabasse com o maldito filho da mãe ali mesmo, ele não podia fazê-lo, pois Yakut não era um vampiro comum. Era um Primeira Geração. Não apenas dotado de força e poderes imensamente maiores que os do guerreiro ou de qualquer outro posterior da Raça, mas também membro de uma classe rara. Desses, só havia poucos, menos ainda agora, como resultado da eclosão dos recentes assassinatos.

Tão repugnante quanto a prática ilegal dos clubes de sangue entre a sociedade da Raça era a tentativa de matar um vampiro da Primeira Geração.

Nikolai não podia levantar a mão contra o filho da mãe, não importa quanto desejasse fazer isso.

E Yakut sabia. Ele limpou a boca com a túnica escura, esfregando ligeiramente a fragrância doce do sangue de Renata.

– A caçada está em nossa natureza, rapaz.

A voz de Yakut tinha uma serenidade mortal, completamente cheia de confiança, enquanto avançava para Nikolai.

– Você é jovem, nascido da Raça mais fraca de alguns de nós. Talvez seu sangue esteja tão diluído com o da humanidade que simplesmente não pode compreender a necessidade em sua forma mais pura. Se tivesse o gosto pela caçada, seria menos hipócrita com aqueles de nós que preferem viver como deve ser.

Niko sacudiu lentamente a cabeça.

– Os clubes de sangue não são só caçada. Eles são simplesmente uma matança. Você pode dizer suas asneiras, mas ainda assim você não passa de um monte de porcaria. É um animal. O que você realmente precisa é de uma focinheira e de uma coleira. Alguém tem que deter você.

– E pensa que você ou a Ordem fará essa tarefa?

– Você pensa que nós não faremos? – desafiou Niko, com uma parte de si esperando que o Primeira Geração lhe desse uma boa razão para sacar suas armas. Ele não se imaginava fugindo do confronto com o vampiro ancião, ele não desistiria sem uma maldita briga.

Em resposta, Yakut recuou, com seus olhos de cor âmbar brilhantes, as elípticas pupilas diminutas estilhaçadas de negro. Ergueu o queixo barbudo e virou a cabeça para um lado. Seus lábios se separaram com um selvagem sorriso que expôs suas presas. Daquela maneira não era difícil que todos observassem a parte alienígena dele – a parte que fazia dele e de todo o resto da Raça o que eram: predadores que bebem sangue e não pertencem totalmente a este mundo mortal, mas que apenas nasceram aqui.

– Eu lhe disse uma vez que você não era bem-vindo em meus domínios, guerreiro. Você ou sua proposta de aliança com a Ordem não me serve de nada. Minha paciência está chegando ao limite, assim como sua estadia aqui.

– Sim – concordou Niko. – Vou dar o fora deste lugar com muito prazer. Mas não pense que esta é a última vez que você vai ter notícias minhas.

Ele não pôde deixar de deslizar o olhar selvagem sobre o corpo de Renata quando disse essas palavras. Por mais raiva que estivesse sentindo de Yakut, não podia sentir o mesmo por ela. Ele esperava que ela dissesse que não sabia sobre os crimes que aconteciam naquele pedaço de terra embebido de sangue, desejava que ela dissesse algo para convencê-lo de que não fazia parte do jogo e das práticas doentias de Yakut.

Mas ela simplesmente recuou o olhar, com os braços cruzados sobre o peito. Uma mão se elevou ociosamente para tocar a ferida que estava se curando em seu pescoço, mas ela permaneceu em silêncio.

Todavia, ela não deixou de olhar o guerreiro quando ele saiu pela porta escancarada diante do aturdido guarda de Yakut.

– Devolvam os itens pessoais ao guerreiro e cuidem para que ele deixe a propriedade sem incidentes – Yakut ordenou a um par de homens armados que se encontravam fora de seu quarto.

Quando os dois saíram para atender a ordem, Renata começou a segui-los. Alguma parte desequilibrada dela desejava poder ser capaz de encontrar Nikolai sozinho e...

*E o que?*

Explicar a verdade e contar como eram as coisas para ela aqui? Tentar justificar as ações que ela tinha sido forçada a fazer?

Com que finalidade?

Nikolai estava partindo. Ele nunca teria que voltar para aquele lugar, enquanto ela estaria ali até seu último suspiro. Que bem poderia fazer explicar algo disso a ele, um desconhecido que provavelmente não a entenderia, e muito menos a protegeria?

Entretanto, os pés de Renata continuaram movendo-se.

Ela sequer chegou até a porta. A mão de Yakut se fechou fortemente sobre seu pulso, segurando-o em suas costas.

– Você não, Renata. Você fica.

Ela o olhou com uma expressão que esperava estar desprovida da ansiedade e das náuseas que estava tentado tão duramente disfarçar.

– Pensei que tínhamos terminado aqui. Que talvez devesse ir com os outros, só para assegurar que o guerreiro não decida fazer nada estúpido em seu caminho fora da propriedade.

–Você fica – o sorriso de Yakut congelou-lhe até os ossos. – Tenha cuidado, Renata. Eu não gostaria que você fizesse nada estúpido.

Ela tragou o repentino nó gelado de ansiedade de sua garganta.

– Desculpe-me?

– Tenha cuidado – respondeu ele, apertando-lhe hermeticamente o braço. – Suas emoções a traem, querida. Posso sentir o aumento de sua frequência cardíaca, o muro de adrenalina que atravessa seu corpo correndo por suas veias agora mesmo. Senti a mudança em você no momento que o guerreiro entrou no quarto. Senti antes também. Importa-se em me dizer por onde esteve esta noite?

– Treinando – respondeu ela, rapidamente, mas com firmeza. Para não dar razão alguma para duvidar dela, já que aquela era essencialmente a verdade. – Antes que você mandasse Lex procurar por mim, eu estava do lado de fora, fazendo meus exercícios de treinamento no antigo canil. Se você sentiu algo diferente em mim, deve ter sido por conta do excesso de treinamento.

Um silêncio longo se estendeu, enquanto o aperto rígido mantinha-se em seu pulso.

–Você sabe quanto valorizo a lealdade, não é, Renata? – disse Yakut enquanto Renata fez uma breve inclinação de cabeça. – Valorizo-a tanto quanto você valoriza a vida daquela menina que dorme no outro quarto – disse ele friamente. – Penso que essa dúvida poderia fazer com que ela terminasse no cemitério.

O sangue de Renata congelou em suas veias diante daquela ameaça. Ela olhou fixamente para cima, diretamente nos malignos olhos do monstro que agora sorria abertamente, com um prazer doentio.

– Como disse, querida Renata, tenha cuidado.

# Capítulo 9

A cidade de Montreal, assim nomeada por causa do enorme monte que proporcionava uma vista magnífica do Rio Saint Lawrence e do vale abaixo, brilhava como um pote de pedras preciosas sob a lua crescente. Arranha-céus elegantes, torres de igrejas góticas, avenidas arborizadas e, à distância, uma brilhante linha de água que envolvia a cidade em um abraço protetor. Uma vista realmente espetacular.

Não havia dúvidas sobre a razão pela qual o líder do Refúgio de Montreal havia escolhido estabelecer sua comunidade perto do cume do Monte Real.

De pé no balcão do segundo andar da mansão em estilo barroco tinha-se a impressão de que a velha propriedade de caçadores fora da cidade parecia estar a mil quilômetros de distância. Mil anos longe daquela educada e civilizada maneira de viver. O que, obviamente, era verdade.

A espera para se encontrar com Edgar Fabien, o guerreiro da Raça que fiscalizava a população de vampiros de Montreal, parecia durar uma eternidade. Fabien era bem conhecido na cidade e havia rumores de que tinha bons contatos, tanto entre os Refúgios quanto no grupo de patrulha conhecido como a Agência. Ele era a escolha natural para uma situação delicada como aquela.

Mesmo assim, se o líder do Refúgio estivesse disposto a cooperar, essa era uma aposta que Lex tinha de arriscar. Aquela visita tardia e sem aviso fora um ato espontâneo e muito, muito arriscado.

O simples fato de ir ali já significava declarar-se inimigo de Sergei Yakut.

Mas Lex tinha visto o suficiente, tinha suportado o suficiente.

O príncipe estava de saco cheio de lamber as botas do pai. Era hora do rei tirano cair.

Lex girou ao som dos passos aproximando-se do interior da recepção. Fabien era um homem magro, alto e meticulosamente vestido, como se tivesse nascido em seus trajes feitos sob medida e com seus brilhantes mocassins de couro. Seu cabelo loiro acinzentado estava penteado para trás com algum tipo de gel perfumado, e quando ele sorriu para saudar Lex, seus magros lábios e estreitos traços faciais ficaram ainda mais severos.

– Alexei Yakut – disse, saindo para o balcão e oferecendo a mão para Lex. Não menos que três anéis cintilavam em seus longos dedos, ouro e diamantes que rivalizavam com o brilho da cidade lá fora. – Lamento que tenha esperado tanto. Temo que não estejamos acostumados a receber convidados inesperados em minha residência pessoal.

Lex assentiu, tenso, e soltou a mão de Fabien. A casa do líder do Refúgio não estava exatamente nos guias de turismo da cidade de Montreal, mas umas poucas perguntas feitas às pessoas certas tinham guiado Lex até ali sem maiores problemas.

– Venha, por favor – disse o homem da Raça, gesticulando para Lex e guiando-o para o interior da casa. Fabien se sentou em um luxuoso sofá, deixando espaço para Lex do outro lado.

– Devo admitir que fiquei surpreso quando minha secretária me disse quem queria me ver. Uma vergonha que não tenhamos tido a oportunidade de nos conhecer até agora.

Lex sentou-se junto ao líder do Refúgio, incapaz de evitar que seus olhos viajassem pelo interminável luxo de seus arredores.

– Mas você sabe quem sou eu? – perguntou Lex com cuidado. – Sabe também quem é o Primeira Geração, meu pai, Sergei Yakut?

Fabien assentiu com elegância.

– Só pelo nome, infelizmente. Fui negligente ao não ter feito as apresentações formais logo que vocês chegaram a minha cidade. Entretanto, os guarda-costas de seu pai deixaram claro que seu pai era uma espécie de eremita quando meu emissário pediu um encontro. Entendo que ele prefira uma vida tranquila e rural fora da cidade, em contato com a natureza ou algo do tipo.

Sobre os nódulos de seus dedos, o sorriso de Fabien não alcançou seus olhos.

– Suponho que viver com aquele tipo de... simplicidade signifique alguma coisa.

Lex grunhiu.

– Meu pai escolheu tal vida porque acredita estar acima da lei.

– Como?

– É por isso que estou aqui – disse Lex. – Tenho informações. Informações importantes que precisam ser averiguadas rapidamente. Secretamente.

Edgar Fabien inclinou-se contra as almofadas do sofá.

– Ocorreu algo... fora da casa?

– Vem ocorrendo há muito tempo – Lex admitiu, sentindo uma rara sensação de liberdade enquanto essas palavras saíam-lhe da boca.

Lex contou a Fabien tudo sobre as atividades ilegais de seu pai, desde o clube de sangue e do cemitério cheio dos restos de suas vítimas até o frequente assassinato de seus Subordinados humanos. Explicou, não sendo totalmente sincero, como fora corroído por esses segredo durante um longo tempo e como era seu próprio sentido de moralidade – seu sentido de honra e de respeito pela lei da Raça – que o obrigava a procurar ajuda para deter o reino particular de terror de Sergei Yakut.

Era o entusiasmo – a emoção no fundo de sua coragem – que fazia sua voz tremer, mas, se Fabien entendesse isso como lamento, melhor ainda.

Fabien o escutou com a expressão cuidadosamente séria e sóbria.

– Entendo, estou certo de que isso não é um assunto menor. O que você descreveu é... problemático. Perturbador. Mas haverá certos fatos que virão à tona nesse tipo de investigação. Seu pai é um Primeira Geração. Haverá perguntas que ele terá de responder, protocolos que precisarão ser observados.

– Investigação? Protocolos? – disse, indignado, Lex. Saltou sobre os pés, alagado de medo e ira. – Isso poderá levar dias ou até mesmo semanas. Um maldito mês!

Fabien assentiu, desculpando-se.

– De fato, poderá.

– Não há tempo para isso agora! Você não entende? Estou oferecendo meu pai de bandeja. Todas as provas que necessitará para uma detenção imediata estão ali em sua propriedade. Pelo amor de Deus, estou arriscando minha maldita vida só por estar aqui!

– Sinto muito – o líder do Refúgio dizia isso sustentando as mãos erguidas. – Se a situação não for segura para você, estaremos mais do que dispostos a oferecer-lhe proteção. A Agência poderia afastá-lo quando a investigação começar, levá-lo para algum lugar seguro.

A afiada risada de Lex o interrompeu.

– Enviar-me ao exílio? Estarei morto muito antes. Além disso, não estou interessado em fugir e me esconder como um cão. Quero o que mereço. Quero o que aquele bastardo filho da mãe me deve depois de todos esses anos de espera por esmolas – diante das palavras de Lex, era impossível mascarar os verdadeiros sentimentos. A ira preenchia-lhe o corpo por completo. – Quer saber o que realmente quero de Sergei Yakut? A morte.

O olhar de Fabien estreitou-se astutamente.

– Essa é uma afirmação muito perigosa.

– Não sou o único que pensa assim – respondeu Lex. – De fato, alguém teve coragem suficiente para tentar isso na semana passada.

Os ardilosos olhos de Fabien ficaram mais e mais estreitos.

– O que quer dizer?

– Ele foi atacado. Alguém entrou na casa e tentou cortar a cabeça do maldito, mas acabou falhando. Maldita sorte – Lex acrescentou baixinho. – A Ordem pensa que foi trabalho de um profissional.

– A Ordem – repetiu Fabien sem ar. – Como estão envolvidos nisso que está descrevendo?

– Eles enviaram um guerreiro ontem à noite para encontrar-se com meu pai. Aparentemente, estão tentando avisar os Primeira Geração sobre a recente caçada entre a população.

A boca de Fabien trabalhou um segundo sem formar palavras, como se não estivesse segura sobre o que articular primeiro. Ele limpou a garganta.

– Há um guerreiro aqui em Montreal? E o que é isso de caçada recente? Do que você está falando?

– Cinco Primeira Geração foram mortos, nos Estados Unidos e na Europa – disse Lex, recordando o que Nikolai lhe havia dito. – Alguém parece querer eliminar a primeira geração, um por um.

– Santo Deus – a expressão de Fabien era o vivo retrato da surpresa, mas algo nela preocupou Lex.

– Não sabia nada sobre os assassinatos?

Fabien levantou-se lentamente, agitando a cabeça.

– Estou aturdido, asseguro-lhe isso. Não tinha ideia. Que coisa terrível.

– Talvez sim, talvez não – respondeu Lex.

Enquanto olhava o líder do Refúgio, Lex se deu conta de que uma súbita tranquilidade abatia-se sobre o vampiro – uma tranquilidade tamanha que Lex se perguntava se ele ainda estava respirando. Havia um tênue, porém elevado, pânico nos olhos ambiciosos de Lex. Edgar Fabien sustentava o corpo com rígida precisão, mas seu olhar mutante encarava Lex como se quisesse sair correndo da sala.

*Interessante.*

– Sabe, eu esperava que você estivesse mais bem informado, Fabien. Sua reputação na cidade me levava a acreditar nisso. Com todos os seus amigos policiais, você está querendo me dizer que nenhum deles lhe disse algo sobre isso? Provavelmente eles não confiam em você, não? Provavelmente eles têm uma boa razão para isso.

Nesse momento, Fabien encontrou o olhar de Lex. Cintilações âmbar iluminaram-lhe a íris com um sinal revelador de um nervo comprimido.

– Que tipo de jogo está tentando fazer comigo?

– O seu – disse Lex, percebendo uma oportunidade e agarrando-a. – Você sabe sobre as caçadas aos Primeira Geração. A questão é: por que mente sobre isso?

– Não discuto publicamente assuntos policiais – Fabien cuspiu em resposta, inflando seu magro peito com indignação. – O que sei ou não sei é assunto meu.

– Sabia também sobre o ataque a meu pai antes que eu o mencionasse, não é mesmo? Foi você quem o atacou, não é? E quanto aos outros assassinados?

– Jesus Cristo, você está completamente louco.

– Queria estar – disse Lex. – Seja lá o maldito complô em que você está metido, Fabien, eu também quero fazer parte dele.

O líder bufou bruscamente, depois deu as costas a Lex enquanto caminhava para uma das altas estantes cravadas em uma parede prateada. Acariciou a madeira polida, rindo preguiçosamente.

– Embora nossa conversa tenha sido esclarecedora e divertida, Alexei, ela talvez deva terminar aqui. Acredito que é melhor que você vá e se acalme antes de dizer mais alguma tolice.

Lex avançou, decidido a convencer Fabien de que ele valia a pena.

– Se o quiser morto, estou disposto a ajudá-lo a conseguir isso.

– Insensato – foi a resposta que recebeu. – Posso estalar meus dedos e prendê-lo sob suspeita de tentativa de assassinato. Posso, mas nesse momento quero que vá embora e nenhum de nós dirá uma palavra sequer a respeito dessa conversa.

A porta da recepção se abriu e quatro homens entraram. Ao assentimento de Fabien, o grupo rodeou Lex. Sem escolha, ele saiu.

– Manterei contato – disse Lex, mostrando os dentes. – Pode contar com isso.

Fabien não respondeu, mas seu ardiloso olhar permaneceu fixo sobre Lex, com severo entendimento, enquanto o homem, tenso, atravessava a porta e a fechava.

Assim que Lex saiu para a rua, sozinho, sua mente começou a cogitar as opções disponíveis. Fabien era corrupto. Que surpreendente e útil informação. Com um pouco de sorte, não passaria muito tempo antes que as conexões de Fabien fossem também as suas. Não se preocupou particularmente em pensar como as conseguiria.

Levantou os olhos em direção à bela mansão do Refúgio e todo seu imaculado luxo. Era isso o que Lex queria: esse tipo de vida e não a imundície e a degradação que havia conhecido sob o jugo de seu pai. Isso era o que ele verdadeiramente merecia.

Mas, primeiro, ele precisaria sujar as mãos, mesmo que pela última vez.

Lex caminhou ao longo da estrada cheia de curvas ladeada por arvoredos e se dirigiu para a cidade com seus objetivos renovados.

# Capítulo 10

Nikolai despertou na escuridão total, com a cabeça descansando sobre o caixão de um homem aparentemente rico de Montreal que estava morto há 67 anos. O chão de mármore do mausoléu era um pouco duro para as horas de descanso, mas tinha servido muito bem para Niko. A noite estava perigosamente perto da alvorada quando ele deixara o território de Yakut e, além disso, ele certamente já havia dormido em lugares piores do que o cemitério que tinha encontrado no extremo norte da cidade.

Com um gemido, sentou-se e abriu o telefone celular para verificar que horas eram. Merda, ainda era uma hora da tarde; tinha aproximadamente sete ou oito horas para esperar ali antes do anoitecer, quando seria seguro sair. Sete ou oito horas a mais e ele já estava angustiado pelo tempo de inatividade que teria de atravessar.

Sem dúvida alguma, Boston estaria se perguntando sobre ele agora. Niko teclou a discagem rápida que chamava o escritório central da Ordem. No meio do segundo toque, Gideon respondeu.

– Niko, pelo amor de Deus! Já estava na hora de você passar um relatório – o sotaque do inglês vago do guerreiro soou um pouco áspero. Nada surpreendente, considerando que Niko estava ligando no meio do dia. – Diga, você está bem?

– Sim, estou bem. Meu objetivo aqui em Montreal ficou ainda mais difícil de ser alcançado desde domingo, mas, fora isso, está tudo bem.

– Não conseguiu encontrar Sergei Yakut, então?

Niko riu.

– Ah, encontrei o bastardo facilmente. O Primeira Geração está vivinho e abanando o rabo. Mora ao norte da cidade em uma espécie de mansão *à la* Gengis Khan.

O guerreiro deu a Gideon um rápido resumo de tudo o que havia acontecido desde sua chegada a Montreal – do chute no traseiro que recebera de Renata como boas-vindas até as poucas e estranhas horas que passara no refúgio de Yakut, as quais culminaram com a localização de humanos mortos e largados na parte de trás da casa e sua subsequente expulsão de lá.

Ele descreveu a recente tentativa fracassada de acabar com a vida do Primeira Geração e o incrível papel que Mira desempenhou para frustrar tal ataque. Niko deixou de fora a parte sobre o que ele tinha visto nos olhos de Mira. Não viu razão alguma para compartilhar os detalhes daquela visão que, apesar da insistência de Renata em afirmar que Mira nunca se enganava, tinha praticamente zero chance de se realizar – não, agora havia *exatamente* zero chance de a visão acontecer.

Deveria ter sido um alívio para ele saber disso. A última coisa de que precisava era se meter com uma mulher, especialmente uma peça desse jogo macabro como Renata. A companheira unida pelo laço de sangue a Yakut. A ideia ainda o corroía, muito mais do que deveria, aliás. E ele não se sentia particularmente bem com o fato de que a mais leve lembrança daquele beijo era suficiente para fazê-lo ficar duro como o granito da tumba que o rodeava.

Ele a desejava, e por uma fração de segundo, quando deixou o refúgio de Yakut, pensou que ela poderia segui-lo. Não tinha motivo algum para pensar isso, mas tinha sido um golpe no estômago, uma sensação de que talvez Renata pudesse correr atrás dele e pedir-lhe que a tirasse dali.

E se o tivesse feito? Cristo, ele tinha que ser muito idiota só para considerar essa hipótese.

– Então – disse a Gideon, retornando mentalmente para a realidade, – não podemos contar com nenhum tipo de cooperação de Sergei Yakut. Ele basicamente me disse isso antes de me enxotar para fora e de eu o chamar de bastardo doente que precisa de focinheira e coleira.

– Jesus, Niko! – suspirou Gideon, provavelmente passando a mão pelo cabelo loiro por conta da frustração. – Disse mesmo isso a um Primeira Geração? Teve sorte que ele não tenha arrancado a sua língua antes de expulsá-lo.

Provavelmente era verdade, Nikolai reconheceu para si. E talvez tivesse perdido mais que a língua se Yakut soubesse o tipo de desejo que ele tinha por Renata.

– Sabe que sou alérgico a puxa-saquismo, mesmo se o saco em questão for o de um Primeira Geração. Se isso era uma missão de relações públicas, vocês escolheram o cara errado.

– Não me diga.

Gideon riu ao soltar outra maldição em voz baixa. – Você vai voltar para Boston, então?

– Não vejo razão para ficar aqui. A menos que você ache que Lucan não olharia torto se eu voltar e colocar fogo na casa de horrores de Yakut. Tirando-o de cena, pelo menos por um tempo.

Estava brincando... em grande parte do que falava. Mas o silêncio da resposta de Gideon revelava que seu companheiro guerreiro sabia o que estava dando voltas na cabeça de Niko.

– Sabe que não pode fazer nada disso, cara. Nada fora dos limites.

– E isso é uma merda – murmurou Nikolai.

– Sim, é. Mas essas decisões pertencem à Agência, não a nós.

– Estou lhe dizendo que Yakut não é diferente dos Renegados que tiramos das ruas, Gid. Diabos! Pelo que vi, ele é ainda pior. Ao menos os Renegados podem colocar a culpa de sua selvageria na sede por sangue. Yakut nem sequer pode agarrar-se ao vício de sangue como desculpa para caçar esses humanos por aí afora. Ele é um predador, um assassino.

– Ele está protegido – disse Gideon firmemente. – Mesmo que não fosse um Primeira Geração, continuaria sendo um civil. E um membro da Raça. Não podemos tocar nele, Niko. Não sem atirar um monte de bosta no ventilador. Portanto, o que quer que esteja pensando em fazer, não o faça.

Nikolai exalou bruscamente.

– Esqueça o que eu disse. Para que horas devo planejar minha viagem de volta a Boston?

– Terei que fazer algumas chamadas, mas o jato particular ainda está esperando por você no aeroporto. Posso mandar uma mensagem de texto com a hora assim que o voo estiver confirmado.

– Tudo bem. Vou descansar e esperar para sair.

– E, afinal, onde você está?

Nikolai olhou para o caixão atrás dele, depois para o outro em frente e para a urna de bronze que estava acumulando pó em um pedestal contra a parede de trás do escuro mausoléu.

– Encontrei um lugarzinho tranquilo para descansar no extremo norte da cidade. Dormindo como um morto, de fato. Ou com eles, em todo caso.

– Falando em mortos, temos um relatório de outro assassinato de Primeira Geração no exterior – disse Gideon.

– Cristo. Escolheram abatê-los como moscas, não é verdade?

– Ou, ao que parece, estão tentando. Reichen está acompanhando o relatório de Berlim. Recebemos um e-mail dele informando que hoje, mais tarde, haverá uma atualização.

– É bom saber que temos olhos e ouvidos nos quais podemos confiar por ali – disse Niko. – Caramba, Gideon. Nunca teria imaginado que pudesse dar algum valor a um Refúgio civil, mas Andreas Reichen está demonstrando ser um aliado muito bom. Talvez Lucan devesse recrutá-lo oficialmente para a Ordem.

Gideon riu.

– Não ache que ele não tenha considerado isso. Infelizmente, somos somente um passatempo de meio período para a jornada de Reichen. Ele pode ter a alma de um guerreiro, mas seu coração pertence a seu Refúgio em Berlim.

E a certa fêmea humana, pelo que Nikolai entendia. Segundo Tegan e Rio, dois guerreiros que tinham passado muito tempo com Andreas Reichen no Escritório Central de Berlim, o líder do Refúgio alemão estava romanticamente envolvido com Helene, a proprietária de um bordel.

Era incomum que um guerreiro da Raça pudesse ter mais de um encontro ocasional, ou uma breve relação com uma mulher mortal, mas Niko não estava a ponto de questioná-lo porque certamente Helene também estava sendo uma fonte útil de informação para a Ordem no exterior.

– Então, escute-me – disse Gideon. – Espere calmamente onde está e eu o avisarei assim que tiver a informação de sua partida para esta noite. Está bem?

– Sim. Você sabe como me encontrar.

O murmúrio de uma voz feminina aveludada, suavizada pelo sono, atravessou o telefone.

– Ah, inferno, Gid. Não me diga que está na cama com Savannah!

– Eu estava – respondeu ele, acentuando com força o tempo passado. – Agora que ela está acordada, diz que vai tomar uma ducha quente e uma xícara de café forte.

Nikolai gemeu.

– Caramba. Diga-lhe que sinto pela... *interrupção*.

– Ouça, querida – Gideon chamou sua amada companheira, unidos pelo laço de sangue por cerca de trinta anos. – Niko diz que sente por ser um bastardo grosseiro e por nos despertar nessa hora tão inoportuna.

– Obrigado – murmurou Niko.

– De nada.

– Ligarei de novo do avião.

– Tudo bem – disse Gideon. – Ouviu, amor? Niko quer que diga que está para desligar. Ele diz que você deve retornar para a cama e me permitir violá-la lentamente desde sua inteligente e formosa cabeça até seus deliciosos e pequenos dedinhos dos pés – disse Gideon a Savannah, que agora estava sentada ao seu lado.

Nikolai riu.

– Soa divertido. Ponham no viva-voz para que eu possa pelo menos escutar.

Gideon bufou.

– Nem pense. Ela é toda minha.

– Bastardo egoísta – Niko arrastou as palavras sarcasticamente. – Vejo você mais tarde.

– Bem, até mais tarde. E, Niko, sobre a situação de Yakut: sério, nem pense em bancar o cowboy, ok? Temos questões mais importantes do que lutar e tentar encurralar um Primeira Geração solto. Não é nossa área, sobretudo agora.

Quando Niko não concordou imediatamente, Gideon limpou a garganta.

– Seu silêncio não me dá exatamente uma tranquilidade, meu caro. Preciso saber que você está escutando isso.

– Sim – disse Nikolai. – Estou escutando. Vejo você em Boston mais tarde.

Niko desligou o celular e o colocou de volta no bolso.

Embora muito o irritasse pensar em fazer vista grossa para Yakut e para suas doentias atividades, ele sabia que Gideon tinha razão. E mais: ele sabia que o líder da Ordem, Lucan, assim como o resto dos guerreiros no complexo de Boston, diria a mesma coisa.

Esquecer Sergei Yakut, pelo menos por enquanto: isso era o mais sábio, a coisa mais inteligente que podia fazer.

E, enquanto isso, seria prudente esquecer Renata também. Ela fez sua cama, afinal de contas. O fato de, evidentemente, tê-la feito com um sádico como Sergei Yakut não era problema de Nikolai. Absolutamente. Renata, a linda dama de gelo, não era assunto seu e ele estaria melhor longe dela.

Bem longe do ninho de víboras que tinha descoberto nos domínios de Yakut.

Restavam apenas algumas horas antes do anoitecer e, então, ele poderia deixar tudo aquilo para trás.

Ela nunca havia se acostumado a dormir com a luz do dia, não nos dois anos em que tinha vivido a serviço de um vampiro.

Renata estava em sua cama, inquieta, incapaz de relaxar e fechar os olhos até mesmo por alguns minutos. Virou-se, colocando-se de costas e deixando escapar um suspiro, mantendo seu olhar fixo nas vigas de madeira do teto.

Pensava no guerreiro... Nikolai.

Ele tinha partido há várias horas, mas ela ainda sentia o peso do desprezo dele pressionado sobre ela. Odiava que tivesse visto Yakut alimentando-se dela. Tinha sido difícil fingir que não estava envergonhada quando sustentou seu olhar do outro lado do quarto. Ela tinha tentado não parecer afetada, mas, por dentro, estava tremendo, com sua pulsação martelando quase fora de controle.

Ela não queria que Nikolai a visse assim. Ainda mais pelo fato de ele ter enumerado os brutais crimes de Yakut, claramente pensando que ela era parte deles também. Ela não conseguia esquecer o olhar acusador que o macho da Raça tinha lhe dirigido.

Isso era ridículo.

Nikolai era da Raça assim como Yakut. Ele era um vampiro igual a Yakut e, como tal, tinha de se alimentar de humanos para sobreviver. Mesmo com seu limitado conhecimento sobre a Raça,

Renata sabia que beber de seres humanos era a única forma de a Raça obter seu alimento. Os amigáveis vampiros não usavam os bancos de sangue, nos quais poderiam recolher um litro de O- pelo caminho. Nem os animais eram um substituto para o sangue humano.

Sergei Yakut e todo o resto da Raça compartilhavam o mesmo impulso: a necessidade dos glóbulos vermelhos dos *Homo sapiens*, tomados diretamente de uma veia aberta.

Eles eram selvagens e letais. Mesmo que na maioria das vezes parecessem humanos, em seu coração – ou em sua alma, se é que eles ainda tinham uma – faltava toda a humanidade. Por que ela deveria pensar que Nikolai era diferente?

Mas ele tinha parecido diferente, mesmo que só um pouco, quando tinham discutido no canil - quando a tinha beijado. Por Deus! Ele na realidade tinha parecido muito diferente dos outros da Raça que ela conhecia. Não era como Yakut, tampouco como Lex.

O que provavelmente só demonstrava que ela era uma tola.

E que era também uma fraca. Que outra coisa poderia explicar o dilacerador desejo de que Nikolai voltasse? Ele poderia tê-la tirado daquele lugar quando havia partido?

Ela frequentemente não se permitia ter esperanças vãs ou perder tempo imaginando coisas que nunca aconteceriam. Mas por um momento... por um breve e egoísta momento ela se imaginou sendo arrancada, libertada dos braços de ferro de Sergei Yakut.

Por um instante, ela se perguntou o que poderia ter vontade de fazer quando estivesse livre do sádico Primeira Geração, livre de tudo que a mantinha ali... e isso havia sido glorioso.

Envergonhada por seus pensamentos, Renata jogou as pernas para um lado da cama para se sentar. Ela não podia ficar ali um minuto a mais, não enquanto sua mente estivesse girando com pensamentos que não lhe fariam bem algum.

A verdade é que aquela era a sua vida. O mundo de Yakut era o seu mundo, o recinto e seus inúmeros segredos grotescos eram sua realidade inflexível. Ela não sentia pena de si, nunca sentira. Nem no orfanato do convento por todos aqueles anos de sua infância, nem no dia em que fora expulsa para sempre de sua casa com as Irmãs da Benevolente Misericórdia aos 14 anos de idade.

Nem mesmo naquela noite, há dois verões, quando foi arrancada das ruas de Montreal e presa com um grupo de outras pessoas assustadas nos currais do celeiro dentro da propriedade de Sergei Yakut.

Ela não tinha derramado uma só lagrima de autopiedade em todo esse tempo. E, com certeza, não iria começar agora.

Renata levantou-se e saiu de seu modesto quarto. A casa principal estava em silêncio àquela hora, as poucas janelas do lugar estavam completamente fechadas para afastar os letais raios de sol. Renata tirou a barra de ferro grossa da porta exterior e saiu andando na gloriosa tarde de verão, cálida e brilhante.

Dirigiu-se ao canil. Entre todo o drama da última noite, não só com Nikolai mas também depois, ela tinha esquecido completamente que suas adagas estavam lá fora. Ser negligente e descuidada a incomodava. Nunca deixava os punhais fora de seu alcance. Eles eram parte dela agora, como tinham sido no dia em que os tinha tomado.

– Estúpida, estúpida – sussurrava para si enquanto entrava no antigo canil e olhava para o poste em que esperava encontrar a lâmina incrustada que tinha atirado contra Nikolai.

Não estava ali.

Um grito de incredulidade e angústia deslizou por seus lábios.

O guerreiro levou suas lâminas? Será que o cachorro as tinha roubado?

– Maldito seja. Não!

Renata invadiu o corredor central do edifício... e, então, parou abruptamente quando chegou à parte posterior do lugar e seus olhos pousaram no fardo de feno perto do poste de madeira.

Cuidadosamente dobrado em cima dele e colocado perfeitamente ao lado do par de sapatos que tinha deixado para trás na noite anterior estava também a capa de seda e veludo que continha suas preciosas adagas. Segurou-as para certificar-se de que a capa de tecido não estava vazia. Quando sentiu o peso familiar em sua palma, não pôde conter um sorriso.

Nikolai.

Ele tinha guardado as adagas para ela. Ele as havia recolhido, envolvido e deixado ali, como se soubesse quanto significavam para ela.

Por que faria isso? O que esperava que sua bondade comprasse? Na verdade, pensava que sua confiança poderia ser ganha tão facilmente ou esperava outra oportunidade para impor-se do mesmo modo que havia feito com aquele beijo?

Ela realmente não queria pensar nos beijos de Nikolai. Se pensasse, então deveria admitir para si que o beijo tinha sido inesperado e à força, e que apenas ele era culpado por aquilo ter ocorrido.

Mas a verdade era que ela tinha aproveitado.

Santa Maria! Só de pensar nele um calor lento e líquido acendia-se em seu coração e em seu sexo.

Ela queria mais dele, apesar de cada instinto de sobrevivência de seu corpo ter gritado para que ela se afastasse, que escapasse rapidamente. Ela tinha fome dele – naquele momento e agora. Queimava por ele – em um lugar que ela pensava estar completamente congelado e morto. E o comentário a respeito do que ele tinha visto nos olhos de Mira - a implicação de tudo - poderia envolver Renata e ele intimamente juntos, o que era ainda mais inquietante. Graças a Deus ele se foi. Graças a Deus, ele provavelmente nunca voltaria depois do que tinha descoberto ali.

Muito tempo havia passado desde que Renata ajoelhava-se para rezar. Ela não se ajoelhava diante de ninguém mais, nem sequer de Yakut em seu pior momento, mas inclinou a cabeça e pediu aos céus que mantivesse Nikolai longe daquele lugar. Longe dela.

Já não estava com ânimo para treinar, sobretudo quando as lembranças do que tinha acontecido ali ainda estavam tão recentes em sua cabeça. Renata pegou seus sapatos e caminhou de volta para a casa. Entrou e se dirigiu ao corredor que levava ao seu quarto, esperando ter ao menos algumas horas de sono.

De repente, deu-se conta de que havia algo errado, mesmo antes de notar que a porta de Mira não estava fechada.

Nenhuma luz estava acesa no quarto da menina, mas ela estava acordada. Renata escutou sua suave voz na escuridão, queixando-se que tinha sono e não queria levantar. *Mais pesadelos?*, Renata se perguntou, sentindo uma pontada de compaixão pela menina. Mas, então, outra voz gemeu entre os dentes acima dos protestos aturdidos de Mira, uma voz fria, áspera e impaciente.

– Pare de choramingar e abra seus olhos, cadelinha.

Renata pressionou a mão contra a porta e a empurrou amplamente.

– Que diabos pensa que está fazendo, Lex?

Ele estava inclinado sobre a cama de Mira, apertando dolorosamente as mãos nos ombros da menina. Sua cabeça virou quando Renata entrou no quarto, mas ele não soltou Mira.

– Preciso do oráculo de meu pai. E não vou responder às suas perguntas, então, seja amável e saia daqui, inferno.

– Rê, ele está machucando meus braços.

A voz de Mira era baixa, sacudida pela dor.

– Abra os olhos, maldita – Lex grunhiu. – E talvez eu pare de te machucar.

– Tire suas mãos de cima dela, Lex.

Renata parou ao pé da cama, com as lâminas embainhadas.

– Tire as mãos dela! Agora!

Lex zombou.

– Não até que eu tenha terminado com ela.

Quando deu a Mira uma sacudida forte, Renata soltou uma rajada de fúria mental. Era só um fio de energia, só uma fração do que podia dar, mas Lex uivou, seu corpo se sacudiu como se tivesse sido golpeado por milhares de volts de eletricidade. Cambaleou para trás, deixando Mira cair e afastando-se da cama, caindo com o traseiro no chão.

– Cadela! – gritou com os olhos soltando um fogo âmbar e com as pupilas fragmentadas fortemente no centro. – Eu devia matá-la por isso. Devia matar a pequena pirralha e você, suas cadelas!

Renata o golpeou de novo, dando-lhe outra pequena amostra de agonia. Ele se deixou cair, agarrando a cabeça e gemendo com a segunda rajada debilitante. Ela esperou, observando como ele se esforçava para levantar-se de uma postura desajeitada do chão. Da maneira que estava agora, ele não representava ameaça alguma para ela, mas em algumas horas estaria recuperado, e Renata estaria vulnerável. Aí então ela teria uma pequena dívida a pagar.

Mas no momento, Mira já não era do interesse de Lex, e isso era tudo que importava. Lex a fulminou com o olhar quando se arrastou até seus pés.

– Saia do meu... caminho... vadia maldita!

As palavras estavam sufocadas, balbuciadas entre seus ofegos enquanto ele torpemente se dirigia para a porta aberta. Quando Lex saiu do campo de visão de Renata, com os passos dele ecoando no corredor externo, ela aproximou-se de Mira e tentou acalmá-la.

– Está tudo bem, querida?

Mira assentiu.

– Eu não gosto dele, Rê. Ele me assusta.

– Eu sei, querida.

Renata deu um beijo na testa da garota.

– Não vou deixar que ele faça mal a você. Está a salvo comigo. Essa é uma promessa, certo?

Outro gesto de assentimento, mais fraco dessa vez, enquanto Mira voltava a cabeça ao travesseiro e exalava um suspiro sonolento.

– Rê? – perguntou em voz baixa.

– Sim, ratinho?

– Você nunca vai me abandonar, não é mesmo?

Renata ficou olhando fixamente aquele rosto inocente na escuridão, sentindo seu coração apertado no peito.

– Nunca vou abandonar você, Mira. Jamais... Exatamente como prometemos.

# Capítulo 11

A lua elevava-se, projetando manchas de luz sobre o lago Wannsee, em uma zona exclusiva do subúrbio de Berlim. Andreas Reichen recostou-se em sua cadeira almofadada no gramado que ficava na parte de trás de sua propriedade privada no Refúgio. Ele tentava absorver um pouco da paz e da tranquilidade noturnas. Apesar da brisa agradável e morna, e do lago de águas calmas e escuras, os pensamentos dele eram taciturnos e turbulentos.

As notícias do último Primeira Geração assassinado, dessa vez na França, fora um duro golpe. Parecia-lhe que o mundo ao seu redor estava ficando cada vez mais insano. Não apenas o mundo da Raça – seu mundo –, mas também a humanidade. Tanta morte e destruição. Tanta angústia por todos os lados.

No fundo de seu estômago, Andreas tinha a terrível sensação de que isso era apenas o começo. Dias mais sombrios estavam por vir. Provavelmente estivessem a caminho há muito tempo e ele tinha sido demasiado ignorante; estivera demasiado entretido com seus prazeres pessoais para se dar conta disso.

Um desses prazeres, aliás, aproximava-se por trás dele: com passos elegantes e inconfundíveis, a mulher caminhou pelos jardins bem cuidados da propriedade e sentou-se sobre a grama.

Os pequenos braços de Helene rodearam os ombros largos de Andreas.

– Olá, querido.

Reichen aproximou-se para acariciar-lhe a cálida pele enquanto a mulher inclinava-se para beijá-lo. Ela tinha uma boca suave e persistente, e seus longos cabelos escuros guardavam ainda um vestígio de óleo de rosas.

– Quando cheguei, seu sobrinho me disse que você estava aqui fora há horas – murmurou ela, erguendo a cabeça para olhar o lago. – Posso ver por quê. É uma vista encantadora.

– E agora está ainda mais encantadora – disse Reichen, levantando a cabeça para olhar a mulher.

Helene sorriu sem acanhamento, há muito tempo já acostumada com aquela adulação.

– Alguma coisa está te incomodando, Andreas. Você não é do tipo que fica sentado se queixando do quanto a vida é injusta.

Será que ela o conhecia tão bem assim? Eles tinham sido amantes durante o ano anterior, uma brincadeira amorosa casual que, de alguma forma, transformara-se em algo mais profundo, se não exclusivo. Reichen sabia que Helene tinha outros homens em sua vida – homens humanos –, da mesma forma que ela sabia que ele ocasionalmente buscava prazer com outras mulheres. Não era uma relação infestada de ciúmes ou de possessão. Mas isso não significava que não houvesse carinho. Eles compartilhavam uma preocupação mútua um pelo outro e um vínculo de confiança que se estendia além das barreiras que geralmente tornavam as relações entre humanos e homens da Raça impossíveis.

Helene tinha se tornado uma amiga e, ultimamente, era uma companheira indispensável no importante trabalho de Reichen com os guerreiros de Boston.

Ela sentou-se no grande braço da cadeira.

– Deu as notícias à Ordem sobre o recente assassinato em Paris?

Reichen assentiu.

– Sim. E eles me disseram que houve também uma tentativa de assassinato em Montreal algumas noites atrás. Pelo menos essa falhou, um milagre do destino. Mas haverá outras. Temo que muitas outras mortes acontecerão antes que a fumaça finalmente se dissipe. A Ordem está convencida de que deterá essa loucura toda, mas às vezes me pergunto se o mal trabalhando aqui não é maior do que qualquer bem.

– Você está deixando que isto o consuma – disse Helene, enquanto preguiçosamente afastava o cabelo da testa. – Já sabe, se precisa de algo a fazer com seu tempo, poderia ter procurado a mim em vez da Ordem. Eu poderia tê-lo colocado para trabalhar no clube como meu assistente pessoal. Não é muito tarde para mudar de ideia. E asseguro-lhe que apenas os benefícios já valeriam a pena.

Reichen riu.

– Tentador, de fato.

Helene inclinou-se e mordiscou-lhe a orelha, sua respiração fazendo cócegas quentes sobre a pele masculina.

– Seria só uma posição temporária, é obvio. Vinte ou trinta anos, um piscar de olhos para você. Eu estarei enrugada e grisalha e você se entusiasmará por um novo brinquedo mais atraente que possa manter o ritmo de suas selvagens exigências.

Reichen estava surpreso ao ouvir a pontada de nostalgia na voz de Helene. Ela nunca tinha falado sobre o futuro com ele, nem tampouco ele com ela. Era mais ou menos compreensível que não poderia haver um futuro, tendo em vista que ela era mortal e ele – a menos que prolongasse sua exposição aos raios UVA ou sofresse um intenso dano no corpo – continuaria vivendo durante um tempo próximo ao da eternidade.

– O que está fazendo esbanjando seu tempo comigo quando poderia ter qualquer outro homem? – perguntou Reichen, movendo os dedos ao longo da suave linha do ombro de Helene. – Poderia estar casada com alguém que a adorasse, criando uma ninhada de crianças belas e inteligentes.

Helene arqueou uma impecável sobrancelha.

– Suponho que nunca fui do tipo que faria uma escolha convencional.

Nem ele, de fato. Reichen admitia que seria muito fácil ignorar tudo o que ela e a Ordem tinham descoberto há alguns meses. Ele podia esquecer a maldade que tinham vasculhado até à cova montanhosa nas colinas Boêmias. Podia fingir que nada daquilo existia, descumprir sua oferta de ajudar aos guerreiros respondendo por seu papel como líder de um Refúgio e voltar para seus libertinos e descuidados hábitos.

Mas a única verdade era que ele tinha se cansado daquela vida há tempos. Anos atrás, alguém o havia acusado de ser um eterno menino egoísta e irresponsável. E, naquele momento, a pessoa tinha razão. Especialmente quando ele tinha sido suficientemente tolo para deixar escapar uma mulher e o amor que ela lhe havia dado. Depois de muitas décadas de autopiedade, ele se sentia bem em fazer a diferença. Ou em tentar fazê-la, de qualquer forma.

– Não esperava que você viesse esta noite só para me distrair com seus beijos e com essas atraentes ofertas de emprego – disse, sentindo que a seriedade abatia-se sobre Helene.

– Não, não foi por isso que vim, infelizmente. Pensei que deveria saber que uma das minhas garotas do clube está desaparecida. Lembra-se de que mencionei Gina, uma de minhas garotas mais novas, que apareceu com marcas de mordida no pescoço na semana passada?

Reichen assentiu.

– A que tinha falado sobre um novo namorado rico com quem estava saindo.

– Essa mesmo. Pois bem, não é a primeira vez que ela falta ao trabalho, mas sua companheira de quarto disse-me esta tarde que Gina não passa em casa ou dá notícias há mais de três dias. Pode não ser nada, mas pensei que gostaria de saber.

– Sim. Tem alguma informação sobre o homem com quem se encontrava? Uma descrição, um nome, algo?

– Não. A companheira de apartamento dela nunca o conheceu e, por isso, não pôde me dizer nada.

Reichen considerou as numerosas coisas que podiam ocorrer a uma jovem que se encontrava inconscientemente com um macho da Raça. Embora a maioria deles fosse de membros que respeitavam a lei da nação vampírica, havia outros que revelavam seu lado selvagem.

– Preciso que, discretamente, investigue no clube esta noite, veja se alguma das outras garotas ouviu Gina mencionar algo sobre esse namorado. Procure por nomes, lugares aos quais ela possa ter ido com ele. O menor detalhe pode ser importante.

Helene assentiu, mas havia uma nota de interesse em seus olhos.

– Prefiro esse seu lado sério, Andreas. É incrivelmente sexy.

A mão dela deslizou por baixo da abertura da camisa de seda dele conforme suas longas e pintadas unhas brincavam sobre seu musculoso abdômen. Embora os pensamentos de Reichen fossem nefastos, seu corpo respondeu ao toque especialista da mulher. Seus dermoglifos começaram a encher-se de cor e sua visão afiou-se com uma rajada de cor âmbar que rapidamente preencheu sua íris. Mais abaixo, seu pênis ficou ereto, crescendo onde agora descansava sua palma.

– Eu realmente não deveria ficar – murmurou ela com a voz rouca e zombadora. – Não quero chegar tarde no trabalho.

Quando ela começou a se levantar, Reichen a deteve.

– Não se preocupe com isso. Conheço a mulher que dirige o lugar. Pedirei desculpas por você. Sei de fonte segura que ela gosta muito de mim.

– Você gosta dela?

Reichen grunhiu, deixando visível as pontas de suas presas com seu amplo sorriso.

– A pobre está louca por mim.

– Louca por uma coisa arrogante como você? – zombou Helene. – Querido, não se adule. Ela poderia querê-lo apenas por causa de seu decadente corpo.

– É o suficiente – respondeu ele. – Mas não ouvirá queixas minhas de maneira alguma.

Helene sorriu, sem resistir enquanto ele a puxava sobre seu colo e entregava-lhe um beijo profundo, masculino e faminto.

Ao anoitecer, Lex estava completamente recuperado do golpe que Renata lhe desferira. Sua ira – seu ódio por ela – permanecia, todavia.

Ele a amaldiçoava em sua mente enquanto se inclinavae sobre uma putrefata parede de uma casa infestada de ratos no pior subúrbio de Montreal, assistindo a um jovem humano apertar o braço com um cinto de couro velho. Com a ponta solta presa entre os dentes quebrados e cariados, o drogado cravou a agulha de uma imunda seringa em um lugar cheio de crostas e hematomas que percorriam o esquálido braço. Gemeu enquanto a heroína entrava em sua corrente sanguínea.

– Ah, caramba, cara! – soltou um trêmulo suspiro enquanto liberava seu torniquete e caía para trás contra um colchão podre no chão. Correu as mãos tatuadas pelo rosto pálido e cheio de espinhas, e pelos cabelos castanhos ensebados. – Ah! Essa porcaria é das boas, cara.

– Sim – Lex disse com a voz sem fôlego, na fria e úmida escuridão.

Não tinha economizado em drogas; o dinheiro era de pouco interesse para ele. Sem dúvida o drogado que vendia o corpo nas ruas nunca tinha ganhado tanto dinheiro. Lex estava disposto a apostar que os serviços pessoais do jovem nunca haviam alcançado uma soma tão alta. Ele tinha saltado no interior do carro quando Lex parou e lhe mostrou cem dólares e um pacote de heroína.

Lex moveu a cabeça e olhou como o humano saboreava sua dose de alívio. Eles estavam sozinhos no miserável quarto de um edifício abandonado. O lugar tinha sido invadido por vagabundos e viciados quando chegaram, mas só levou uns minutos para Lex – e uma irresistível ordem mental, cortesia de sua linhagem de segunda geração da Raça – conduzir os humanos para fora e deixar que ele exercesse sua atividade sem ser incomodado.

Ainda deitado no chão, o drogado tirou a camisa regata e começou a desabotoar os folgados e imundos jeans azuis. Acariciou-se grosseiramente enquanto abria a braguilha, os olhos turvos rolando em seu crânio, buscando distraidamente através da escuridão.

– Então, quer que eu chupe seu pau ou o quê, cara?

– Não – Lex disse, enojado apenas com a ideia.

Ele afastou-se de sua posição, cruzando o quarto, e caminhou lentamente em direção ao drogado. *Por onde começar com ele?*, perguntou-se preguiçosamente. Tinha que esgotar essa coisa com cuidado ou teria de voltar para a rua e procurar outra pessoa.

Esbanjando seu tempo precioso.

– Prefere minha bunda, então, cara? – comentou o michê. – Se quiser me comer, vai ter de pagar o dobro. Essa é minha regra.

A risada de Lex foi baixa e genuinamente divertida.

– Não estou interessado em comer você. Já é suficientemente mau que tenha que olhar para você, que tenha que sentir seu cheiro repugnante. O sexo não é a razão pela qual está aqui.

– Bem, o que diabos você quer então? – ao dizer isso, uma nota de pânico cortou o ar, um súbito golpe de adrenalina humana que os sentidos de Lex facilmente detectaram. – Estou seguro que não me trouxe aqui para uma conversa educada.

– Não – Lex concordou.

– Está bem. Está bem, que porra eu pareço para você, seu merda?

Lex sorriu.

– Uma isca.

Com movimentos tão rápidos que nem sequer o olho humano mais aguçado poderia seguir, Lex estendeu a mão e derrubou o drogado no chão. O vampiro tinha uma faca na mão e cravou-a no macilento abdômen do humano, rasgando-lhe a pele.

O sangue surgiu da ferida, quente, úmido e perfumado.

– Ah, Jesus! – gritou o humano. – Ah, meu Deus! Você me apunhalou!

Lex recuou e deixou que o homem caísse sobre o chão. Era tudo que podia fazer para não investir contra o drogado com uma sede cega.

A transformação física de Lex foi rápida, provocada pela súbita presença de sangue fresco fluindo. Sua visão se aguçou enquanto suas pupilas se estreitavam, um brilho âmbar lavava o quarto enquanto seus olhos transformavam-se nos de um predador. Suas presas alargaram-se atrás de seus lábios e a saliva inundou-lhe a boca enquanto a urgência de se alimentar crescia.

O drogado estava soluçando agora, emitindo sons patéticos enquanto apertava a enorme ferida em seu estômago.

– Você está louco, seu merda? Podia ter me matado!

– Ainda não – respondeu Lex entre suas presas.

– Tenho que sair daqui – murmurou o homem. – Tenho que conseguir ajuda...

– Fique – ordenou Lex, sorrindo enquanto a mente do homem murchava sob aquela ordem.

Teve que se obrigar a manter distância. Deixar que a situação se esvaísse enquanto pudesse. Uma ferida no estômago sangrava rápido, mas a morte viria lentamente. Lex precisava dele vivo durante um tempo longo o suficiente para que o cheiro do sangue viajasse pela rua e entrasse nos becos dos arredores.

O humano que tinha comprado era meramente uma isca pronta para ser jogada na água. Lex procurava atrair um peixe maior.

Sabia tão bem como qualquer outro membro da Raça que nada atraía um vampiro mais rápido – e mais certeiramente – do que uma presa humana sangrando. E fazer isso em um ponto obscuro da cidade, onde até mesmo a escória da sociedade humana adentrava um estado de terror secreto, Lex presumia, atrairia a presença de Renegados.

Não se decepcionou.

Os dois primeiros vieram farejando ao redor da casa abandonada em minutos. Os Renegados eram viciados sem esperança, tanto quanto o drogado que agora se aconchegava em posição fetal, chorando em silêncio no chão, enquanto sua vida se apagava lentamente.

Embora poucos da Raça se perdessem na luxúria do sangue – a permanente e insaciável sede de sangue –, aqueles que raramente o faziam jamais se libertavam. Viviam nas sombras, monstros selvagens sem raízes, cujo único objetivo era viver alimentando sua fome.

Lex escondeu-se no canto do quarto enquanto os dois predadores se arrastavam para dentro. Eles imediatamente caíram sobre o humano, rasgando-o com presas que nunca se desvaneciam, os olhos ardendo com a cor e o calor do fogo.

Outro Renegado encontrou o quarto. Este era maior do que os outros, mais brutal enquanto se jogava para a matança e começava a alimentar-se. Uma briga explodiu entre os selvagens. Os três se pegaram como cães raivosos. Batendo os punhos, os dedos e as presas estripando a carne e os ossos, cada macho poderoso lutava viciosamente para ganhar um pedaço da presa.

Lex olhava paralisado. Aturdido pela violência e bêbado pelo cheiro de tanto sangue derramado, humano e da Raça.

Olhou e esperou.

Os Renegados lutaram um contra o outro até a morte, como animais selvagens que eram. No final, só um deles demonstraria ser o mais forte.

E era desse que Lex precisava.

Após um dia inteiro esperando o anoitecer, Nikolai agora tinha outras duas horas para passar antes de poder tomar seu voo de volta para Boston.

O guerreiro considerou seriamente não ir ao aeroporto e viajar a pé, mas até mesmo com sua resistência da Raça e sua hipervelocidade, mal atravessaria o estado de Vermont antes que o amanhecer o obrigasse a esconder-se de novo. E, francamente, a ideia de dormir em um celeiro com um bando de animais agitados não o empolgava a colocar um tênis e pegar a estrada.

Portanto, esperaria.

Maldição.

Ele e a paciência nunca foram amigos íntimos e, quando o sol finalmente se pôs e ele pode sair do refúgio, Niko já estava à beira da insanidade.

Supôs que aquele aborrecimento o guiava pelos subúrbios de Montreal, onde esperava encontrar algo divertido para fazer enquanto o mau humor passava. Não se preocupava em como usaria o tempo, mas havia deliberadamente procurado a única região da cidade onde a probabilidade de encontrar uma razão para usar seus punhos ou suas armas eram maiores.

Naquele conjunto de becos infestados de ratos, suas escolhas imediatas eram limitadas aos traficantes - de drogas ou de pessoas - e prostitutas de ambos os gêneros, sem discriminação. Mais de um idiota o olhou enquanto ele andava pela rua sem direção aparente. Alguém foi inclusive suficientemente estúpido para mostrar a ponta de uma faca enquanto passava, mas Niko só se deteve e deu ao bastardo desdentado um sorriso de orelha a orelha, mostrando suas presas como um convite e, rapidamente, a ameaça desapareceu.

Embora não fosse contra tipo algum de confronto, a luta contra humanos estava abaixo de sua capacidade. Preferia um desafio maior. O que ele realmente queria encontrar agora era um Renegado. No verão passado, Boston estivera afundada até os joelhos de vampiros viciados em sangue. A luta tinha sido dura e pesada - com pelo menos uma perda trágica para a Ordem -, mas Nikolai e o resto dos guerreiros tinham completado sua missão de manter a cidade limpa.

Outras zonas metropolitanas ainda perdiam civis ocasionalmente por conta da luxúria por sangue, e Niko apostaria seu testículo esquerdo que Montreal não era diferente. Mas além dos cafetões, traficantes e prostitutas, aquela extensão de tijolo e asfalto estava tão morta quanto a cripta na qual ele tinha sido forçado a passar o dia.

– Ei, querido – a mulher sorriu para ele de uma porta coberta de sombras enquanto ele passava. – Busca algo específico ou está apenas olhando as vitrines?

Nikolai grunhiu, mas se deteve.

– Sou um cara diferente.

– Bem, possivelmente tenho o que você precisa – ela sorriu e se moveu de sua pose sobre o degrau de concreto. – De fato, tenho exatamente o que você precisa, querido.

Ela não era uma beleza, com seus quebradiços e desgrenhados cabelos, olhos apagados e pele pálida, mas Nikolai não esperava gastar muito tempo olhando sua cara. Ela cheirava bem, seu desodorante e o spray de cabelo podiam ser considerados fragrâncias de aroma limpo. Para os sentidos afiados de Niko, a mulher cheirava a cosméticos e perfumes, com um toque de uso recente de drogas que exalava por seus poros.

– O que diz? – perguntou ela, aproximando-se furtivamente. – Quer ir a algum lugar? Se tiver vinte dólares, terá meia hora.

Nikolai observou a pulsação no pescoço da mulher. Já fazia vários dias que não se alimentava. E ele tinha duas horas pela frente sem fazer nada...

– Sim – disse assentindo. – Vamos.

Ela pegou a mão dele e o guiou, virando a esquina onde ficava o edifício, rua abaixo em direção a um beco vazio.

Nikolai não perdeu tempo. Mal se distanciaram de potenciais observadores, tomou a cabeça da mulher em suas mãos e despiu seu pescoço para mordê-la. Seu grito assustado foi esmagado imediatamente quando ele afundou as presas na veia saltante e começou a beber.

O sangue da mulher era medíocre – o habitual cobre pesado das células vermelhas humanas, mas enlaçadas com uma acidez doce e amarga das pedras de heroína e cocaína que ela tinha usado durante seu trabalho à noite. Nikolai tragou vários goles, sentindo o fluxo de energia do sangue através de seu corpo em uma baixa vibração. Não era raro para um vampiro da Raça excitar-se com o ato de se alimentar. A resposta era puramente física, um despertar de células e músculos.

O fato de seu pênis estar completamente ereto e exigindo alívio não o surpreendeu, mas sim o fato de sua cabeça estar nadando em pensamentos sobre uma mulher com cabelos escuros - uma mulher que ele não tinha intenção de ver de novo - que fazia Niko ficar em estado de alerta.

- Humm, não pare - sua companheira humana se queixou, puxando sua boca de volta à ferida no pescoço. Ela também estava sentindo os efeitos da alimentação, cativada como todos os humanos ficavam quando eram mordidos pela Raça. - Não pare, querido.

A visão de Nikolai estava alagada de fogo âmbar enquanto ele abraçava de novo a garganta da mulher. Sabia que ela não era Renata, mas enquanto suas mãos roçavam as pernas nuas por baixo da saia curta que ela usava, ele se imaginou acariciando as belas e longas coxas de Renata. Imaginou que era o sangue de Renata que o alimentava, que era o corpo de Renata que respondia tão apaixonado ao seu contato.

Eram os febris ofegos de Renata que o guiavam enquanto ele rasgava a calcinha barata com uma mão e usava a outra para libertar-se da própria calça.

Precisava estar dentro dela.

Precisava...

*Caramba.*

Uma ligeira brisa formou redemoinhos através do beco, trazendo consigo o fedor de vampiros Renegados. E havia muito sangue derramado também. Sangue humano. Muito, muito sangue, mesclado com o cheiro vil de Renegados sangrando.

– Jesus Cristo.

*Que porra estava acontecendo?*

Ele puxou a saia da mulher para baixo e lambeu-lhe a ferida do pescoço, selando sua mordida.

– Pedi que não parasse...

Mas Niko nem lhe deu tempo de terminar seu pensamento. Pondo a palma sobre sua testa, apagou tudo de sua mente.

– Saia daqui – disse.

Niko já estava correndo pelo beco quando ela saiu de seu atordoamento e começou a caminhar. O guerreiro seguiu seu olfato até um dilapidado edifício não longe de onde estava. Aquele fedor emanava do interior da construção, alguns apartamentos acima da rua.

Nikolai subiu a escada de incêndio até o segundo andar. Seus olhos estavam virtualmente marejados pelo entristecedor aroma de morte que saía daquele andar. Com a mão sobre a pistola embainhada em seu quadril, Niko se aproximou. Não havia sons do outro lado da maltratada porta cheia de pichações. Apenas morte – humana e vampírica. Niko girou o trinco e se preparou para o que encontraria.

Tinha sido um massacre.

Um aparente drogado permanecia em posição fetal entre refugos de seringas e outros lixos que cobriam o chão cheio de sangue. O corpo do drogado estava tão arruinado que era praticamente irreconhecível como humano, apenas o sexo era distinguível. Os outros dois corpos foram atacados ferozmente também, mas definitivamente eram da Raça, ambos Renegados, a julgar pelo tamanho e pelo cheiro deles.

Nikolai pôde imaginar o que ocorrera ali: uma batalha letal por causa da presa. A luta era recente, provavelmente tinha ocorrido apenas alguns minutos atrás. E os dois chupadores de sangue mortos não teriam sido capazes de se destruir antes que um ou outro caísse.

Havia pelo menos mais um Renegado envolvido naquela briga.

Se Niko tivesse sorte, o vencedor ainda poderia estar na região, lambendo suas feridas. Esperava que sim, porque adoraria dar ao bastardo doente uma prova de sua pistola 9 mm. Nada poderia desejar "tenha um bom dia" tão bem quanto a veia sanguínea corrompida de um Renegado encontrando uma fusão alérgica de uma dose venenosa de titânio.

Nikolai foi para a janela fechada e puxou os painéis presos. Se estava procurando ação, ele tinha encontrado – e aos montes. Abaixo, na rua, havia um Renegado enorme. Estava ensanguentado e maltratado.

Mas, maldito seja! Ele não estava sozinho.

Alexei Yakut estava com ele.

Incrivelmente, Lex e o Renegado caminhavam para um sedan que os esperava e entraram.

– Que porra está acontecendo? – murmurou Niko enquanto o carro arrancava e saía pela rua.

O guerreiro esteve a ponto de saltar pela janela aberta e seguir a pé quando um grito estridente soou atrás dele. Uma mulher tinha andado até a área da matança e agora gritava de terror, com um dedo acusador apontando na direção de Niko. Ela gritou suficientemente alto mais uma vez, despertando a atenção de cada drogado e traficante da vizinhança.

Nikolai olhou para a testemunha e para a sangrenta evidência de uma luta que parecia tudo, menos humana.

– Maldição – grunhiu, olhando por cima do ombro a tempo de ver o carro de Lex desaparecer ao virar a esquina.

– Está bem – disse à mulher enquanto deixava a janela e se aproximava dela. – Você não viu nada.

Apagou sua memória e a tirou do quarto. Então, pegou uma faca de titânio e cravou-a nos restos de um dos Renegados mortos.

Enquanto o corpo começava a se dissolver, Niko se preparou para limpar o resto da bagunça que Lex e seu insólito sócio haviam deixado para trás.

# Capítulo 12

Renata estava no balcão da cozinha da propriedade de Sergei Yakut, com uma faca na mão.

– Que tipo de geleia quer esta noite: uva ou morango?

– Uva – respondeu Mira. – Não, espere. Quero de morango.

A menina estava sentada na beira da bancada de madeira ao lado de Renata, suas pernas penduradas e seus braços cruzados. Vestida com uma camiseta púrpura, calças azuis desgastadas e um velho par de tênis, Mira poderia se passar por qualquer outra menina esperando o jantar. Mas as meninas normais não eram obrigadas a comer a mesma coisa praticamente todos os dias. As pequenas meninas normais tinham famílias que as amavam e cuidavam delas. Viviam em casas bonitas, em ruas bonitas e arborizadas, com cozinhas brilhantes, despensas cheias e com mães que sabiam preparar refeições maravilhosas.

Pelo menos, isso é o que Renata imaginava quando pensava na representação ideal de uma família normal. Ela não imaginava isso baseada em algum tipo de experiência pessoal. Como menina de rua antes que Yakut a encontrasse e a levasse para casa, Mira tampouco sabia o que era normal. Mas era esse tipo saudável, o tipo de vida normal, que Renata desejava para a garota, embora aquilo parecesse um desejo insignificante ali, de pé na cozinha imunda de Sergei Yakut, ao lado de um fogão que provavelmente não funcionava, embora tivesse gás correndo nele.

Como Renata e Mira eram as únicas na cabana que se alimentavam de comida, Yakut tinha deixado em suas mãos que ela e a menina se alimentassem regularmente. Renata não prestava realmente atenção em sua alimentação e odiava não ser capaz de oferecer a Mira algo agradável de vez em quando.

– Um dia sairemos e teremos um jantar de verdade, com cinco pratos diferentes. Além de sobremesa – acrescentou, passando a geleia de morango em uma fatia de pão branco. – Talvez tenhamos duas sobremesas cada uma.

Mira sorriu sob o curto véu negro que lhe caía sobre a pequena ponta do nariz.

– Será que a sobremesa será de chocolate?

– De chocolate. Com certeza. Tome, pegue – disse, entregando o prato com um sanduíche de geleia.

Renata se apoiou no balcão enquanto Mira cortava uma pequena parte do sanduíche e comia como se fosse tão delicioso como qualquer menu de cinco pratos que pudesse imaginar.

– Não se esqueça de tomar seu suco de maçã.

– Está bem.

Renata cravou o canudo na caixa de suco e colocou-a ao lado de Mira. Depois, começou a limpar o balcão. Cada músculo de seu corpo feminino se retesou quando ela ouviu a voz de Lex na cozinha.

Ele havia saído ao anoitecer. Renata realmente não sentiu sua falta, mas não se perguntou o que esteve fazendo desde que saiu. A resposta para aquela pergunta veio na forma de uma gargalhada de mulher bêbada – várias mulheres bêbadas, pelo som do riso e os chiados atravessando a área principal da cabana.

Lex frequentemente levava mulheres humanas para casa para servir seu exército com sangue e diversão. Às vezes, ele as mantinha lá por vários dias. Geralmente compartilhava suas presas com os outros guardas, todos as usavam e apagavam o ataque de suas mentes antes de devolvê-las às suas vidas. Estar sob o mesmo teto que Lex quando ele estava bem-humorado a deixava enojada, mas o que mais lhe enfurecia era o fato de Mira ser exposta àqueles jogos macabros.

– O que está acontecendo ali fora, Rê? – perguntou.

– Termine seu sanduíche – disse Renata a Mira quando a garota parou de comer para escutar o alvoroço na outra sala. – Fique aqui. Volto já.

Renata saiu da cozinha e atravessou o corredor.

– Bebam, senhoritas! – gritou Lex, deixando cair uma caixa de garrafas de licor no sofá de couro.

Ele não consumiria álcool, nem os outros favores que oferecia na festa. Tirou alguns sacos plásticos brancos e enrolados, cada um bastante cheio com o que provavelmente era cocaína, e os jogou sobre a mesa. O sistema de som foi ligado, um baixo vibrando fortemente sob a letra de um hip-hop.

Lex agarrou a morena curvilínea com risada frívola e a colocou sob seu braço.

– Eu lhe disse que teríamos muita diversão! Agora venha aqui e me mostre sua gratidão.

Certamente Lex estava em um raro estado de ânimo, de bom humor. E não era um milagre. Retornou com um bom grupo: cinco mulheres vestidas com saltos altos, pequenos tops e microssaias. A princípio, Renata achou que eram prostitutas, mas observando-as mais de perto, estavam muito limpas e muito frescas sob toda a maquiagem pesada para fazerem parte da vida das ruas. Provavelmente eram apenas garotas ingênuas do clube, que não tinham se dado conta de que o persuasivo e atraente homem que as recolheu era na realidade alguém saído de um pesadelo.

– Venham e conheçam meus amigos – Lex disse ao grupo de mulheres enquanto se dirigia até os outros machos da Raça para mostrar a eles a captura da noite. Houve um momento de apreensão evidente enquanto os quatro guardas fortemente armados olhavam lascivamente seus aperitivos humanos. Lex empurrou três mulheres para os ansiosos vampiros.

– Não sejam tímidas, garotas. Esta é uma festa, afinal. Vão e digam olá.

Renata percebeu que ele estava retendo as duas garotas mais bonitas. Típico de Lex, obviamente tinha reservado o melhor para ele. Renata estava a ponto de girar e voltar à cozinha – e tentar ignorar a orgia sangrenta que estava a ponto de começar. Mas, antes que pudesse dar dois passos, Sergei Yakut apareceu trovejando de seus aposentos privados.

– Alexei! – a fúria vibrava do vampiro mais velho em ondas de calor. Ele olhou Lex com olhos brilhantes cor de âmbar. – Você esteve fora durante horas. Por onde andou?

– Estive na cidade, pai – Lex esboçou um sorriso generoso, como se dissesse que seu tempo fora de suas obrigações não fosse inteiramente para servir suas próprias necessidades. – Olhe o que eu trouxe.

Lex afastou uma das mulheres de seu abraço para que Yakut a inspecionasse. Yakut nem olhou para o prêmio que Lex lhe oferecia, só olhou para as duas mulheres que Lex guardava para si.

O Primeira Geração grunhiu.

– Você tira porcaria da sola de seu sapato e me diz que é ouro?

– Nunca – respondeu Lex. – Pai, eu nunca...

– Bem. Estas duas serão minhas – disse, indicando as mulheres que Lex havia reservado para si.

Furioso como deveria estar, humilhado com a espetada em seu orgulho, Lex não disse palavra alguma. Baixou o olhar e esperou em silêncio que Yakut recolhesse suas duas companheiras e se dirigisse com elas para seus aposentos privados.

– Não queremos ser incomodados – Yakut ordenou sombriamente. – Por razão alguma.

Lex assentiu em uma reverência contida.

– Sim, pai. Claro. Como quiser.

Nikolai ouviu a música e as vozes antes mesmo de estar a quinhentos metros da propriedade de Yakut. Aproximou-se, movendo-se através do bosque como um fantasma, passando pelo carro de Lex, estacionado na parte de trás, com o capô ainda quente por causa da viagem à cidade.

Niko não estava seguro do que encontraria. Não esperava uma maldita festa, mas isso era o que parecia estar acontecendo dentro da casa principal. O lugar estava iluminado como uma árvore de natal, as luzes saíam das janelas da sala, onde alguém estava entretido com várias mulheres. Um rap pesado vibrava por todo o caminho de terra por baixo das botas de Nikolai enquanto ele se aproximava pelo lado da construção e lançava uma olhada para dentro.

Lex estava lá, muito bem. Ele e o resto dos guarda-costas de Yakut, reunidos todos em uma sala rústica. Três mulheres jovens dançavam nos tapetes de pele vestidas somente com roupas íntimas, todas claramente embriagadas, tendo em vista a quantidade de bebidas alcoólicas e drogas sobre a mesa mais próxima. Os quatro guardas da Raça uivavam e as animavam, provavelmente a segundos de se jogarem sobre seus corpos ingênuos.

Lex, enquanto isso, estava sentado, curvado em um sofá de pele, os olhos escuros fixos nas mulheres apesar de seus pensamentos parecerem estar a quilômetros de distância. Não havia sinal do malicioso Lex que esteve na cidade. Tampouco havia sinais de Sergei Yakut, e o fato de a segurança inteira estar entretida com aquele pequeno espetáculo fez os instintos de Niko mudarem para o alerta vermelho.

– Que demônios está acontecendo? – Niko pronunciou baixo.

Mas ele sabia a resposta inclusive antes que começasse a mover-se pela parte posterior da propriedade, onde ficavam os aposentos de Yakut – lá, um sutil, porém persistente aroma, confirmou o pior temor de Niko.

*Maldito seja! Havia um Renegado ali.*

Nikolai também sentiu o cheiro de sangue fresco derramado, proveniente de um humano. O aroma era quase entristecedor quanto mais se aproximava do quarto de Yakut. Sangue e sexo, para ser exato, como se o Primeira Geração estivesse fazendo um banquete.

Um grito repentino irrompeu na noite.

De mulher. Um som de terror total, vindo de dentro do quarto de Yakut.

Depois, disparos amortecidos.

*Pá, pá, pá!*

Nikolai voou através da porta traseira do refúgio, sem se surpreender ao encontrá-la destrancada e parcialmente aberta. Irrompeu no quarto de Yakut com sua pistola semiautomática na mão, pronta para lançar a carga completa de balas de titânio reforçado.

A cena que o saudou era uma carnificina total.

Na cama estava Sergei Yakut, esparramado nu em cima de uma mulher presa sob seu corpo sem vida, com a garganta rasgada onde o vampiro esteve se alimentado apenas alguns segundos antes. Ela não se movia e não havia cor em sua pele ou no cabelo, já que a maior parte dela estava coberta pelo sangue de Yakut e também por seu próprio.

Faltava a metade do rosto do Primeira Geração. A cabeça de Sergei Yakut era pouco mais do que pedaços de osso, tecido e sangue restantes das três balas que tinham sido disparadas a queima-roupa na parte posterior de seu crânio. Ele estava morto e o Renegado que o matara estava também preso pelo desejo de sangue, a ponto de não se dar conta da presença de Nikolai. O filho da mãe tinha deixado a pistola que tinha utilizado para matar Yakut e agora estava ocupado com a outra mulher, também nua, que tinha sido apanhada no canto do quarto. Seus olhos estavam voltados para trás e ela não se movia.

Caramba, ela também não estava respirando, embora o Renegado seguisse bebendo dela em seu pescoço destroçado pelas presas enormes.

Niko se moveu por trás do filho da mãe e colocou o canhão da arma contra sua cabeça desgrenhada. Apertou o gatilho e provocou explosões de titânio no cérebro do canalha. O Renegado caiu no chão, retorcendo-se com espasmos por causa do golpe. O titânio fez efeito rápido e o vampiro moribundo lançou um grito tão forte que sacudiu as velhas vigas de madeira da cabana como um trovão.

Renata saiu voando da cozinha com sua pistola pronta. Seus sentidos de batalha estavam esticados como cordas de piano, o crepitar de disparos distantes e o uivo desumano que o seguiram, procedentes do outro lado do refúgio. A música seguia soando na grande sala. As visitantes de Lex já não estavam vestidas e seguiam estridentes com o contínuo fluxo de drogas e álcool. As mulheres estavam sobre os guardas que, pelo olhar faminto, não notariam se uma bomba explodisse no quarto ao lado.

– Idiotas – Renata os acusou baixo. – Nenhum de vocês escutou isso?

Lex levantou os olhos, a preocupação obscureceu sua expressão, mas ela realmente não estava esperando uma reação por parte dele. Ela correu para o corredor do quarto de Yakut. O corredor estava escuro, o ar parado. Tudo muito silencioso. Muito parado.

A morte dependurava-se como um véu, quase asfixiante, enquanto ela se aproximava da porta aberta do alojamento do vampiro.

Sergei Yakut já não estava vivo; Renata sentiu em seus ossos. Pólvora, sangue e um entristecedor aroma adocicado de podridão a advertiram de que ela caminhava para algo terrível. Todavia, nada poderia tê-la preparado realmente para o que viu quando empurrou a porta com a arma levantada e sustentada com ambas as mãos, pronta para matar quem estivesse em seu caminho.

A visão de toda aquela morte, todo aquele sangue, toda aquela violência pegou Renata de surpresa. A morte estava por toda parte: na cama, no chão, nas paredes.

E também no corpo inerte de Sergei Yakut.

Nikolai estava no centro da carnificina, seu rosto e a camisa escura estavam salpicados de cor escarlate. Em sua mão havia uma grande pistola semiautomática, a ponta do cano ainda fumegante por seu recente disparo.

– Você? – a palavra deslizou dos lábios de Renata, a comoção e a incredulidade como uma bola de gelo em seu intestino. Olhou o corpo de Yakut – seus restos – espalhado sobre a cama, em cima da mulher sem vida.

– Meu Deus – ela sussurrou, surpreendida ao vê-lo na propriedade de novo, mas ainda mais surpresa pelo resto do que estava vendo. – Você... você o matou.

– Não – o guerreiro disse movendo a cabeça sombriamente. – Eu não o matei, Renata. Havia um Renegado aqui com Yakut – disse indicando a grande massa de fumegantes cinzas no chão, a fonte do aroma ofensivo. – Eu matei o Renegado, mas era muito tarde para salvar Yakut. Sinto muito.

– Abaixe a arma – ela disse, sem se interessar pelas desculpas. Ela não precisava delas. Renata sentiu pena pelo final violento de Yakut, um sentimento de incredulidade a surpreendeu por ele estar realmente morto. Mas não havia dor. Nada que absolvesse Nikolai de sua aparente culpa. Apontou firmemente para seu alvo e entrou um pouco mais no quarto. – Abaixe a arma. Agora.

Mas Niko manteve o controle firme de sua pistola 9 mm.

– Não posso fazer isso Renata. Não o farei, não enquanto Lex estiver respirando.

Ela franziu a testa, confusa.

– O que tem Lex?

– Este assassinato foi obra dele, não minha. Ele trouxe o Renegado aqui. Trouxe as mulheres para distrair os guardas e Yakut para que o Renegado pudesse se aproximar o suficiente para matá-lo.

Renata escutou, mas manteve o alvo sob sua mira. Lex era uma víbora, certo, mas um assassino? Realmente planejaria a morte de seu próprio pai?

Só então Lex e os outros guardas se aproximaram pelo corredor.

– O que aconteceu? Algo errado...

Lex se calou quando chegou à porta aberta do quarto do pai. Em sua visão periférica, Renata o viu olhar primeiro o corpo de Yakut na cama e, depois, Nikolai. Cambaleou para trás – um passo, não muito mais do que uma pausa. Então explodiu com muita raiva.

– Filho da mãe! Maldito assassino filho da mãe.

Lançou-se, mas foi uma tentativa em vão, que abandonou completamente quando a pistola de Nikolai girou em sua direção. O guerreiro não fraquejou, nem o olhar nem um músculo sequer de seu corpo. Estava completamente calmo enquanto olhava Lex pelo canhão da arma, inclusive quando a arma de Renata e a dos outros guardas apontavam para ele.

– Vi você na cidade esta noite, Lex. Eu estava lá. Na casa do drogado, a isca que você usou para atrair os vampiros Renegados. O filho da mãe que você trouxe esta noite pra cá. Eu vi tudo.

Lex zombou.

– Foda-se você e suas mentiras! Você não viu porra nenhuma, maldito!

– O que você prometeu ao Renegado em troca da cabeça de seu pai? Dinheiro não importa aos viciados em sangue. A vida de quem você ofereceu como prêmio? A de Renata? Talvez a da garota, Mira?

O peito de Renata se apertou diante daquele pensamento. Atreveu-se a dar uma rápida olhada em Lex e o encontrou friamente zombador diante do guerreiro, dando uma leve sacudida de cabeça.

– Você dirá qualquer coisa nesse momento para salvar o seu pescoço. Nada funcionará. Não quando você mesmo ameaçou a vida de meu pai não faz nem vinte horas. – Lex girou para ver Renata. – Você também o escutou, não foi?

Ela assentiu contrariada, recordando como Nikolai deu a Sergei Yakut uma advertência pública de que alguém precisava detê-lo.

Agora Nikolai tinha retornado e Yakut estava morto.

*Mãe do Céu*, ela pensou, olhando uma vez mais o corpo sem vida do vampiro que a manteve prisioneira pelos últimos dois anos. Ele estava morto.

– Meu pai não estava correndo perigo algum até que a Ordem entrou no jogo – Lex disse. – Uma tentativa fracassada, e agora isso, um banho de sangue. Você esperou para fazer seu movimento. Você e o Renegado que trouxe com você esta noite, esperando uma oportunidade para atacar. Só posso deduzir que veio matar meu pai desde o começo.

– Não – disse Nikolai, com um brilho de luz âmbar em seus olhos azuis de inverno. – Quem estava esperando para matá-lo era você, Lex.

Em uma fração de segundo, ela viu os tendões de Nikolai flexionarem-se enquanto seu dedo começava a pressionar o gatilho da arma, e disparou nele uma forte explosão mental. Por menos consideração que tivesse por Alexei, ela não podia deixá-lo morrer naquela noite. Nikolai rugiu, a coluna vertebral arqueada, o rosto retorcendo de dor.

Mais efetiva que as balas, a explosão o derrubou de joelhos em um instante. Os quatro guardas irromperam no quarto e tomaram-lhe a pistola e o resto das armas. Os canhões de quatro revólveres foram colocados na cabeça do guerreiro, à espera de ordens para matar. Um dos guardas armou o gatilho, ávido pelo derramamento de sangue, embora o quarto já estivesse repleto.

– Abaixem as armas – disse Renata. Olhou Lex, cujo rosto estava repleto de ira, seus olhos azuis e brilhantes, suas presas afiadas visíveis entre os lábios entreabertos. – Diga-lhe para que se retirem, Lex. Matá-lo apenas nos fará assassinos a sangue frio.

Incrivelmente, Nikolai começou a rir. Levantou a cabeça, com um esforço evidente, enquanto a explosão ainda o detia.

– Ele tem que me matar, Renata, porque não pode arriscar-se a ter uma testemunha. Não é verdade, Lex? Ninguém pode caminhar por aí sabendo seu segredo sujo.

Lex tirou sua própria pistola e se dirigiu diretamente a Nikolai. Colocou o canhão da pistola contra a testa do guerreiro. Grunhiu, seu braço tremendo pela ferocidade de sua raiva. Renata estava imóvel, horrorizada diante do medo de que ele, de fato, apertasse o gatilho. Ela estava perdida, uma parte dela queria acreditar no que Nikolai dissera – que era inocente – e outra parte estava temerosa em acreditar. O que havia dito de Lex simplesmente não podia ser verdade.

– Lex – ela disse, o único som no quarto. – Lex... não faça isso.

Ela estava a menos de uma pausa de golpeá-lo como tinha feito a Nikolai quando a arma lentamente foi baixada.

Lex rosnou, deixando-a um pouco mais tranquila.

– Eu gostaria de uma morte mais lenta para esse bastardo do que a que sou capaz de lhe dar. Levem-no para a sala principal e prendam-no – disse aos guardas. – Depois, alguém se encarregue de cuidar do corpo de meu pai. Tirem as garotas que estão no outro cômodo da propriedade. Quero todo este caos sangrento limpo imediatamente.

Lex voltou-se com um olhar sombrio para Renata quando os guardas começaram a arrastar Nikolai para fora do quarto.

– Se ele tentar algo, descarregue toda a sua força nesse filho da mãe.

# Capítulo 13

– *Pardonnez-moi, monsieur* Fabien. Há uma chamada telefônica para o senhor. De um *monsieur* chamado Alexei Yakut.

Edgar Fabien fez um gesto desdenhoso para o macho da Raça que o servia como secretário pessoal e continuou admirando no espelho do armário o corte de suas calças feitas sob medida. Ele estava experimentando um traje novo e, naquele momento, nada que Alexei Yakut tivesse a lhe dizer era suficientemente importante para justificar uma interrupção.

– Diga-lhe que estou em uma reunião e não posso ser incomodado.

– Desculpe-me, senhor, mas já o informei que o senhor está indisponível. Ele diz que é um assunto urgente que requer sua imediata atenção.

Com uma reflexão, Fabien olhou para trás furiosamente por baixo das pálidas sobrancelhas arrumadas. Não se esforçou para ocultar os sinais externos de sua irritação crescente, que se mostraram pelo brilho âmbar de seus olhos e pela repentina agitação das cores de seus dermoglifos, que formavam redemoinhos e um arco sobre seu peito nu e seus ombros largos.

– Basta – disse ao alfaiate enviado da loja Givenchy do centro da cidade. O humano recuou imediatamente, recolhendo seus alfinetes e sua fita métrica e obedientemente se afastando às ordens de seu

Mestre. Ele pertencia a Fabien – um dos muitos Subordinados que o vampiro da Raça de segunda geração empregava pela cidade. - Fora daqui, vocês dois.

Fabien desceu do soalho do armário e se aproximou do telefone que estava na mesa. Esperou até que ambos os serventes tivessem abandonado o quarto e a porta fosse fechada atrás deles.

Com um grunhido, tomou o aparelho e apertou o botão que piscava para conectar-se à chamada de Alexei Yakut.

- Sim - sussurrou ele com frieza. - Qual é o assunto urgente que simplesmente não pode esperar?

- Meu pai está morto.

Fabien balançou sobre seus calcanhares, realmente surpreendido pela notícia. Exalou um suspiro com a intenção de soar aborrecido.

- Que conveniente para você, Alexei. Terei que oferecer felicitações junto com minhas condolências?

O herdeiro aparente de Sergei Yakut ignorou a alfinetada.

- Havia um intruso na mansão esta noite. De algum modo, ele conseguiu entrar sigilosamente no lugar. Matou meu pai em sua cama, a sangue frio. Ouvi a perturbação e tentei intervir, mas... bem... Era muito tarde para salvá-lo. Estou desolado, certamente.

Fabien grunhiu.

- Obviamente.

- Mas supus que você devesse ser notificado a respeito do crime. E também suspeitei que você e a Agência viriam aqui imediatamente para deter o assassino de meu pai.

Cada célula no corpo de Fabien se deteve.

- O que está dizendo? Que tem alguém sob custódia? Quem?

Um riso baixo se escutou no outro lado da linha.

- Vejo que finalmente tenho sua atenção, Fabien. O que acharia se eu dissesse que tenho um membro da Ordem sob minha custódia, esperando por você aqui no albergue? Estou seguro de que há algumas pessoas que pensam que um guerreiro a menos para lutar seria excelente.

– Você não está realmente tentando me convencer de que esse guerreiro é responsável pela morte de Sergei Yakut, não é?

– Estou apenas dizendo que meu pai está morto e estou no comando de seus domínios agora. Digo que tenho um membro da Ordem em minhas mãos, e estou disposto a entregá-lo a você. Um presente, se quiser.

Edgar Fabien guardou silêncio durante um longo momento, considerando o imenso prêmio que Alexei Yakut lhe oferecia. A Ordem e seus membros ativos tinham poucos aliados dentro da Agência. Menos ainda dentro do círculo privado ao qual Fabien pertencia.

– E o que espera em troca desse... presente?

– Já disse quando nos conhecemos. Quero entrar. Quero uma parte em qualquer ação que você esteja tentando fazer. Uma parte grande, entende? – Lex riu, bastante cheio de si. – Você precisa de mim ao seu lado, Fabien. Penso que isso é óbvio para você agora.

A última coisa que Edgar Fabien ou qualquer de seus sócios precisava ao seu lado era um ambicioso maldito como Alexei Yakut. Ele era um perigo em potencial, alguém que teria de ser tratado com cuidado. Se Fabien tivesse que escolher, optaria por uma exterminação rápida, mas teria que ser alguém mais em última instância para fazer aquela escolha.

Quanto ao membro cativo da Ordem, isso era, de fato, intrigante. Era um presente digno a se considerar, e as muitas atraentes possibilidades que isso representava faziam o coração de quase quatrocentos anos de idade de Fabien pulsar um pouco mais rápido.

– Terei que fazer alguns... acertos – disse ele. – Pode levar uma hora, mais ou menos, para alinhar os recursos e ir até a *sua* casa para recuperar o prisioneiro.

– Uma hora – Alexei Yakut aceitou ansiosamente. – Não me faça esperar mais do que isso.

Fabien engoliu sua resposta ácida e terminou a chamada com um consentimento:

– Até logo então.

Sentou-se na mesa e olhou para a linha do horizonte noturno que brilhava intermitentemente à distância, bem além de seu imóvel no Refúgio. Então, dirigiu-se para o cofre e virou a fechadura da combinação, pegando a manivela para abri-lo. Dentro havia um telefone celular reservado apenas para chamadas de emergência. Ele teclou um número programado e esperou que o sinal cifrado conectasse. Quando a voz asfixiante do outro lado respondeu, Fabien disse:

– Temos um problema.

As correntes pesadas rodeavam o torso nu de Nikolai, atando-o a uma cadeira de madeira esculpida. Ele sentia restrições similares em suas mãos, que estavam presas atrás de si, e em seus pés, amarrados pelos tornozelos e presos com força contra as pernas da cadeira.

Nikolai tinha levado uma surra, e não apenas da rajada mental debilitante, cortesia de Renata. Graças àquele golpe demolidor, ficou inconsciente durante algum tempo, lutando para levantar suas pálpebras, inclusive agora. É obvio, parte da dificuldade devia-se ao fato de seu rosto ter sido golpeado e arruinado, os olhos estavam inchados, os lábios arrebentados e amargos com o sabor do próprio sangue. Ele estava muito fraco para uma verdadeira luta quando Lex e seus guardas tinham trabalhado nele como em um saco de boxe enquanto tiravam-lhe até a cueca e o arrastavam para o grande quarto da residência para esperar por seu destino.

Nikolai não sabia há quanto tempo estava sentado ali. Tempo suficiente para que suas mãos ficassem inchadas pela falta de circulação. Tempo suficiente para ter notado quando Renata passou pelo quarto, protetoramente conduzindo Mira para longe da repugnante cena. Tinha observado uma mecha de seu cabelo empapado em suor, vendo a dor e a tensão em seu rosto quando ela lançou um olhar sinistro em sua direção.

Sua reverberação provavelmente a golpeava muito duramente agora, ele supunha. Niko disse para si que a pontada que sentiu era apenas outro músculo gritando pelo abuso; ele não podia ser tão estúpido para sentir algum tipo de simpatia pelo sofrimento da fêmea. Ele não podia ser tão estúpido para se preocupar com o que ela pensava a respeito dele - isso se ela, de fato, tivesse acreditado nas acusações feitas por Lex – mas, maldição, ele realmente se importava. Sua frustração por não poder falar com Renata apenas aumentava sua dor física e sua fúria.

Do outro lado da sala, os quatro guardas examinavam as armas e as rodas de titânio com as pontas ocas feitas a mão, criações pessoais de Nikolai. Eles tinham todos os pertences do guerreiro dispostos sobre uma mesa, fora de seu alcance. O celular de Niko - seu vínculo com a Ordem - estava despedaçado no chão. Lex tinha tido o grande prazer de esmagá-lo sob sua bota antes de partir, deixando Nikolai sob a supervisão de seus guardas.

Um dos machos da Raça disse algo que fez os outros três rirem antes que girasse com a semiautomática de Niko e apontasse em sua direção. Nikolai não estremeceu. De fato, ele mal respirava, olhando pela fenda torcida de seu olho esquerdo, todos seus músculos desabados como se ainda estivesse inconsciente e inconsciente sobre o que acontecia ao seu redor.

- Que tal se o acordássemos? - brincou o guarda com a arma na mão. Ele a balançou para Niko, tentadoramente dentro do alcance de sua mão, se os braços de Niko não estivessem fortemente amarrados atrás dele. A boca da 9mm baixou lentamente, além de seu peito, logo acima de seu abdômen definido. - Eu sugiro castrarmos esse pedaço de porcaria assassino. Tiramos suas bolas e deixamos que a Agência o leve em pedaços.

– Kiril, deixe de ser idiota – um dos outros advertiu. – Lex disse que não podíamos tocá-lo.

– Lex é uma garotinha. – O polido aço negro chiou com o frio entalhe quando Kiril martelou. – Em dois segundos esse guerreiro vai ser somente uma garotinha também.

Nikolai se manteve muito quieto quando a arma foi pressionada em sua virilha. Parte de sua paciência nasceu do verdadeiro temor, já que ele era bastante aficionado por suas partes viris e não tinha desejo algum de perdê-las. Mas era inclusive mais primitivo que ele entendesse que as oportunidades de reverter a situação a seu favor eram poucas e breves. Ele tinha superado a maioria dos efeitos internos do talento de Renata, mas não podia estar seguro de sua força física a menos que tentasse.

E se tentasse agora e falhasse... bem, ele não queria contemplar as possibilidades de afastar-se sem sua virilidade intacta se tentasse escapar de suas ataduras e conseguisse apenas um disparo impulsivo de Kiril.

Uma dura palmada golpeou a lateral da sua cabeça.

– Está aí, guerreiro? Tenho algo para você. Hora de despertar.

Com os olhos fechados para ocultar a mudança da cor azul para o âmbar, Nikolai deixou que sua cabeça caísse mole com o golpe. Mas, dentro dele, a fúria começava a acender. Ele tinha que manter a calma. Não podia deixar que Kiril ou os outros vissem a mudança de seus dermoglifos e arriscar-se a mostrar que estava completamente acordado e consciente. E totalmente de saco cheio.

– Acorde! – grunhiu Kiril.

Começou a levantar o queixo de Niko, mas então um ruído fora do recinto chamou sua atenção. Cascalho salpicando e rangendo debaixo de pneus de veículos que se aproximavam. Uma frota deles, pelo som.

– A Agência está aqui – um dos outros guardas anunciou.

Kiril afastou-se de Nikolai, mas tomou seu tempo para desarmar a pistola. Do lado de fora, os veículos reduziam a velocidade, até pararem. Portas se abriram. Botas golpeando o caminho de cascalho foram ouvidas quando os Agentes do Refúgio se aproximaram. Nikolai contou mais de meia dúzia de pares de pés movendo-se para a casa.

*Inferno.*

Se ele não saísse daquela situação rapidamente, despertaria nas mãos da Agência. E, para um membro da Ordem, um grupo que a Agência há muito tempo desejava extinguir, a detenção faria que Lex e o tratamento de seus guardas parecesse uma temporada em um spa. Se caísse nas mãos da Agência agora, especialmente quando o acusavam de assassinar um Primeira Geração, Niko sabia, sem sombra de dúvidas, que também acabaria morto.

Lex saudou os recém-chegados como se fossem uma corte.

– Por aqui – indicou de algum lugar fora do recinto. – Prendi o filho da mãe. Ele está esperando lá dentro.

– Ele prendeu o filho da mãe – murmurou Kiril acidamente. – Duvido que Lex pudesse manter seu próprio traseiro mesmo que usasse ambas as mãos.

Os outros guardas riram cautelosamente.

– Venha – disse Kiril. – Vamos pôr o guerreiro de pé para que a Agência possa levá-lo daqui.

A esperança surgiu no peito de Niko. Se o liberassem das algemas, poderia ter uma pequena possibilidade de escapar. Muito pequena, tendo em vista o som próximo das botas e a capacidade armamentista que se dirigia em sua direção do exterior da casa. Mas pequena era muitíssimo melhor do que nenhuma.

Ele manteve o corpo sem vida na cadeira, inclusive enquanto Kiril se abaixava diante dele e tirava as correntes que estavam ao redor de seus tornozelos. A impaciência o corroía. Cada impulso de Nikolai dizia que levantasse seu joelho e golpeasse o guarda por baixo da mandíbula.

Ele teve que se reprimir com os dentes mordendo a língua para manter-se imóvel, com a respiração mais superficial que pudesse, esperando a melhor oportunidade enquanto o guarda dava a volta por trás e recolhia os cadeados que fechavam as correntes em seu torso e pulsos. Um giro da chave. Um estalo rangente do aço quando a fechadura se abriu.

Nikolai flexionou seus dedos, tomou uma respiração profunda, sem restrições.

Abriu os olhos. Sorriu abertamente aos companheiros de Kiril um instante antes de levantar os braços e agarrar a cabeça grande de Kiril com as mãos.

Com um movimento fluido, deu um giro violento e saltou para cima, fora da cadeira. As correntes caíram e Nikolai estava de pé com o forte estalo do rompimento do pescoço de Kiril.

– Santo Cristo! – gritou um dos guardas.

Alguém lançou um disparo frenético. Os outros dois procuraram por suas armas.

Niko puxou bruscamente a pistola de Kiril fora de sua cartucheira e devolveu o fogo, derrubando um guarda com uma bala na cabeça.

A situação gerou gritos de alarme no corredor. As botas começaram a golpear. Um pequeno exército de Agentes chegaria para tomar o controle da situação.

*Maldito seja.*

Não tinha muito tempo para fugir antes que ele estivesse contemplando os canos de não menos do que meia dúzia de pistolas em poucos segundos.

Nikolai arrastou o corpo morto de Kiril diante de si e o manteve ali como um escudo. O cadáver tomou um par de golpes rápidos quando Niko começou a se mover para trás, para a janela que ficava do outro lado do grande quarto.

Na porta agora aberta havia um grupo de Agentes vestidos de preto, todos munidos com algumas armas de fogo semiautomáticas, que o observavam bastante sérios.

– Parado, maldito!

Niko lançou um olhar por cima do ombro para a janela que estava alguns metros atrás dele. Essa era sua melhor – sua *única* – opção. Render-se agora e sair pacificamente com seus executores da Agência era uma alternativa que ele se negava a considerar.

Com um rugido, Niko agarrou o peso morto de Kiril e balançou o corpo para a janela de cristal. Manteve-o perto quando a janela estilhaçou, usando o cadáver do vampiro como escudo para conseguir sair do alcance do vidro quebrado e assim atravessar o improvisado buraco.

O guerreiro da Raça escutou uma ordem atrás de si – uma ordem de um dos Agentes para que abrissem fogo.

Ele sentia o ar fresco da noite sobre o rosto, sobre o cabelo e sobre o corpo nu umedecido pelo suor. Mas, antes que ele pudesse registrar o menor sabor da liberdade...

*Pá! Pá! Pá!*

Suas costas nuas arderam como se estivessem em chamas. Seus ossos e músculos sentiram-se flexíveis, e dentro de si dissolveu-se uma onda de bílis e ácido que lhe chamuscou a parte posterior da garganta. A visão de Nikolai mergulhou em uma escuridão repentina que o devorou. Ele sentiu a terra surgir rapidamente debaixo de si quando ele e o cadáver de Kiril caíram abaixo da janela.

Então, já não sentiu mais nada.

# Capítulo 14

Lex e Edgar Fabien permaneceram de pé diante da janela da casa principal observando os Agentes da Lei deslizarem o corpo do guerreiro para a parte traseira de uma caminhonete preta sem placas.

– Quanto tempo vai durar o efeito dos sedativos? – perguntou Lex, decepcionado ao saber que a arma com que Fabien tinha ordenado abrir fogo sobre Nikolai continha dardos tranquilizantes no lugar de balas.

– Não espero que o prisioneiro desperte até que esteja na prisão de Terrabonne.

Lex olhou o líder do Refúgio.

– Uma prisão? Pensei que esses lugares eram usados para processar e reabilitar viciados em sangue, um tipo de lugar para depositar vampiros Renegados.

O sorriso de Fabien era tenso.

– Não há necessidade de você se envolver com os detalhes, Alexei. Fez bem em me avisar sobre o guerreiro. Obviamente, um indivíduo tão perigoso como ele merece um tratamento especial. Vou me certificar pessoalmente de que ele seja tratado da maneira adequada. Estou seguro de que você tem coisas suficientes para pensar neste momento trágico de perda.

Lex grunhiu.

– Ainda há um assunto de nosso... interesse.

– Sim – respondeu Fabien, deixando que a palavra saísse lentamente entre seus magros lábios. – Você me surpreendeu, Alexei, devo admitir. Gostaria de apresentá-lo para algumas pessoas. Pessoas muito importantes. Naturalmente, isso tudo irá exigir a mais completa discrição.

– Sim, é obvio – disse Lex, sem mal poder conter o entusiasmo e a cobiça por saber mais, por saber tudo o que tinha que saber, ali mesmo. – A quem preciso conhecer? Posso estar em sua casa na primeira hora amanhã à noite...

A risada condescendente de Fabien foi irritante.

– Não, não. Estou falando de algo tão público quanto o que acabou de acontecer aqui. Algo que exigirá uma reunião especial. Uma reunião secreta, com alguns de meus sócios. *Nossos* sócios – corrigiu-se, com um olhar conspiratório.

Uma audiência privada com Edgar Fabien e seus sócios. Lex estava praticamente salivando somente com a ideia daquilo.

– Onde? E quando?

– Dentro de três noites. Enviarei meu carro para apanhá-lo e o levarei para o lugar como meu convidado pessoal.

– Mal posso esperar – disse Lex.

Ele ofereceu a mão ao macho do Refúgio – seu poderoso e novo aliado –, mas o olhar de Fabien se desviou do ombro de Lex para a janela quebrada da grande sala do prédio. Aqueles ardilosos olhos estreitaram-se e a cabeça de Fabien moveu-se para os lados.

– Tem uma garota aqui? – perguntou, com algo sombrio brilhando em seu olhar avarento.

Lex girou, bem a tempo de ver Mira tentando colocar-se fora do alcance de sua visão, com seu curto véu negro agitando-se com o rápido movimento.

– A pirralha servia a meu pai. Ou pelo menos era isso que ele gostava de pensar – disse desdenhosamente. – Ignore-a. Não é nada.

As pálidas sobrancelhas de Fabien elevaram-se ligeiramente.

– Ela é uma Companheira de Raça?

– Sim – disse Lex. – Uma órfã que meu pai recolheu há alguns meses.

Fabien fez um ruído no fundo da garganta, algo entre um grunhido e um pigarro.

– Qual é o talento da garota?

Agora era Fabien quem parecia incapaz de ocultar seu ávido interesse. Estava ainda olhando a janela aberta, estirando seu pescoço e procurando como se Mira fosse aparecer ali de novo.

Lex considerou esse olhar entusiasta por um momento, então disse:

– Você gostaria de ver o que ela pode fazer?

O olhar brilhante de Fabien foi uma resposta suficiente. Lex liderou o caminho de volta à casa principal e encontrou Mira arrastando-se pelo corredor até seu dormitório. Subiu e agarrou-a pelo braço, empurrando-a para que ficasse com o rosto diante do líder do Refúgio. Ela choramingou um pouco por seu áspero tratamento, mas Lex ignorou suas queixas. Tirou-lhe o véu do rosto e empurrou-a para a frente de Edgar Fabien.

– Abra os olhos – ordenou ele. Quando ela não obedeceu imediatamente, Lex a persuadiu com um golpe em sua pequena nuca loira. – Abra, Mira.

Soube que ela o fez porque no momento seguinte, a expressão de Edgar Fabien passou de uma curiosidade moderada a uma de maravilha e surpresa. Ficou paralisado, com a mandíbula frouxa.

Então, sorriu. Um amplo e atemorizante sorriso.

– Meu Deus – respirou ele, incapaz de afastar seu olhar dos olhos enfeitiçados de Mira.

– O que está vendo? – perguntou Lex.

Fabien levou um tempo antes de responder.

– É isso... pode ser possível que esteja vendo meu futuro? Meu destino?

Lex afastou Mira para longe dele e Fabien manteve os olhos na garota, como se ainda não estivesse preparado para soltá-la.

– Os olhos de Mira de fato refletem fatos futuros – disse, colocando o curto véu de novo sobre a cabeça dela. – Ela é uma menina notável.

– Há um minuto disse que ela era ninguém – recordou Fabien. Os olhos estreitos e calculistas viajaram sobre a garota. – O que estaria disposto a aceitar por ela?

Lex viu a cabeça de Mira girar em sua direção, mas sua atenção estava fixa solidamente na transação rapidamente oferecida.

– Dois milhões – disse, soltando a cifra de forma casual, como se fosse um valor corriqueiro. – Dois milhões de dólares e ela é sua.

– Feito – disse Fabien. – Telefone para minha secretária e passe-lhe o número de sua conta bancária e a soma será depositada em uma hora.

Mira esticou-se e agarrou o braço de Lex.

– Mas não quero ir a lugar algum com ele. Não quero deixar a Rê.

– Acalme-se, acalme-se, agora, coração – disse Fabien, passando a palma pela parte alta de sua cabeça. – Vá dormir, menina. Sem barulho. Durma agora.

Mira caiu para trás, presa no transe do vampiro. Fabien pegou-a entre seus braços e embalou-a como um bebê.

– Um prazer fazer negócios com você, Alexei.

Lex assentiu.

– O mesmo digo eu – respondeu, seguindo o líder do Refúgio para fora da casa e esperando enquanto ele e a garota desapareciam em um sedan escuro que estava parado no caminho.

Enquanto a frota de carros virava, Lex considerou o giro surpreendente dos fatos da tarde. Seu pai estava morto, ele estava livre da culpa e preparado para tomar o controle de tudo que tinha merecido durante tanto tempo. Logo, faria parte do seleto círculo de poder de Edgar Fabien e, repentinamente, estava dois milhões de dólares mais rico.

Não estava mal para uma noite de trabalho.

Renata girou a cabeça no travesseiro e abriu um olho, uma pequena prova para ver se a repercussão tinha passado finalmente. Seu crânio parecia ter sido esvaziado e recheado de algodão úmido, mas havia, de fato, uma melhora da agonia que tinha sido sua companheira durante as últimas horas.

Uma pequena espetada de luz diurna brilhou através de um pequeno buraco na portinha de pinheiro. Era manhã. Fora de seu quarto, a casa estava tranquila. Tão tranquila que durante um segundo Renata se perguntou se acabava de despertar de um horrível pesadelo.

Mas em seu coração, sabia que tudo era real. Sergei Yakut estava morto, assassinado em um motim sangrento em sua própria cama. Todas as grotescas imagens embebidas de sangue dançavam na mente de Renata. E o mais inquietante de tudo era o fato de Nikolai ter sido acusado e detido pelo assassinato.

O arrependimento corroía a consciência de Renata. Com o benefício de uma cabeça clara e estando algumas horas longe do sangue e do caos do momento, ela tinha de se perguntar se havia sido muito precipitada ao duvidar dele. Possivelmente, todos tinham sido muito precipitados em condená-lo. Lex em particular. A suspeita de que Lex poderia ter tido algo a ver com a morte de seu pai - como Nikolai tinha insistido - criou um nó de mal-estar no estômago de Renata.

E, então, havia a pobre Mira, muito jovem para ser exposta a tanta violência e perigo. Uma parte mercenária dela se perguntava se ambas estariam melhores agora. A morte de Yakut tinha libertado Renata de seu controle sobre ela. Mira também estava livre. Possivelmente essa era a oportunidade que ambas precisavam - uma oportunidade de fugir daquele lugar e de seus horrores.

*Ah, Deus. Será que ela podia se atrever a desejar isso?*

Renata sentou-se, pendurando suas pernas sobre o lado da cama. A esperança aumentando em seu peito a mantinha flutuando.

*Elas podiam partir*. Sem Yakut para as seguir, sem ele vivo e capaz de usar sua conexão de sangue, ela estava finalmente livre. Podia pegar Mira e deixar aquele lugar de uma vez por todas.

– Maria Mãe de Deus! – ela suspirou, juntando as mãos em uma oração desesperada. – Por favor, nos dê essa oportunidade. Permita--nos ter essa oportunidade. Pelo destino dessa menina inocente.

Renata inclinou-se perto da parede que dividia com o dormitório de Mira. Ela golpeou os dedos ligeiramente sobre os painéis de madeira, esperando ouvir o golpe de resposta da garota.

Silêncio apenas.

Golpeou de novo.

– Mira, está acordada? Mira?

Não houve resposta. Apenas um longo silêncio, como uma sentença de morte.

Renata ainda usava as roupas da noite anterior – uma camiseta preta de manga larga, amassada pela noite de sono, e jeans escuros. Ela calçou um par de botas de cano alto e jogou-se para o corredor. A porta de Mira estava a apenas alguns passos... e permanecia entreaberta.

– Mira? – ela chamou, enquanto entrava e lançava um rápido olhar ao redor.

A cama estava desfeita e enrugada onde a menina tinha estado durante a noite, mas não havia sinal dela. Renata girou e correu para o banheiro que compartilhavam no outro lado do corredor.

– Mira? Está aí dentro, ratinha? – ela abriu a porta e encontrou o pequeno espaço vazio.

Para onde poderia ter ido? Renata olhou ao redor e dirigiu-se de novo pelo corredor de painéis rumo à janela do edifício, um terrível pânico começando a apoderar-se de sua garganta.

– Mira!

Lex e um par de guardas estavam sentados ao redor da mesa na grande sala enquanto Renata corria pelo corredor. Ele dirigiu um breve olhar para a mulher e continuou falando com os outros homens.

– Onde está ela? – exigiu Renata. – O que você fez com Mira? Juro por Deus, Lex, que se a machucou...

Ele lançou-lhe um olhar mordaz.

– Onde esta seu respeito, *fêmea*? Acabo de deixar o corpo de meu pai no sol. Este é um dia de luto. Não ouvirei suas palavras até que eu esteja bem e preparado para isso.

– Para o inferno você e o seu falso luto! – explodiu Renata, virando-se contra ele. Era quase impossível evitar que o golpeasse com uma rajada do poder de sua mente, mas os dois guardas que se levantaram de cada lado de Lex, dirigindo suas armas contra ela, ajudaram-na a controlar a ira.

– Diga o que fez, Lex. Onde ela está?

– Eu a vendi – a resposta foi tão casual que era como se Lex estivesse falando de um par de sapatos velhos.

– Você... você fez o quê? – os pulmões de Renata se retorceram, perdendo tanto ar que ela mal pôde respirar novamente. – Não pode estar falando sério! Vendeu para quem? Para aqueles homens que vieram buscar Nikolai?

Lex sorriu, dando um vago encolhimento de ombros em forma de concordância.

– Bastardo! Porco asqueroso!

A terrível realidade do que Lex tinha feito a golpeou. Não apenas o que havia feito a Mira, mas também a seu próprio pai. E Renata agora via com atroz claridade o que Lex havia feito a Nikolai.

– Meu Deus! Tudo o que o guerreiro disse sobre você era verdade, não é? *Você* foi responsável pela morte de Sergei, não Nikolai. Foi *você* quem trouxe o Renegado. Você planejou tudo.

– Tome cuidado com suas acusações, *fêmea* – a voz de Lex era um grunhido quebradiço. – Sou o único no comando agora. Não cometa erros, sua vida me pertence. Tente algo contra mim e posso acabar com sua existência tão rápido quanto enviei aquele guerreiro para a morte.

Ah, Deus... não. O choque percorreu-lhe o peito em uma dor aguda.

– Ele está morto?

– Estará em breve – disse Lex. – Ou desejará estar, já que os bons médicos em Terrabonne são famosos por gostarem de... *diversão*.

– Do que você está falando? Que médicos? Pensei que o tinham prendido.

Lex riu.

– O guerreiro está a caminho de um cárcere dirigido pela Agência. Estou seguro em dizer que ninguém ouvirá falar dele novamente.

O desprezo fervia dentro de Renata por tudo o que ela estava ouvindo e por sua própria atuação ao ter erroneamente acusado Nikolai. Agora tanto ele quanto Mira haviam partido, e Lex permanecia ali, sorrindo com petulante vaidade pelo plano que tinha orquestrado.

– Tenho nojo de você. Você não passa de um maldito monstro, Lex. Um covarde asqueroso.

Ela deu um passo em direção a ele, mas Lex acionou os guardas com um movimento de queixo e eles logo a bloquearam, dois enormes e ameaçadores vampiros que a obrigaram a recuar.

Renata olhou para eles, observando em seus duros olhares os anos de animosidade que eles sentiam por ela – animosidade que brilhava mais intensamente nos olhos de Lex. Odiavam-na. Odiavam sua força e estava claro que qualquer um deles adoraria ter a oportunidade de enfiar uma bala na cabeça dela.

– Tirem-na da minha frente – ordenou Lex. – Levem essa vadia para o quarto e tranquem-na durante o resto do dia. Ela poderá nos divertir durante a noite.

Renata não deixou que os guardas pusessem um dedo sobre ela. Enquanto se moviam para agarrá-la, ela os empurrou com um agudo golpe mental. Eles gritaram e saltaram longe, retrocedendo de dor.

Mas antes que caíssem, Lex surgiu sobre ela, completamente transformado e cuspindo fúria. Duros dedos curvaram-se sobre os ombros de Renata. Um pesado corpo jogou a mulher para trás. Ele estava furioso, empurrando-a como se ela não fosse nada além de um monte de plumas. A força e a velocidade do homem atiraram-na pelo chão e para a janela na parede oposta.

Madeira sólida e imóvel golpeou sua espinha dorsal e coxas. A cabeça de Renata bateu contra as grossas lâminas de madeira com o impacto. Sua respiração soltou um suspiro quebrado. Quando abriu os olhos, o rosto de Lex surgiu contra o seu, as finas pupilas girando ferozes na íris âmbar. Ele levantou uma mão e agarrou a mandíbula dela, forçando-lhe a cabeça para um lado. As presas eram enormes, afiadas como adagas, e estavam perigosamente próximas da garganta nua de Renata.

– O que você fez foi uma coisa muito estúpida – grunhiu, deixando aqueles dentes pontudos roçarem-lhe a pele feminina enquanto ele falava. – Eu deveria causar-lhe dor por causa disso. De fato, acho que vou fazer isso...

Renata reuniu cada pingo de poder que tinha e o transformou para soltá-lo sobre Lex em uma longa e implacável onda de angústia.

– Aaagh! – o uivo dele ecoou como o grito de um animal sendo sacrificado.

E, mesmo assim, Renata seguiu atacando-o, vertendo dor em sua cabeça até que ele a soltou e desmoronou no chão por completo.

– Agarrem-na! – ordenou aos guardas que ainda estavam se recuperando dos golpes menores que Renata havia descarregado.

Um deles ergueu uma pistola contra ela. Ela o bombardeou, também dando a um segundo guarda outra dose.

Maldição! Ela tinha de dar o fora dali. Não podia arriscar-se a usar mais de seu poder, já que pagaria por cada golpe. E ela não teria tempo diante da atroz onda que rugia sobre si.

Virou-se, vidros quebrados no caos da noite anterior estalavam sob suas botas. Ela sentiu uma pequena brisa através das lâminas fechadas da janela. Deu-se conta de que amanhecia: atrás dela, apenas a liberdade. Puxou o suporte dos painéis de madeira e deu um forte empurrão. As dobradiças gemeram, mas não cederam.

– Matem-na, malditos imbecis! – ofegou Lex. – Atirem nessa vadia!

*Não*, Renata pensou desesperada enquanto puxava o reboco da madeira.

Ela não podia deixar que a detivessem. Tinha de sair dali. Tinha de encontrar Mira e levá-la a algum lugar seguro. Afinal, ela havia prometido, havia feito uma promessa àquela garota, e Deus a ajudasse, mas ela não falharia.

Com um grito, Renata pôs toda a sua força e o seu peso para desmontar as portinhas que, finalmente, cederam. A adrenalina a acelerava de tal modo que as lâminas da madeira foram completamente arrancadas.

A luz do sol vertia sobre seu corpo feminino. Ofuscante e brilhante, enchendo a grande sala do edifício. Lex e os outros vampiros chiaram enquanto tentavam esconder seus sensíveis olhos e sair do caminho da luz.

Renata pulou para fora e golpeou o chão correndo. O carro de Lex estava no caminho de cascalho, estacionado e com as chaves no contato. Ela saltou dentro do automóvel, ligou o motor e dirigiu pela clara – porém temporária – segurança da luz do dia.

# Capítulo 15

A sessão de tortura mais recente tinha terminado há algumas horas, mas o corpo de Nikolai enrijeceu em reflexo quando ele escutou o suave estalo da fechadura eletrônica na porta de sua cela. Não tinha que adivinhar onde estava – as paredes brancas e o conjunto de aparelhos médicos ao lado da maca eram pistas suficientes para lhe dizer que o tinham levado para uma das instalações de contenção da Agência.

As algemas de aço industrial, fechadas firmemente em seus pulsos, peito e tornozelos, eram, segundo disseram-lhe, a cortesia de ser tratado como um Renegado e instalado na casa de reabilitação. O que significava que era como se estivesse morto, uma vez que, tendo adentrado naquele lugar, dificilmente haveria retorno.

Não que seus captores tivessem a intenção de deixá-lo desfrutar da estadia por muito tempo. Nikolai tinha a clara impressão de que a paciência deles estava perto do fim. Tinham-no golpeado quase até a inconsciência depois que o efeito dos tranquilizantes havia passado, trabalhando para obter uma confissão de que ele tinha matado Sergei Yakut. Quando não conseguiram o que queriam, começaram a usar pistolas de choque e outros aparelhos criativos, mantendo-o o tempo todo suficientemente drogado para que ele pudesse sentir os golpes, mas fosse incapaz de lutar.

O pior de seus torturadores era o macho da Raça que agora entrava na cela. Niko tinha escutado um dos Agentes chamá-lo de Fabien, falando com bastante respeito, o que indicava que o vampiro ocupava um posto bastante alto na cadeia de comando. Alto e magro, com pequenas e distintas características, olhos agudos e cabelos penteados para trás, Fabien tinha uma desagradável veia sádica mal escondida sob a aparência de seu elegante traje e o comportamento de civil agradável. O fato de ter chegado sozinho desta vez não podia ser um bom sinal.

– Como foi seu descanso? – perguntou a Niko com um sorriso amável. – Talvez agora esteja preparado para conversar comigo. Apenas nós dois, o que diz?

– Vá se foder – Nikolai grunhiu através de suas presas estendidas. – Não matei Yakut. Já disse o que aconteceu. Você prendeu o homem errado, maldito.

Fabien sorriu enquanto caminhava para o lado da cama e olhava para baixo.

– Não houve engano, guerreiro. E, pessoalmente, não me importa se foi ou não você quem fez os miolos daquele Primeira Geração voarem por toda a parede. Tenho outras coisas mais importantes para perguntar. Perguntas que você responderá, se sua vida significar algo para você.

O fato daquele homem evidentemente saber que Niko era um membro da Ordem dava uma nova e perigosa perspectiva ao encarceramento. Isso e o brilho maligno naqueles olhos ardilosos que pareciam os de uma ave de rapina.

– O que a Ordem sabe exatamente sobre os assassinatos dos Primeira Geração?

Nikolai dirigiu-lhe o olhar enquanto, em silêncio, apertava a mandíbula.

– Realmente acredita que podem fazer algo para detê-los? Acredita que a Ordem seja tão poderosa que possa impedir que a roda gire quando ela já está secretamente em marcha há anos? – Os lábios do macho da Raça abriram-se na caricatura de um sorriso. – Vamos exterminar um por um, como estamos fazendo com os últimos membros da Primeira Geração. Tudo está em seu lugar, e esteve durante muito tempo. A revolução, como vê, já começou.

A raiva gritou no estômago de Nikolai quando ele se deu conta do que acabara de ouvir.

– Filho da mãe. Você está trabalhando com Dragos.

– Ah... agora você está começando a entender – disse Fabien agradavelmente.

– Você é um maldito traidor da própria Raça, isso é o que estou começando a entender.

A fachada da conduta civil caiu como uma máscara.

– Quero que me fale das missões atuais da Ordem. Quem são seus aliados? O que sabe sobre os assassinatos? Quais são os planos da Ordem no que se refere a Dragos?

Nikolai zombou.

– Vá se foder. E diga para seu chefe ir se foder também.

Os olhos cruéis de Fabien se reduziram.

– Você pôs minha paciência à prova por tempo suficiente.

Levantou-se e caminhou para a porta. Uma onda cortante de sua mão trouxe o oficial de guarda ao interior do recinto.

– Sim, senhor?

– Está na hora.

– Sim, senhor.

O guarda assentiu e desapareceu, para voltar um momento depois. Ele e um assistente trouxeram sobre rodas uma mulher atada a uma cama estreita. Ela também tinha sido sedada, estava usando apenas uma bata fina e sem mangas. Junto a ela, um torniquete, um pacote de agulhas grossas e um tubo em espiral.

Que diabos era aquilo?

Mas ele sabia. Sabia que o assistente levantaria o braço brando do ser humano e fixaria o torniquete ao redor da zona da artéria braquial. A agulha e o tubo do sifão viriam em seguida.

Nikolai tentou ignorar o processo clínico, mas o mais sutil aroma de sangue acendia seus sentidos como fogos de artifício em dias festivos. A saliva aumentou em sua boca. Suas presas estenderam-se mais em antecipação à alimentação. Não queria ter fome, não como aquela, não quando estava seguro de que a intenção de Fabien era utilizá-la contra ele. Tentou ignorar sua sede, mas o desejo já aumentava, respondendo à necessidade visceral de alimento.

Fabien e os outros dois vampiros na cela não eram imunes àquilo. O empregado trabalhou oportunamente, o guarda manteve distância perto da porta, enquanto Fabien via a Anfitriã de Sangue sendo preparada para a alimentação. Uma vez que tudo estava em seu lugar, Fabien dispensou o assistente e enviou o guarda de volta ao seu posto do lado de fora.

– Está com fome, não é mesmo? – perguntou a Niko quando os outros se foram. Sustentou o tubo de alimentação em uma mão, os dedos de sua outra mão pousados sobre a válvula que liberaria o fluxo de sangue do braço da mulher. – Sabe, essa é a única maneira de alimentar um vampiro Renegado em contenção. A ingestão de sangue deve ser estritamente monitorada, controlada por pessoal capacitado. Pouquíssimo sangue e morrerá de fome; muito sangue e seu vício ficará mais forte. A sede de sangue é uma coisa terrível, não parece?

Niko grunhiu, querendo saltar da cama e estrangular Fabien. Lutou para fazer exatamente isso, mas seu esforço foi inútil. A combinação de sedativos e as algemas de aço o seguravam.

– Vou matá-lo – murmurou, sem fôlego devido ao esforço. – Prometo que vou acabar com você, maldito.

– Não – disse Fabien. – É você quem vai morrer. A menos que comece a falar agora, vou pôr este tubo em sua garganta e abrir a válvula. E não vou fechar até que se mostre preparado para cooperar.

Jesus Cristo! Ele o estava ameaçando com uma overdose. Os vampiros da Raça não podem ingerir muito sangue de uma vez. Isto significaria sede de sangue certamente. O que o transformaria em um Renegado, uma passagem apenas de ida para a miséria, a loucura e a morte.

– Você gostaria de falar agora, ou podemos começar?

Niko não era idiota para pensar que Fabien ou seus capangas o liberariam, inclusive se cuspisse cada detalhe a respeito das táticas da Ordem e das missões em curso. Inferno! Mesmo se pudesse garantir sua liberdade, estaria condenado se traísse seus irmãos só para salvar seu próprio pescoço.

Então era isso. Frequentemente tinha se perguntado como seria. Tinha imaginado como ele acabaria: uma chuva de balas e metralhadoras, ele pensava. Nunca imaginou que seria algo tão lamentável como aquilo. A única honra era o fato de que morreria mantendo os segredos da Ordem.

– Está preparado para me dizer o que quero saber? – Fabien perguntou.

– Vá se foder! – Niko soltou, mais zangado que nunca. – Você e Dragos podem ir diretamente para o inferno.

O olhar de Fabien faiscou de raiva. Ele obrigou Nikolai a abrir a boca e enfiou o tubo de alimentação em sua garganta. O esôfago do guerreiro se contraiu, mas até mesmo seu reflexo nauseante era fraco por causa dos sedativos que lhe percorriam o corpo.

Houve um suave clique quando a válvula no braço da humana se abriu. O sangue se derramou na parte posterior da boca de Nikolai, engasgando-o enquanto ele tentava fechar a garganta e rejeitar aquele líquido precioso, mas, Niko percebia, também letal. Porém, havia muito – um fluxo interminável que bombeava rapidamente da artéria da Anfitriã de Sangue.

Niko não tinha outro remédio senão engolir.

Um gole. Depois outro.

E outro ainda. Mais e mais.

Andreas Reichen estava em seu escritório no Refúgio examinando as contas e os e-mails recebidos pela manhã quando viu a mensagem de Helene em sua caixa de entrada. O assunto era um simples punhado de palavras que fizeram seu pulso tamborilar com interesse: "Encontrei um nome para você".

Ele abriu a mensagem e leu a breve nota.

Depois de algumas investigações, Helene tinha conseguido o nome do vampiro com quem sua desaparecida garota do clube vinha se encontrando recentemente.

Wilhelm Roth.

Reichen leu duas vezes, cada molécula em sua corrente sanguínea ficando mais fria enquanto o nome afundava em seu cérebro. O e-mail de Helene indicava que ainda estava em busca de mais informações e que entraria em contato tão logo as tivesse.

*Jesus.*

Ela não podia saber a verdadeira natureza da víbora que tinha descoberto, mas Reichen sabia bem.

Wilhelm Roth, o líder do Refúgio de Hamburgo e um dos indivíduos de maior poder na sociedade da Raça. Wilhelm Roth, um gângster de primeiro grau, e alguém a quem Reichen conhecia muito bem, ou tinha conhecido há muito tempo.

Wilhelm Roth, que estava emparelhado com uma ex-amante de Reichen – a mulher que tinha levado um pedaço do coração de Reichen quando o deixou para ficar com o rico macho de segunda geração da Raça que podia lhe oferecer todas as coisas que Reichen não podia.

Se a funcionária desaparecida de Helene estivesse ligada a Roth, certamente a moça estava morta. E Helene... Jesus Cristo. Estava muito perto do canalha apenas por saber seu nome. Se continuasse a buscar mais informações sobre ele...

Reichen pegou o telefone e discou. Não houve resposta. Tentou o apartamento na cidade, amaldiçoando quando a chamada foi para a caixa postal. Era muito cedo para que ela estivesse no clube, mas ele ligou para lá de todos os modos, amaldiçoando a luz do dia que o mantinha preso em seu Refúgio, e incapaz de procurá-la pessoalmente. Quando todas as opções fracassaram, Reichen devolveu uma resposta por correio eletrônico:

"Não faça nada mais referente a Roth. Ele é muito perigoso. Entre em contato comigo assim que receber esta mensagem. Helene, por favor... tome cuidado."

Um caminhão carregado de equipamentos médicos parou na porta de entrada de uma modesta construção de dois andares a cerca de 45 minutos do centro de Montreal. O condutor apareceu na janela e digitou uma breve sequência em um teclado eletrônico situado na parte exterior do prédio. Depois de um minuto ou dois, a porta se abriu e o caminhão entrou.

Devia ser dia de entrega, já que era o segundo veículo que Renata tinha observado entrando ou saindo dali. Ela havia passado a maior parte do dia na cidade, escondida no carro de Lex enquanto se recuperava da terrível reverberação durante a manhã. Agora já era o fim da tarde e ela não tinha muito tempo - somente algumas horas antes que caísse a tarde e a densidade da noite aumentasse a presença de seus predadores. Não muito antes de transformar-se na presa.

Ela tinha que fazer a coisa certa dessa vez, por isso estava vigiando a porta monitorada por câmera de um edifício peculiar na cidade de Terrabonne. Não tinha janelas, nem sinalização frontal. Embora não estivesse certa, seu instinto dizia que a laje quadrada de concreto e tijolo no final do caminho de acesso privado era o lugar que Lex tinha mencionado como as instalações para onde Nikolai fora levado.

Ela rogou que fosse o local, pois naquele momento, o guerreiro era o único possível aliado que Renata tinha, e, se ela queria encontrar

Mira, se tinha alguma possibilidade de recuperar a menina do vampiro que a tinha naquele momento, ela sabia que não podia fazê-lo sozinha. Isso significava primeiro encontrar Nikolai e rezar para encontrá-lo vivo.

E se estivesse morto? Ou estivesse vivo, mas se negasse a ajudá-la? Ou decidisse matá-la pelo papel que ela tivera em sua detenção ilícita?

Bem, Renata não queria considerar onde qualquer dessas possibilidades a levaria. Pior ainda, onde levaria uma menina inocente que dependia dela para manter-se a salvo.

Assim, ela esperou e observou, imaginando uma maneira de atravessar a porta de segurança. Outro caminhão de abastecimento entrou. Chegou a uma parada e Renata aproveitou a oportunidade.

Ela saltou do carro de Lex e caiu no chão, correndo ao longo da parte traseira do veículo. Enquanto o condutor teclava seu código de acesso, saltou no para-choque traseiro. As portas do reboque estavam fechadas, mas ela agarrou-se e manteve-se agarrada enquanto a porta se abria e, ruidosamente, o caminhão cambaleava. O condutor deu a volta na parte traseira do prédio, depois de um lance de asfalto que levava a um par de embarques e compartimento de recepção. Renata subiu no teto do veículo e segurou-se com força enquanto o caminhão dava outra volta e começava a retroceder. Ao aproximar-se da construção, um sensor de movimento fez a porta da entrada se levantar. Não havia ninguém esperando na luz do dia que enchia a abertura do hangar, mas se o lugar estivesse em poder da Raça, qualquer pessoa naquela área estaria assando depois de alguns minutos no trabalho.

Uma vez que o caminhão tinha entrado por completo, a grande porta começou a descer. Houve um segundo de escuridão entre o fechamento do compartimento e a revoada eletrônica das luzes fluorescentes vindas de cima.

Renata saltou do para-choque traseiro enquanto o condutor descia do caminhão. E agora, saindo de uma porta de aço no outro lado do espaço, estava um homem musculoso vestindo um uniforme escuro militar. O mesmo tipo de uniforme usado pelos Agentes que Lex tinha chamado para deter Nikolai na noite anterior. Ele trazia uma pistola semiautomática embainhada em seu quadril.

– Ei, como vai? – o condutor disse em voz alta ao guarda.

Renata deslizou pelo lado do caminhão antes que o vampiro ou o humano pudessem detectá-la. Esperou, escutando o som da fechadura sendo aberta. Quando o guarda se aproximou, Renata enviou um pouco de seu *olá* particular, dando uma sacudida mental que o fez balançar sobre os calcanhares. Outra pequena explosão o tinha atingido. Apertou as têmporas com as mãos e ofegou uma maldição viva.

O condutor humano voltou a ocupar-se dele.

– Ei. Está bem aí, amigo?

A breve distração era a oportunidade que Renata necessitava. Ela se precipitou em silêncio através do amplo compartimento e deslizou dentro da porta de acesso que o guarda tinha deixado sem segurança. Agachou-se diante de uma mesa vazia com uma estação de trabalho com monitores que podiam visualizar a porta de entrada. Para além dali, um estreito corredor oferecia-lhe duas possibilidades: uma curva que parecia conduzir para a frente da construção ou, mais abaixo no corredor, uma escada que levava ao segundo andar.

Renata optou pela escada. Correu para lá, além da ramificação de um lado. Outro guarda estava naquele lance do corredor.

Maldição.

Ele a viu correr. Suas botas retumbaram por perto.

– Pare aí! – gritou, vindo do canto do corredor. – Esta é uma área restrita.

Renata se voltou e lançou uma forte explosão mental. Enquanto ele se retorcia no chão, ela se lançou à escada e correu rumo ao andar superior.

Pela segunda vez, ela se repreendeu por ter deixado a casa de campo sem armas. Não podia deixar sua energia ser consumida antes de pelo menos saber se Nikolai estava ali. Tinha de operar só com menos da metade de sua resistência para recuperar-se plenamente da descarga que liberara em Lex desta manhã. Provavelmente seria necessário descansar o resto do dia.

Infelizmente, essa não era uma opção.

Olhou através do vidro reforçado da porta da escada para o local. Um punhado de machos da Raça em roupas brancas passeava em seu caminho a uma das muitas salas que se ramificavam do corredor principal. Muitos para que ela os detivesse, inclusive se estivesse em plenas condições.

E também tinha o agente armado no outro extremo do corredor. Renata apoiou-se contra a parede interior da escada, encostou a cabeça e em silêncio exalou uma maldição. Ela tinha chegado longe, mas que diabos a fazia pensar que podia entrar em uma instalação segura como aquela *e sobreviver*?

O desespero era a resposta a essa pergunta. A determinação de quem se negava a aceitar aquilo a fazia ir adiante e ver até onde tudo poderia chegar. Ela não tinha outra opção senão seguir em frente. Sob fogo, se fosse necessário.

*Fogo*, pensou. Seu olhar voltou-se para o corredor fora da escada. Montado na parede em frente a ela havia um alarme de emergência.

Talvez houvesse uma oportunidade, afinal...

Renata deslizou da escada e puxou a alavanca para baixo. Uma campainha pulsante cortou o ar, trazendo um caos instantâneo ao lugar. Deslizou no quarto do paciente mais próximo e viu como os assistentes e os médicos lidavam com a confusão. Quando parecia que todos estavam ocupados com a situação de falsa emergência, Renata saiu ao corredor vazio para começar a procurar pelo quarto de Nikolai. Não era difícil descobrir onde ele poderia estar. Só havia um quarto com um Agente armado na porta – que, aliás, permanecia em seu posto apesar do alarme que tinha feito o resto dos assistentes dispersar-se pelo andar.

Renata observou a arma no quadril do guarda e esperou que não estivesse cometendo um enorme engano.

– Ouça – disse, aproximando-se dele lentamente. Ela sorriu brilhantemente, embora, nesse mesmo instante, o guarda estivesse franzindo o cenho e alcançando sua arma. – Não ouviu o alarme? É hora de descansar.

Renata então o golpeou com uma explosão súbita, de tamanho considerável. Quando o grande macho desmoronou no chão, ela correu o olhar para dentro do quarto atrás dele.

Um vampiro loiro estava preso em uma cama, nu, convulsionando e lutando contra as algemas de metal que o seguravam. As marcas de pele da Raça formavam redemoinhos – formavam arcos no peito, nos grandes bíceps e nas coxas lívidas com cor vibrante, parecia quase viva a maneira com que as saturações se transformavam de tons carmesim e púrpura escuro a negro mais escuro. Seu rosto era quase animal, completamente transformado pela presença de suas presas e das brasas de seus olhos.

Poderia ser Nikolai? A princípio, Renata não estava certa. Mas logo aquela criatura levantou sua cabeça e seus olhos âmbar selvagens fixaram-se nela. Ela viu um brilho de reconhecimento neles, e uma miséria que era evidente, inclusive a distância. Seu coração retorceu e ardeu com pesar.

*Santo Deus, o que tinham feito com ele?*

Renata carregou o guarda inconsciente para dentro do quarto. Nikolai sacudia-se sobre a cama, grunhindo incompreensivelmente palavras que beiravam a loucura.

– Nikolai – disse, indo para seu lado. – Pode me ouvir? Sou eu, Renata. Vou tirá-lo daqui.

Se ele a compreendeu, ela não podia estar certa. Ele grunhiu e lutou com suas algemas, flexionando os dedos e empunhando-os, cada músculo de seu enorme corpo masculino estava retesado.

Renata inclinou-se para baixo para tirar um jogo de chaves do cinturão do guarda. Pegou também a pistola e xingou quando se deu conta de que era simplesmente uma pistola de tranquilizantes carregada somente até a metade da capacidade.

– Acredito que os mendigos não podem ser seletivos – murmurou, colocando a arma na cintura de seu jeans.

Voltou para Nikolai e começou a tirar suas algemas. Quando libertou sua mão, surpreendeu-se ao senti-la apertando a sua.

– Vá – ele rugiu ferozmente.

– Sim, é nisso que estamos trabalhando aqui – Renata replicou. – Solte-me para que eu possa abrir o resto dessas malditas coisas.

Ele tomou fôlego, um assobio baixo que fez os cabelos em sua nuca se eriçarem.

– Você... vai... eu não.

– O quê? – franzindo a testa, ela tirou sua mão livre e se inclinou sobre ele para afrouxar a outra algema. – Não tente falar. Não temos muito tempo.

Ele agarrou tão forte seu pulso que pensou que ele o romperia.

– Deixe-me... aqui.

– Não posso fazer isso. Preciso de sua ajuda.

Esses olhos âmbar e selvagens pareciam olhar através dela, quentes e mortais. Mas seu aperto afrouxou. Deixou-se cair sobre a cama quando outra convulsão o afligiu.

– Quase... – Renata assegurou, trabalhando rapidamente para abrir a última de suas algemas. – Vamos. Vou ajudá-lo.

Ela teve que colocá-lo de pé, e, ainda assim, ele não parecia suficientemente estável para permanecer naquela posição – e muito menos para a difícil corrida que a fuga exigiria. Renata lhe deu o ombro.

– Apoie-se em mim, Nikolai – ordenou. – Vou fazer a maior parte do trabalho. Agora vamos dar o fora daqui.

Ele grunhiu algo indecifrável quando ela mesma se colocou sob sua corpulência e começou a caminhar, precipitando-se na escada. Os degraus eram difíceis para Nikolai, mas eles conseguiram descê-los todos com apenas uns poucos tropeções.

– Fique aqui – disse ao chegar à parte inferior.

Sentou-o no último degrau e saiu correndo para averiguar se o caminho estava limpo. A mesa no extremo da sala estava vazia. Além da porta de acesso, entretanto, o condutor seguia falando com o guarda em turno, ambos ansiosos devido ao barulho do alarme de incêndio soando ao seu redor.

Renata saiu com a pistola tranquilizante na mão. O vampiro a viu. Antes que ela pudesse reagir, ele já tinha tirado sua pistola e disparado um tiro. Renata o golpeou com uma explosão mental, não antes de sentir um golpe de calor rasgar seu ombro esquerdo. Ela olhou o sangue, sentiu o jorro quente que escapava por seu braço.

Inferno! Ela tinha sido atingida!

Bem, agora estava realmente de saco cheio. Renata bombardeou o vampiro de novo e ele cambaleou, deixando cair sua arma. O motorista humano gritou e se lançou atrás do caminhão para cobrir-se enquanto Renata se adiantava e disparava contra o vampiro dois dardos tranquilizantes. Ele caiu com apenas um gemido. Renata caminhou e encontrou o motorista encolhido na roda.

– Ah, Jesus! – ele gritou quando ela parou diante dele. Colocou as mãos no alto, sua face tomada pelo medo. – Ah, Jesus! Por favor, não me mate!

– Não vou – respondeu Renata, e logo disparou na coxa com a arma tranquilizante.

Com ambos os homens caídos, ela voltou correndo para onde estava Nikolai. Ignorando a dor estridente em seu ombro, apressou-se na recepção e empurrou o enorme macho da Raça para a parte traseira do caminhão de abastecimento, onde estaria a salvo da luz do dia.

– Encontre algo para se proteger – disse para ele. – As coisas vão ficar agitadas agora.

Não lhe deu oportunidade para dizer qualquer coisa. Trabalhando rapidamente, fechou a porta e puxou o ferrolho, fechando Niko lá dentro. Em seguida, saltou para a cabine desocupada e pôs o veículo em movimento.

Enquanto conduzia o caminhão através da porta da recepção e acelerava para a fuga, teve de se perguntar se tinha acabado de salvar a vida de Nikolai ou se havia assinado uma sentença para ambos.

# Capítulo 16

A cabeça dele estava pulsando como um tambor. O constante ritmo palpitante enchia-lhe os ouvidos de forma tão ensurdecedora que o arrastava pelo que parecia um sonho sem fim, incerto. Seu corpo doía. Estava deitado no chão em algum lugar? Sentia o metal frio debaixo de seu corpo nu, as pesadas caixas cravadas em sua coluna e nos ombros. Uma fina capa de plástico o cobria como um manto provisório.

Tentou erguer a cabeça, mas mal tinha forças. Sua pele estava dolorida, pulsando da cabeça aos pés. Cada centímetro de seu corpo parecia estar desvanecendo, estendido firmemente, quente de febre. Sua boca estava seca, sua garganta ressecada e crua.

Tinha sede.

Aquela necessidade era tudo em que poderia se concentrar, o único pensamento coerente nadando através de seu crânio.

*Sangue.*

*Cristo, estava sedento por isso.*

Ele podia saborear a fome – a loucura sombria e angustiante – em cada golpe de ar que atravessava-lhe os dentes. Suas presas encheram-lhe a boca. As gengivas pulsavam onde os enormes caninos descendiam, como se as presas tivessem estado ali durante horas. Em algum lugar distante, a parte sóbria de sua lógica notou o engano nesse cálculo, as presas de um vampiro de Raça normalmente saíam apenas em momentos de maior resposta física, fosse reagindo à presa, à paixão ou à pura raiva animal.

O tambor que seguia golpeando distante em sua cabeça apenas aumentava o pulsar de suas presas. Foi a palpitação que o despertou. A palpitação que não o deixava dormir agora.

*Algo estava errado*, pensou enquanto abria seus ardentes olhos e capturava os detalhes vivos banhados de âmbar.

Um pequeno e limitado espaço. Escuro. Uma caixa cheia de mais caixas.

E uma mulher.

Todo o resto desvaneceu uma vez que seu olhar encontrou o dela. Vestida em uma camisa negra de manga comprida e jeans escuros, ela estava em posição fetal na frente dele, os braços e pernas dobrados na curva de seu torso. A maior parte de seu queixo estava coberta pelo longo cabelo escuro.

Ele a conhecia... ou sentia que deveria.

Uma parte menos consciente dele sabia que ela era amável, saudável e indefesa. O ar estava tingido com um rastro de sândalo e chuva. O aroma do sangue dela despertou nele um instinto débil. Sabia instantaneamente quem era ela – com uma certeza que parecia gravada em sua própria medula. A boca seca dele repentinamente umedeceu pela possibilidade de alimentar-se. A necessidade acompanhada da oportunidade deu-lhe a força que não tinha há um momento. Silenciosamente, levantou-se do chão e moveu-se até ela.

Sentado sobre seus calcanhares, inclinou a cabeça, olhando a mulher adormecida. Aproximou-se mais, um lento avançar predador que o levou para cima dela. O brilho âmbar de sua íris a banhava em uma luz dourada enquanto ele deixava seu olhar faminto vagar sobre o corpo feminino.

E o tamborilar incessante era mais forte naquela posição, uma vibração tão clara que ele podia senti-la nas plantas dos pés descalços.

Golpeando em sua cabeça, comandando toda a sua atenção. Levando-o mais perto, e logo mais perto ainda, e mais perto.

Era o pulso dela. Olhando-a, ele podia ver o suave *tic-tac* de seu palpitar tremendo ao lado do pescoço. Estável, forte.

O mesmo ponto em que ele queria enfiar suas presas.

Um estrondo – de um grunhido emanando de sua própria garganta – expandiu-se através da quietude do lugar.

A mulher moveu-se debaixo dele.

Suas pálpebras se abriram de repente, sobressaltadas, ficando rapidamente mais amplas.

- Nikolai.

A princípio, ele mal registrou o nome. A névoa em sua mente era tão espessa, sua sede tão completa que ele não sentia coisa alguma, exceto o desejo de alimentar-se. Era mais que um impulso – era uma obrigação insaciável. Certamente uma condenação.

*Sede de sangue.*

Como um fantasma, a palavra viajou por sua mente inundada em fome. Ele ouviu, soube instintivamente que devia temê-lo. Mas antes que pudesse compreender completamente o que a palavra significava, estava vendo dobrado e retornando às sombras.

- Nikolai - disse a mulher de novo. - Quanto tempo faz que está acordado?

Sua voz era familiar de algum modo, um peculiar alívio para ele, mas não podia realmente compreendê-la. Nada parecia fazer sentido para ele. Tudo o que tinha sentido era aquela tentadora batida de sua artéria e a completa fome que o obrigava a estender o braço e tomar o que necessitava.

- Você está a salvo aqui - disse ela. - Estamos na parte de trás do caminhão de fornecimento que tirei da instalação. Tive que parar e descansar por um tempo, mas estou bem para continuar agora. Vai escurecer logo. Devemos seguir antes que sejamos descobertos.

Enquanto ela falava, imagens passeavam pela memória de Niko. A instalação de contenção. A dor. A tortura. As perguntas. Um macho de Raça chamado Fabien. Um macho que ele queria matar. E essa valente mulher... ela também estava ali. Incrivelmente, ela o havia ajudado a escapar.

*Renata.*

Sim. Sabia seu nome, afinal. Mas não sabia por que ela tinha vindo por ele, ou por que tentaria salvá-lo. Tampouco importava.

Ela havia chegado muito tarde.

– Eles me forçaram – rugiu. Sua voz soava distante de seu corpo. Áspera como o cascalho. – Era muito sangue. Eles me forçaram a beber...

Ela o olhou fixamente.

– O que você quer dizer com forçaram?

– Tentaram... me causar uma overdose. Tentaram me viciar.

– Vício em sangue?

Assentiu levemente enquanto tossia, a dor atormentando-lhe o peito nu.

– Muito sangue... causando em mim a sede de sangue. Fizeram-me perguntas... queriam que eu traísse a Ordem. Neguei-me, e então eles me castigaram.

– Lex disse que eles matariam você – murmurou ela. – Nikolai, sinto muito.

Ela levantou a mão como se fosse tocá-lo.

– Não – grunhiu, agarrando-a pelo pulso. Ela ofegou, tentando soltar-se. Ele não a deixou ir. Sua cálida pele queimava a ponta dos dedos e as palmas das mãos masculinas dele. Podia sentir o movimento de seus ossos e músculos, o sangue correndo pelas veias de seus braços delicados de mulher.

Seria tão fácil levar aquele pulso sensível até sua boca.

Estava muito tentado a prendê-la debaixo de si e beber diretamente da sua veia.

Soube o momento preciso em que ela passou da surpresa à apreensão, quando seu pulso se acelerou e sua pele esticou-se sob suas mãos.

– Solte-me, Nikolai.

Ele esperou, a besta se perguntando se começava pelo pulso ou pelo pescoço da mulher. Sua boca salivando, suas presas ansiando perfurar aquela delicada carne. E teve fome dela de outra forma também. Sua forte necessidade não podia ser oculta. Sabia que era a sede de sangue o que o dirigia, mas isso não o fazia menos perigoso.

– Solte-me – disse ela de novo. E quando ele finalmente a soltou, ela recuou, mantendo distância entre eles. Não havia muito espaço para onde ela pudesse ir. As caixas empilhadas a limitavam por trás, além da parede do interior do caminhão. A maneira como ela se moveu, detendo-se e sendo cuidadosa, fez com que o predador notasse que estava debilitada.

Ela estaria com algum tipo de dor? Se fosse assim, seus olhos não o refletiram. Sua cor pálida parecia profunda enquanto ela o olhava fixamente. Desafiante.

Olhou para baixo e seus selvagens olhos pousaram no brilhante canhão da pistola.

– Faça – murmurou ele.

Ela sacudiu sua cabeça.

– Não quero machucá-lo. Preciso de sua ajuda, Nikolai.

*Muito tarde para isso*, pensou ele. Ela o havia tirado do purgatório e das mãos de seu captor, mas já tinha provado o sabor do inferno. A única saída do vício era passar fome, negar-se a tomar um sustento completo. Não sabia se era suficientemente forte para lutar contra sua sede.

Ele não queria que Renata estivesse perto dele.

– Faça... por favor. Não sei quanto mais posso resistir...

– Niko...

A besta nele explodiu. Com um rugido, ele liberou suas presas e se lançou sobre ela.

O disparo soou um instante depois, um estrondo atordoante que finalmente silenciou-lhe a miséria.

Renata sentou em seus calcanhares com a arma tranquilizante ainda empunhada em suas mãos. Seu coração palpitando a toda velocidade, parte de seu estômago ainda na garganta depois que Nikolai havia saltado sobre ela com suas enormes presas à vista. Agora ele jazia no chão, imóvel exceto por sua baixa e dificultosa respiração. Além das marcas superficiais na pele, com seus olhos fechados e suas presas ocultas atrás de sua boca fechada, não havia maneira de dizer que ele era a mesma criatura violenta que poderia ter rasgado sua jugular.

Inferno.

Que diabo ela estava fazendo aqui? Que demônios estava pensando, aliando-se com um vampiro, imaginando que realmente poderia ser capaz de confiar em um de sua classe? Ela sabia de primeira mão como eram traiçoeiros – como poderiam tornar-se letais em um instante. Ela poderia estar morta agora.

Houve um momento em que ela realmente pensou que morreria.

Mas Nikolai havia tentado avisá-la. Não queria machucá-la; ela tinha visto aquela tortura em seus olhos, ouvido aquela angústia em sua voz rasgada um momento antes de ele saltar sobre ela. Ele era diferente dos outros. Tinha honra, algo que ela havia assumido faltar na Raça inteira, dado que seus exemplos estavam limitados a Sergei Yakut, Lex e aqueles que os serviram.

Nikolai não sabia que sua arma não tinha balas, e mesmo assim a obrigou a disparar. Havia pedido isso. Ela tinha passado por algumas situações bastante difíceis em sua vida, mas não conhecia aquele tipo de tortura e sofrimento. Estava bastante segura de que esperava nunca conhecer.

A ferida em seu ombro queimava como o inferno. Estava sangrando de novo, pior ainda, depois daquele confronto físico. Ao menos a bala havia atravessado. O horrível buraco que deixou para trás ia requerer assistência médica, embora ela não visse um hospital em seu futuro próximo. Também pensou que não era sábio ficar perto de Nikolai agora, especialmente enquanto estivesse sangrando, e a única coisa que o mantinha afastado de sua artéria era aquela dose de sedativos.

A arma tranquilizante estava vazia.

A noite estava caindo, ela estava com uma ferida de bala sangrando e a vantagem adicional de sua reverberação persistente. E permanecer no caminhão roubado era como esconder-se tendo um grande alvo sobre suas próprias costas.

Precisava desfazer-se do veículo. Logo. Precisava encontrar algum lugar seguro onde pudesse fazer um curativo bom o suficiente para poder seguir adiante. Nikolai era um problema a mais. Não estava disposta a deixá-lo, mas ele era inútil para ela em sua condição atual. Se ainda pudesse superar as terríveis consequências de sua tortura...

*E se não...?*

Se não, ela acabava de perder um tempo mais precioso do que poderia considerar.

Movendo-se cautelosamente, Renata saiu pela parte traseira do caminhão e fechou as portas atrás de si. O sol havia se posto e o anoitecer aproximava-se rapidamente. Ao longe, as luzes de Montreal brilhavam.

Mira estava em algum lugar daquela cidade.

Desamparada, sozinha, assustada.

Renata subiu no caminhão e ligou o motor. Conduziu-o de volta à cidade, sem saber para onde ir até que finalmente se encontrou em terreno familiar. Nunca pensou que estaria de volta.

Nunca dessa forma, certamente.

O bairro da velha cidade não havia mudado muito nos anos que passaram. As residências grudadas umas nas outras, modestas casas pós-segunda guerra alinhadas na escura rua. Alguns dos jovens saindo das lojas 24 horas deram uma olhada no caminhão de fornecimentos médicos enquanto Renata passava conduzindo-o.

Não reconheceu nenhum deles, nem nenhum dos distraídos olhos adultos que vagaram de suas casas de concreto. Mas Renata não estava procurando rostos familiares ali fora. Havia apenas uma pessoa que ela rogava ainda estar por ali; uma pessoa de confiança, que poderia ajudá-la sem fazer muitas perguntas.

Enquanto ela passava por uma pequena casa amarela com sua grade de rosas crescendo na frente, uma estranha tensão nasceu em seu peito. Jack ainda estava aqui, as amada rosas de Anna, bem cuidadas e florescendo, eram uma grande evidência disso. E também havia o pequeno sinal da ferradura que Jack havia feito para pendurar ao lado da porta principal, nomeando o alegre lugar como *Casa da Anna*.

Renata reduziu a marcha do caminhão para parar na calçada e desligou o motor, olhando a conservada casa que ela havia estado tantas vezes, mas na qual, na verdade, nunca havia entrado. As luzes estavam acesas no interior, um acolhedor brilho dourado.

Deveria estar perto da hora de jantar porque através do grande marco da janela da frente podiam-se ver dois adolescentes – clientes de Jack, embora ele preferisse chamá-los de seus "pequenos" – pondo a mesa para o jantar.

– Maldição – murmurou ela sob sua respiração, fechando seus olhos e pousando a testa no volante.

Isso não era bom. Ela não deveria estar ali. Não agora, depois de todo esse tempo. Não com os problemas que estava enfrentando. E definitivamente não com o problema que estava levando na parte traseira do caminhão.

Não, ela tinha que lutar com isso por sua própria conta. Ligar o motor, virar o volante do caminhão e buscar outras possibilidades na rua. Demônios, ela não era uma amadora! Mas Nikolai estava em mal estado e ela não estava exatamente no auge de sua forma. Não sabia por quanto tempo mais poderia dirigir.

– Boa noite – o amistoso e inconfundível sotaque do Texas chegou diretamente ao lado dela, da janela aberta do lado do condutor. Ela não o viu aproximar-se, mas agora não havia forma de evitá-lo. – Posso ajudá-la... com... algo?

A voz de Jack apagou-se enquanto Renata levantava sua cabeça e girava para encará-lo. Estava um pouco mais grisalho do que ela se recordava, seu quase raspado corte estilo militar o fazia parecer mais magro, suas bochechas e queixo um pouco mais redondos do que a última vez que o havia visto. Mas ainda parecia um urso jovial, com mais de um metro e oitenta de altura e corpo robusto, apesar do fato de ele estar chegando facilmente aos setenta anos.

Renata esperava que seu sorriso parecesse melhor do que uma careta de dor.

– Olá, Jack.

Ele olhou-a fixamente – boquiaberto, de fato.

– Que diabos... – disse, sacudindo sua cabeça lentamente. – Já faz muito tempo, Renata. Esperava que tivesse encontrado uma boa vida em alguma parte... Quando deixou de vir faz alguns anos, preocupava-me que talvez – ele deteve-se e não completou o pensamento, dando em troca um grande e velho sorriso. – Bem, diabos, não importa o que me preocupava porque você está aqui.

– Não posso ficar – disse, seus dedos agarrando a chave na ignição, disposta a dar a volta. – Não deveria ter vindo.

Jack franziu a testa.

– Dois anos depois da última vez que a vi, você aparece como que caída do céu só para me dizer que não pode ficar?

– Sinto muito – murmurou ela. – Tenho que ir.

Ele colocou as mãos na janela aberta do caminhão, como se quisesse fisicamente retê-la ali. Ela olhou o bronzeado degradado nas mãos que tinham ajudado tantos jovens a saírem das ruas de Montreal – as mesmas mãos que tinham servido seu país de origem na guerra havia quatro décadas, e que agora cuidavam e protegiam aquele gradeado de rosas vermelhas como se fossem mais valiosas que ouro.

– O que está acontecendo, Renata? Sabe que pode falar comigo, que pode confiar em mim. Está bem?

– Sim – disse. – Sim, estou bem, sério. Estava só de passagem.

O olhar do homem disse-lhe que não acreditava nem por um segundo nela.

– Alguém mais está com problemas?

Ela sacudiu a cabeça.

– Por que pensa isso?

– Porque essa é a única maneira de você ter voltado. Nunca seria por você, que não se importaria se pessoalmente estivesse precisando de uma mão.

– Isso é diferente. Não é algo em que deveria estar envolvido – ela disse ligando o motor. – Por favor, Jack... Só esqueça que me viu esta noite, certo? Sinto muito. Tenho que ir.

Apenas pegou no câmbio para pôr o caminhão em marcha quando a forte mão de Jack descansou sobre seu ombro. Não foi um apertão forte, mas até mesmo a pequena pressão sobre sua ferida a fez virtualmente saltar de sua pele. Conteve o fôlego enquanto a dor a atravessava.

– Você está ferida – disse ele, e aquelas sobrancelhas grisalhas e grossas se uniram em uma.

– Não é nada.

– *Não é nada* uma ova. – Abriu a porta e subiu para ter uma melhor visão dela. Quando viu o sangue, murmurou uma forte maldição. – Que aconteceu? Alguém a feriu? Algum bandido tentou roubar seu caminhão ou sua carga? Jesus, isso parece uma ferida de bala. E esteve sangrando por algum tempo.

– Estou bem – insistiu ela. – Não é meu caminhão, e isso não é o que você está pensando.

– Então poderia me dizer o que é enquanto eu a levo ao hospital? – Entrou ainda mais na cabine, gesticulando para que lhe desse lugar. – Sai daí, eu dirijo.

– Jack – ela segurou o grosso antebraço do homem. – Não posso ir ao hospital, ou à polícia. Não estou sozinha aqui. Há alguém na parte de trás do caminhão que também está em más condições. Não posso deixá-lo.

Jack olhou para ela, incerto.

– Você fez alguma coisa fora da lei, Renata?

Ela soltou uma risada débil, cheia de coisas que não podia dizer. Coisas que ele não poderia saber e em que certamente não acreditaria se ela decidisse contar.

– Queria que fosse só a lei com que eu tivesse de lutar. Estou em perigo, Jack. Não posso dizer mais do que isso. Não quero que você se envolva.

– Precisa de ajuda. Essa é toda a informação de que preciso. – O rosto dele estava sério agora. E além das rugas, de sua cara magra e de seu cabelo grisalho, havia um brilho do marinheiro forte e viril que ele fora todos aqueles anos. – Venha para dentro e conseguirei que você e seu amigo descansem em algum lugar por um momento. Conseguirei algo para seu ombro também. Vamos, vamos, há muito espaço na casa. Deixe-me ajudá-la; pelo menos uma vez, Renata, deixe que alguém a ajude.

Ela queria aquilo infinitamente, queria ser ajudada em vez de enterrar-se naquela dor. Mas levar Nikolai a um lugar público era um risco muito grande, para ele e para qualquer um que pudesse vê-lo.

– Tem algum outro lugar em vez da casa? Um lugar tranquilo, com menos pessoas dentro e fora. Não precisa ser muito grande.

– Há um pequeno quarto na garagem lá atrás. Uso-o para guardar coisas desde que Anna se foi, mas vocês serão bem-vindos.

Jack saiu do caminhão e ofereceu sua mão para ajudá-la a descer.

– Vamos levar você e seu amigo para dentro para poder olhar a ferida.

Renata desceu do assento ao pavimento. E quanto a mover Nikolai? Estava segura de que ele ainda estava dormindo sob os efeitos do tranquilizante, o que ajudava a ocultar o que realmente era, mas não tinha como esperar que Jack não o achasse no mínimo incomum por estar nu, ensanguentado, golpeado e inconsciente.

– Meu, hum, amigo está realmente muito doente. Está mal e não acredito que seja capaz de caminhar por sua conta própria.

– Carreguei mais de um homem na selva em minhas costas – disse Jack. – Meus ombros podem ser um pouco fracos agora, mas são bastante largos. Tomarei conta dele.

Enquanto caminhavam juntos até a parte de trás do caminhão, Renata adicionou:

– Há uma coisa mais, Jack. O caminhão precisa desaparecer. Não importa onde, mas quanto antes melhor.

Ele inclinou a cabeça brevemente.

– Considere feito.

# Capítulo 17

Quando Nikolai despertou, perguntou-se por que não estava morto. Sentia-se mal como o inferno, olhos lentos para abrir na escuridão, músculos preguiçosos enquanto fazia um inventário de seu estado atual. Lembrou-se do sangue e da agonia, da detenção e da tortura nas mãos de um bastardo chamado Fabien. Lembrou-se de correr, ou melhor, de outra pessoa correndo enquanto ele tropeçava e lutava para ficar em pé.

Lembrou-se da escuridão ao seu redor, do metal frio debaixo de seu corpo nu, do tamborilar golpeando sem descanso em sua cabeça. E lembrou-se claramente de uma pistola que apontava em sua direção. Uma pistola que atirou por sua própria ordem.

*Renata.*

Era ela quem sustentava a arma de fogo. Apontando para ele para evitar que um monstro a atacasse. Mas por que não o matou, como ele quis? E por falar nisso, por que ela tinha ido resgatá-lo na instalação? Não tinha se dado conta de que poderia ser assassinada com ele?

Ele queria parecer furioso, ela tinha sido muito imprudente, mas uma parte mais razoável de si agradecia pelo fato de estar respirando. Mesmo que a respiração fosse tudo que ele era capaz de fazer naquele momento.

Gemeu e virou-se, esperando sentir o duro chão do caminhão sob o corpo. Em seu lugar sentiu um colchão suave e um travesseiro macio embalando-lhe a cabeça. Uma manta leve de algodão cobria-lhe a nudez.

Que diabos? Onde estava agora?

Saltou até ficar sentado e foi recompensado com uma violenta sacudida de suas vísceras.

– Inferno – murmurou, enjoado.

– Você está bem? – Renata estava ali com ele. Ele não a viu a princípio, mas agora ela se levantava da cadeira esfarrapada onde estava sentada há um momento. – Como se sente?

– Uma porcaria – disse com a língua grossa e a boca seca como o deserto. Estremeceu ao ver que ela acendeu um abajur na cabeceira.

– Parece melhor. Muito melhor, na verdade. Seus olhos voltaram ao estado normal e suas presas retrocederam.

– Onde estamos?

– Em um lugar seguro.

Ele observou a mistura eclética da sala ao seu redor: móveis revoltos, estantes de armazenamento em uma das paredes, uma pequena coleção de tecidos em diversas etapas de finalização apoiados entre dois arquivos, um pequeno armário de banheiro com toalhas de adornos florais e uma banheira com pés pitorescos. As persianas das janelas estavam abertas e mostravam a profundidade da noite no outro lado do vidro nesse momento, e de manhã a sala seria alagada pela luz e pelos raios ultravioleta.

– Esta é uma casa humana – ele não quis adotar um tom acusatório, sobretudo quando era sua própria maldita culpa estar naquela situação. – Onde diabos estamos, Renata? O que está acontecendo aqui?

– Você não estava bem. Não era seguro seguirmos viajando no caminhão quando a Agência, e possivelmente Lex, estariam nos procurando.

– Onde estamos? – exigiu.

– Em um refúgio para meninos de rua. Chama-se *Casa da Anna*. Conheço o homem que o administra. Ou o conhecia, quer dizer... antes... – alguns rasgos de emoção invadiram-lhe o rosto enternecido. – Jack é um bom homem, digno de confiança. Estamos a salvo aqui.

– Ele é humano.

– Sim.

*Que maravilha.*

– E sabe o que eu sou? Ele me viu... como eu estava?

– Não. Mantive você coberto o melhor que pude com a lona do caminhão. Jack me ajudou a trazê-lo aqui, mas você ainda estava sedado pelo tranquilizante que tive de... *atirar* em você. Eu disse que você estava desmaiado porque estava doente.

– Obrigado.

Bom, ao menos isso respondia à pergunta de por que ele não estava morto.

– Ele não viu suas presas ou seus olhos, e quando me perguntou a respeito de seus dermoglifos, eu disse que eram tatuagens. – Ela fez um gesto assinalando uma camisa e calças pretas dobradas sobre a mesinha de noite. – Ele também trouxe algumas roupas. Quando voltar depois de ter dado um sumiço no caminhão para nós, vai procurar um par de sapatos que caibam em você. Há um kit de limpeza de boas-vindas no banheiro para os recém-chegados. Só tem uma escova de dentes de sobra, assim espero que não se importe em compartilhar.

– Jesus – Niko resmungou. Aquilo só estava piorando. – Tenho que sair daqui.

Ele empurrou a manta e pegou a roupa da mesinha. Não estava muito seguro sobre seus pés quando tentava entrar nas calças de nylon. Caiu para trás, seu traseiro nu plantado na cama. A cabeça dava voltas.

– Maldição. Tenho que informar a Ordem. Acredita que seu bom amigo Jack tenha um computador ou um telefone que poderia emprestar?

– São duas da manhã – assinalou Renata. – Todos na casa estão dormindo. Além disso, eu sequer estou segura de que você está suficientemente bem para descer as escadas da garagem. Precisa descansar um pouco mais.

– Foda-se. O que preciso é voltar para Boston quanto antes. – Ainda sentado na cama, deslizou na calça e conseguiu subi-la por cima do quadril, puxando o cordão na cintura extragrande. – Perdi muito tempo já. Preciso que alguém venha e arraste meu traseiro daqui.

A mão de Renata caiu sobre ele, surpreendendo-o com o contato.

– Nikolai. Aconteceu uma coisa com Mira.

A voz dela soava tão sóbria como ele nunca tinha ouvido. Ela estava preocupada – preocupada até os ossos – e, pela primeira vez, ele se deu conta da pequena fissura na fachada outrora inquebrável e gélida que apresentava a todos.

– Mira está em perigo – disse. – Eles a levaram quando foram te prender na propriedade de Yakut. Lex a entregou a um vampiro chamado Fabien. Ele... ele a vendeu.

– Fabien – Niko fechou os olhos, exalando uma maldição. – Então provavelmente ela já está morta.

Ele não esperava um grito afogado de Renata, de modo que o som cru o fez sentir-se como um imbecil insensível ao falar em voz alta seus pensamentos sombrios. Apesar de toda força e independência resistente, Renata tinha um ponto sensível reservado para aquela criança inocente.

– Ela não pode estar morta – sua voz adquiriu um tom sólido, mas seus olhos estavam selvagens e desesperados. – Prometi a ela, entende? Disse que seria sua protetora. Que nunca deixaria que alguém lhe fizesse mal. E eu me referia a isso. Mataria para mantê-la segura, Nikolai. Morreria por ela.

Ele escutou e, Deus o ajude, ele conhecia aquela dor mais do que ela poderia adivinhar. Quando era garoto, havia feito um pacto similar com seu irmão menor – fazia muito, muiro tempo – e o fato de ter falhado quase o destruíra.

– É por isso que me seguiu nas instalações – disse, compreendendo a situação. – Você correu o risco de quebrar o pescoço ao me tirar de lá porque acredita que posso ajudar a encontrá-la?

Ela não respondeu, mas terminou sustentando seu olhar fixo em um silêncio que parecia prolongar-se para sempre.

– Tenho que recuperá-la, Nikolai. E não acredito que... que estou... simplesmente não estou segura de que posso fazê-lo sozinha.

Uma parte dele queria dizer que o destino de uma menina perdida não era problema seu. Não depois do que o bastardo do Fabien tinha-lhe feito nas instalações de contenção. E não quando a Ordem tinha muitas outras missões mais críticas. Vida e morte em escala maciça, lidar com a verdadeira morte, salvar a humanidade e essa baboseira toda.

Mas quando abriu a boca para responder, descobriu que não tinha coração para dizer isso para Renata. Não agora.

– Como está seu ombro? – perguntou, indicando a ferida que tinha sangrado horas no caminhão, levando seu já débil controle quase até o limite. Na superfície, parecia melhor, enfaixada em gaze branca, limpa e com um aroma ligeiro de antisséptico.

– Jack fez um curativo – disse ela. – Ele era médico da Marinha quando serviu no Vietnã.

Niko viu a ternura de sua expressão quando ela falou do humano, e se perguntou por que sentia uma pontada de ciúmes, em particular quando o serviço militar daquele macho humano demonstrava sua idade já avançada.

– Então, ele é um marinheiro, não é? Como pôde terminar em um refúgio para jovens aqui em Montreal?

Renata sorriu com um pouco de tristeza.

– Jack se apaixonou por uma moça daqui chamada Anna. Casaram-se, logo compraram esta casa juntos e viveram aqui por mais de quarenta anos... até que Anna morreu. Ela foi assassinada em um assalto. O menino sem lar que a apunhalou para roubar sua carteira o fez enquanto estava drogado. Heroína. Estava procurando dinheiro para sua dose seguinte, mas só encontrou cinco dólares na carteira de Anna.

– Jesus – Niko exalou. – Espero que esse merdinha não tenha se dado bem.

Renata sacudiu a cabeça.

– Foi detido e acusado, mas se enforcou no cárcere à espera de julgamento. Jack se inteirou das notícias e, então, decidiu fazer algo para ajudar a prevenir outras mortes como a de Anna. Ou que outro menino se perdesse nas ruas. Abriu sua casa – *a Casa de Anna* – a qualquer pessoa que precisasse de moradia e deu aos meninos comida e um lugar a que pertencer.

– Parece que Jack é um homem generoso – Niko disse. – Um perdão que ultrapassa a dívida.

O guerreiro tinha uma forte necessidade de tocá-la, de deixar que seus dedos se detivessem em sua pele macia e cremosa. Queria saber mais a respeito dela, mais de sua vida antes que ela se envolvesse com Sergei Yakut. Tinha a sensação de que as coisas não tinham sido fáceis para ela. Se Jack tinha contribuído para suavizar seu caminho, Nikolai não devia nada mais do que respeito pelo homem. E agora, se ela podia confiar no humano, ele também o faria. Ele esperava que Jack fosse tudo que Renata acreditava que era. Seria um inferno se ele se mostrasse diferente.

– Deixe-me dar uma olhada em seu ombro – disse ele, feliz por mudar de assunto.

Quando se aproximou dela, Renata vacilou.

– Tem certeza de que pode fazer isso? Porque acabou de sair do efeito do tranquilizante, e não parece boa ideia explodir a mente de um vampiro debilitado.

– Está brincando? – riu, surpreso pelo senso de humor, especialmente quando as coisas para ambos estavam tão... tristes. – Venha cá e deixe-me ver a obra de Jack.

Ela se inclinou para lhe dar melhor acesso ao ombro. Niko afastou a manta de algodão suave em que estava envolta, deixando a borda do tecido deslizar para baixo de seu braço. Com o mesmo cuidado, levantou o curativo e inspecionou a limpeza da sutura, sentindo ainda Renata estremecer com desconforto.

Ela se mostrava perfeitamente calma enquanto cuidadosamente controlava ambos os lados de seu ombro. A hemorragia era mínima, mas mesmo aquela pequena linha escarlate o golpeava com força. E ele ainda era da Raça, e o doce aroma de madeira, sândalo e chuva do sangue de Renata o intoxicava – sobretudo estando tão perto.

– No geral, parece bem – murmurou, obrigando-se a recuar. Ele trocou as ataduras e sentou na borda da cama. – A ferida provocada pela bala ainda está muito aberta.

– Jack disse que tive sorte de a bala ter atravessado e não atingido meus ossos.

Niko grunhiu. Ela tinha sorte de ter um laço de sangue com um Primeira Geração. Sergei Yakut podia ser um maldito filho da mãe inútil, mas a presença de seu sangue de raça pura no corpo de Renata deve ter acelerado a cura. De fato, surpreendeu-se ao vê-la tão cansada. Então, outra vez, deu-se conta de como tinha sido uma noite tão longa até o momento.

Baseado nos círculos escuros sob seus olhos manchados, não tinha dormido nada. Ela não tinha se alimentado bem. Uma bandeja de comida estava intacta na mesa perto deles.

Ele se perguntou se era a dor pela morte de Yakut que lhe causava fadiga. Era evidente que se tratava de Mira, mas de qualquer forma – e por mais duro que fosse para ele aceitar aquela ideia – ela também era uma mulher que recentemente tinha perdido seu companheiro. E ali estava ela, cuidando de uma ferida de bala em seu ombro, só por ter ido ajudá-lo.

– Por que não descansa um momento – sugeriu Nikolai. – Fique na cama. Tente dormir um pouco. É minha vez de vigiar.

Ela não discutiu, para sua grande surpresa. Levantou a manta para que ela subisse e lutou enquanto acomodava o tecido sob seu ombro ferido.

– A janela – murmurou, assinalando. – Eu ia cobrir para você.

– Eu me encarrego disso.

Ela dormiu em menos de um minuto. Niko observou-a durante um momento e, mais tarde, quando julgou que ela não ia sentir, não resistiu à necessidade de tocá-la. Só uma breve carícia em sua bochecha, seus dedos deslizando pela seda negra de seus cabelos.

Era um engano desejá-la e ele sabia disso.

Em sua condição, que era mais ou menos a pior das possíveis, era provavelmente estúpido que ele desejasse Renata da maneira e da forma que desejava desde praticamente o primeiro instante em que colocou os olhos nela naquele clube noturno no centro de Montreal.

Mas, naquele momento, se ela abrisse os olhos e o encontrasse ali, ao lado dela, nada o teria impedido de puxá-la para seus braços.

Alguns raios de halogênio perfuraram a manta de névoa que se derramava abaixo no caminho de Vermont Green Mountains. No assento traseiro, o passageiro do veículo olhava com impaciência a paisagem escura, seus olhos da Raça lançando reflexos âmbar no vidro opaco. Estava zangado, e depois de falar com Edgar Fabien, seu contato em Montreal, tinha motivos para sentir-se ainda mais irritado. O único raio de promessa tinha sido o fato de que, no meio de todas as circunstâncias recentes e dos desastres pouco isolados, de algum jeito Sergei Yakut estava morto e, no processo, Fabien tinha capturado um membro da Ordem.

Infelizmente, essa pequena vitória tinha sido de curta duração. Só umas poucas horas bastaram para Fabien timidamente informar que o guerreiro da Raça tinha escapado das instalações de contenção, e no momento estava com uma mulher que aparentemente lhe ajudou. Se Fabien não resolvesse o assunto importante que lhe tinha sido atribuído naquela noite, o líder do Refúgio de Montreal poderia receber uma inesperada visita.

Cuidaria disso mais tarde.

Aborrecido por esse desvio obrigatório através dos caminhos das vacas, o que mais o tinha enfurecido era o mau funcionamento de seu melhor e mais eficaz instrumento.

O fracasso simplesmente não podia ser tolerado. Um só engano já era muito e, como um organismo de controle que de repente se converte em proprietário, só havia uma solução viável para o problema que o esperava neste determinado ponto da travessia do caminho rural: a exterminação.

O veículo reduziu a marcha lentamente ao fazer contato com o asfalto, em uma terra cheia de buracos na área rural. Um labirinto colonial de pedra, com meia dúzia de carvalhos altos e costas alinhadas, que conduzia a uma casa de campo branca, com um largo pórtico circulante. O carro estacionou diante de um celeiro vermelho grande na parte traseira da casa. O condutor – um servo – saiu, e caminhou rumo à porta do passageiro. Abriu-a para seu mestre vampiro.

– Senhor – disse o escravo humano com uma respeitosa reverência de cabeça.

O macho da Raça no interior do carro saiu, cheirando maliciosamente a corrupção de gado no ar supostamente fresco da noite. Seus sentidos não se viram menos ofendidos quando girou sua cabeça para a casa e viu a luz de um abajur de mesa acesa em um dos quartos e o ruído de um programa de competição na TV, cujo som saía pelas janelas abertas.

– Espere aqui – disse, dando instruções ao motorista. – Não levará muito tempo.

As pedras rangiam em seus sapatos de couro macio enquanto ele se aproximava do cascalho dos degraus da varanda coberta, que conduzia à porta traseira da casa. Estava fechada com chave, mas de nada importava. Ele fez com que o ferrolho se abrisse e se dirigiu para dentro da cozinha azul e branca com adornos de couro cru. À medida que entrou, a porta chiou, fechando-se atrás dele, e um humano de meia--idade com uma escopeta em mãos entrou pelo corredor.

– Mestre – disse com voz entrecortada, pondo o rifle na bancada. – Perdoe-me. Não imaginava que fosse você, ah... que viria... – o Subordinado gaguejou, ansioso, e evidentemente sabendo que aquela não era uma visita social. – Em que posso servi-lo?

– Onde está o Caçador?

– No porão, senhor.

– Leve-me até ele.

– Certamente. – O ajudante se virou e abriu a porta atrás de si de par em par. Quando seu amo passou, lançou-se para levá-lo pelo corredor à entrada parecida com a porta de um porão. – Não sei o que pôde ter dado errado com ele, Mestre. Ele nunca falhou em missão alguma antes.

O certo é que apenas o fracasso atual, de tão perfeito, era até mais imperdoável.

– Não estou interessado no passado.

– Não, não. É obvio que não, senhor. Minhas desculpas.

Houve uma luta torpe com a chave e a fechadura, esta última tendo sido instalada para manter os mortais longe dos ocupantes da adega do outro lado da porta, além de ser também uma medida de segurança. As fechaduras eram desnecessárias quando havia outros métodos mais eficazes para assegurar que ele não ficasse tentado a se desviar do rumo.

– Por aqui – disse o Subordinado, abrindo as portas de aço para revelar uma fossa sem luz que se abria na terra debaixo da velha casa.

Um lance de escadas de madeira descia na escuridão úmida e mofada. O velho ajudante avançou, puxando uma corda atada a uma lâmpada de luz para ajudar a ver o caminho. O vampiro atrás dele via bastante bem sem ela, assim como o outro vampiro que estava naquele espaço vazio e sem janelas.

O porão não continha móveis. Não havia distrações. Não se observavam bens pessoais. Por mais deliberado que fosse o desenho, não continha comodidade de nenhum tipo. Estava cheio de nada – era uma espécie de aviso a seu inquilino de que ele também não era nada mais do que o que foi convocado para fazer aqui. Sua própria existência devia ser simplesmente servir, seguir ordens.

Atuar sem piedade ou erro.

Não revelar fontes, nem esperar mudança alguma.

Enquanto caminhavam para o centro do porão, o enorme macho da Raça sentado tranquilamente no chão de terra batida levantou os olhos. Estava nu, com seus cotovelos apoiados sobre os joelhos, a cabeça raspada. Não tinha nome, nem identidade, exceto a que lhe foi dada quando ele nasceu: Caçador. Usava um colar eletrônico negro ao redor do pescoço. Uma peça que esteve com ele durante toda a sua vida.

Na verdade, era sua vida. Se acaso alguma vez resistisse às instruções, ou manipulasse o dispositivo de vigilância de algum modo, um sensor digital disparava e a arma de raios ultravioleta contida no pescoço detonava.

O grande macho ficou de pé com seu controlador quando o ajudante fez um gesto para que levantasse. Ele era impressionante, um Primeira Geração de um metro e noventa e oito de altura, musculoso e com uma força formidável. Seu corpo estava coberto por uma rede de dermoglifos do pescoço aos tornozelos, as marcas da pele herdadas através do sangue, passadas de pai para filho na Raça.

Que ele e este vampiro tivessem em comum padrões similares era de se esperar; afinal, eles tinham nascido da mesma antiga linha paternal. Ambos tinham o sangue do mesmo guerreiro alienígena percorrendo suas veias, um dos pais originais da raça de vampiros sobre a terra. Eles eram parentes, embora apenas um deles soubesse – aquele que tinha esperado sua hora pacientemente, vivendo atrás de inúmeras máscaras e enganos, enquanto, cuidadosamente, arranjava as peças sobre um tabuleiro enorme e complexo. O momento de manipular a sorte era adequado para que, finalmente, com justiça, tomasse seu lugar de poder sobre a Raça e sobre a humanidade em geral.

Esse tempo se esgotava. Estava próximo, podia sentir em seus ossos. E não cometeria erros na escalada rumo ao trono.

Olhos dourados como um falcão sustentaram seu olhar fixo na luz variável do porão. Ele não apreciava o orgulho que viu ali - o rastro de desafio em quem tinha sido feito para servir.

– Explique-me por que você falhou em seu objetivo – exigiu. – Você foi enviado a Montreal com uma missão clara. Por que você foi incapaz de executá-la?

– Havia uma testemunha – foi a resposta fria.

– Isso nunca o deteve antes. Por que, então, agora?

Aqueles olhos de ouro não mostraram nenhuma emoção, mas ali estava o desafio no levantamento sutil da mandíbula quadrada do Caçador.

– Uma criança, uma garota.

– Uma criança – repetiu dando de ombros, indiferente. – Ainda mais fácil de eliminar, não acha?

O Caçador não respondeu, apenas olhou como se esperasse o julgamento. Como se esperasse para ser condenado e nada mais importasse.

– Você não foi treinado para questionar suas ordens ou afastar-se dos alvos. Você foi criado para uma única coisa, assim como foram os outros como você.

O rígido queixo do Caçador ergueu-se mais um pouco, interrogando o outro homem. Com desconfiança.

– Que outros?

Ele riu sob seu fôlego.

– Você na realidade não pensou que era o único, não é mesmo? Sim, há outros. Um exército de outros soldados, assassinos... objetos dispensáveis que criei por várias décadas, todos nascidos e feitos para me servir. Outros como você que vivem só porque desejo. – Ele lançou um significativo olhar ao anel que rodeava o pescoço do vampiro. – Você, como outros, vive só enquanto eu desejo.

– Mestre – interrompeu, vacilante, o servo. – Estou seguro de que este foi um pequeno erro. Quando o enviar na próxima vez, não haverá problemas, eu asseguro.

– Já ouvi o suficiente – explodiu inclinando o olhar para o humano que, por associação, também tinha falhado. – Não haverá próxima vez. E você já não é de utilidade alguma.

Em um momento de rapidez, girou sobre o servo, e afundou suas presas de um lado da garganta do homem. Não bebeu, apenas perfurou a artéria, liberando o sangue, observando com total indiferença como o homem desabava sobre o chão de terra do porão, sangrando profusamente. A presença de tanto sangue derramando era quase insuportável. Era difícil esperar que ficassem resíduos, mas estava mais interessado em provar seu ponto.

Olhou o vampiro Primeira Geração ao seu lado: seus glifos começaram a pulsar com as cores profundas da fome do macho, com os olhos de ouro, agora totalmente âmbar. Suas presas encheram-lhe a boca e era óbvio que todo o instinto dentro dele estava gritando para que se lançasse sobre a fonte do sangue do humano que acabara de morrer.

Mas não se moveu. Ficou ali, desafiante, negando-se a ceder ao seu instinto mais natural, ao seu lado mais selvagem.

Matá-lo seria bastante fácil – um simples telefonema e o rígido orgulho seria feito em pedaços. Mas seria muito mais agradável acabar com ele primeiro. Tão melhor se fazer isso pudesse servir como exemplo a Fabien e a qualquer outra pessoa que pudesse ser suficientemente estúpida para enganá-lo.

– Fora – ordenou ao servo assassino. – Ainda não terminei com você.

# Capítulo 18

De pé diante da pia do banheiro, Renata cuspiu a pasta de dentes e enxaguou a boca com a água fria. Ela tinha despertado muito mais tarde do que pretendia. Nikolai disse-lhe que ela parecia precisar de descanso, de modo que a tinha deixado dormir até quase dez da manhã. Ela poderia ter dormido outros dez dias e provavelmente ainda estaria cansada.

Sentia-se terrível. Dor por toda parte do corpo formigante, instável em seus pés. Seu termostato interno parecia não conseguir se decidir entre o frio glacial e o calor gritante, deixando-a em uma atormentada alternância de calafrios e ondas de suor que lhe banhavam a testa e a parte de trás do pescoço.

Com a mão direita apoiada na pia, levou a outra mão sob a corrente da torneira e, depois, ao redor da fornalha que ardia na nuca. Um pequeno movimento do braço esquerdo lembrou-lhe da dor.

Seu ombro estava ardendo.

Ela fez uma careta quando, com cuidado, desabotoou a parte superior da grande camisa que pegara emprestada de Jack. Lentamente encolheu o ombro para tirar a manga esquerda e poder remover a atadura e examinar a ferida. O esparadrapo fisgou a pele sensível quando foi arrancado. Sangue coagulado e antisséptico cobriam a gaze, mas a ferida que se encontrava abaixo ainda estava aberta e sangrando.

Ela não precisava de um médico para lhe dizer que aquelas não eram boas notícias. Sangue grosso e um fluido amarelo saíam do círculo vermelho e inflamado que rodeava o ponto aberto por onde a bala tinha entrado. Nada, nada bom, mesmo. Tampouco era necessário um termômetro para lhe confirmar que estaria provavelmente com uma febre muito alta por causa da infecção.

– Inferno – ela sussurrou diante do espelho. – Não tenho tempo para isso, maldição.

Um golpe abrupto na porta do banheiro a fez saltar.

– Olá – Nikolai chamou. Mais dois golpes rápidos. – Tudo bem aí dentro?

– Sim. Sim, está tudo bem – a voz dela raspou como lixa a garganta dolorida, pouco mais que um som áspero. – Só estou escovando os dentes.

– Tem certeza de que está bem?

– Estou bem – Renata respondeu enquanto jogava a atadura suja na lixeira que estava ao lado da pia. – Sairei em poucos minutos.

A demora na resposta não deu a impressão de que Nikolai sairia da porta. Ela abriu a torneira para um maior volume de água e esperou, imóvel, com os olhos na porta fechada.

– Renata... seu ferimento – disse Nikolai através do painel de madeira. Havia uma gravidade em seu tom. – Não está curado ainda? Já deveria ter parado de sangrar...

Embora quisesse que ele soubesse o que estava passando, não havia motivo para negar agora. Todos os machos da Raça tinham sentidos absurdamente agudos, especialmente no que dizia respeito a sangue derramado. Renata limpou a garganta.

– Não é nada, não é grande coisa. Só preciso de uma nova gaze e uma atadura limpa.

– Vou entrar – ele disse, dando um giro no trinco da porta. Estava trancada. – Renata. Deixe-me entrar.

– Já disse, estou bem. Saio em alguns...

Ela não teve chance de terminar a frase. Usando o que só poderia ser o poder mental da Raça, Nikolai acionou a fechadura e abriu a porta.

Renata poderia tê-lo amaldiçoado por ter entrado como se fosse o dono do lugar, mas estava muito ocupada tentando puxar a manga solta da camisa para se cobrir. Não importava tanto se ele visse o estado de inflamação da ferida pela arma de fogo, eram as outras marcas que ela desejava esconder.

As cicatrizes de queimadura na pele de suas costas.

Ela conseguiu erguer o suave tecido de algodão, mas todos os movimentos e o puxão a fizeram gritar enquanto seu estômago revolvia diante da onda de náuseas que a dor lhe causava.

Ofegando, embebida em um suor frio, ela atirou-se de joelhos diante do vaso sanitário e tentou não parecer que estava a ponto de espalhar todo o estômago pelos diminutos azulejos pretos e brancos sob seus pés.

– Santo Deus! – Nikolai, com o torso nu e a calça caindo pelos quadris logo se aproximou dela. – Você está muito longe de estar bem. – Ela se sobressaltou quando ele tentou alcançar o frouxo colarinho aberto de sua camisa.

– Não.

– Só vou ver o ferimento. Algo não está bem. Já deveria estar curado a essa altura. – Ele afastou o tecido do ombro e franziu a testa. – Inferno! Isso não está nada, nada bem. Como está o buraco?

Ele se levantou e se inclinou sobre ela, com os dedos cuidadosos enquanto deslizava mais a camisa. Apesar de estar ardendo, ela podia sentir o calor do corpo masculino dele perto demais naquele momento.

– Ah! Caramba. Esse lado está pior. Vou tirar essa camisa para ver exatamente com o que estamos lidando.

Renata congelou, seu corpo enrijeceu.

– Não, não posso.

– Claro que pode. Vou ajudá-la. – Quando ela não se moveu, sentada ali segurando a parte dianteira da camisa em um punho apertado, Nikolai sorriu. – Se pensa que tem que ser reservada comigo, relaxa. Caramba, você já me viu nu, portanto, é justo, certo?

Ela não riu. Não poderia. Era difícil manter o olhar fixo, difícil acreditar na preocupação que estava começando a obscurecer os olhos azuis dele enquanto ele esperava por uma resposta. Ela não queria ver repulsão; tampouco queria deparar-se com compaixão.

– Você poderia, por favor, sair agora? Por favor? Deixe-me cuidar disso sozinha.

– A ferida está infectada. Você está com febre por causa disso.

– Sei disso.

O rosto masculino de Nikolai voltou-se sóbrio, tomado por uma emoção que Renata não podia distinguir.

– Quando foi a última vez que se alimentou?

Ela deu de ombros.

– Jack me trouxe um pouco de comida ontem à noite, mas eu não tinha fome.

– Não comida, Renata. Estou falando de sangue. Quando foi a última vez que você se alimentou de Yakut?

– Se refere a beber o sangue dele? – ela não pôde ocultar a repulsa. – Nunca. Por que está perguntando isso? Por que pensa isso?

– Ele bebeu de você. Vi quando ele se alimentava de sua veia naquela noite. Supus que era um acordo mútuo.

Renata odiava pensar naquilo. E odiava mais ainda lembrar que Nikolai tinha sido testemunha de sua degradação.

– Sergei utilizava meu sangue cada vez que sentia necessidade. Ou cada vez que desejava fazer uma demonstração.

– Mas ele nunca lhe deu seu sangue em troca?

Renata negou com a cabeça.

– Não admira que não esteja curando rapidamente – murmurou Nikolai. Deu uma ligeira sacudida na cabeça. – Quando o vi beber de você... pensei que estava emparelhada com ele. Supus que vocês estavam unidos pelo laço de sangue. Pensei que talvez sentisse carinho por ele.

– Pensou que eu o amava – disse Renata, dando-se conta de para onde a conversa se dirigia. – Não era isso. Não era nem próximo disso.

Ela expirou um ar agudo que ressoou em sua garganta. Nikolai não a estava pressionando para procurar respostas, e talvez precisamente por causa isso ela queria que ele entendesse que o que ela sentia pelo vampiro ao qual servira era algo menos... *nobre*.

– Há dois anos Sergei Yakut me recolheu das ruas do centro da cidade e me levou para seu refúgio com vários outros jovens que tinha pego naquela noite. Nós não sabíamos quem ele era, ou para onde iríamos, ou por quê. Não sabíamos nada, porque ele nos tinha colocado em uma espécie de transe que não passou até que nos encontrássemos trancados dentro de uma grande jaula escura.

– O interior do celeiro da propriedade – disse Nikolai, com seu rosto sombrio. – Jesus Cristo! Ele a levou para usá-la no maldito clube de sangue?

– Não acredito que alguém de nós soubesse que os monstros realmente existiam até que Yakut, Lex e alguns outros vieram abrir a jaula. Eles nos mostraram o bosque, mandaram que corrêssemos – ela engoliu a amargura que nascia em sua garganta. – A matança começou tão logo o primeiro de nós correu para o bosque.

Em sua mente, Renata voltou a reviver o horror com detalhes. Ela ainda podia ouvir os gritos das vítimas quando fugiam e os uivos terríveis dos predadores que os caçavam com selvagem frenesi. Ela ainda podia sentir o cheiro forte do verão, dos pinheiros e do musgo, mas os aromas da natureza foram sufocados em breve pelo cheiro do sangue e das mortes. Ela ainda podia ver a imensa escuridão que rodeava o terreno desconhecido, com ramos escondidos que lhe golpeavam as bochechas, rasgando sua roupa enquanto ela tentava fugir.

– Nenhum de vocês tinha chance – murmurou Nikolai. – Eles lhes disseram que corressem somente para brincar com vocês. Para dar a ilusão de que os clubes de sangue têm algo a ver com esporte.

– Sei disso agora. – Renata ainda podia saborear a inutilidade de toda aquela correria. O terror tinha adquirido um rosto naquela funesta noite, uma forma nos olhos âmbar brilhantes e nas presas expostas e ensanguentadas apenas vistas em seus piores pesadelos. – Um deles me alcançou. Saiu do nada e começou a me rodear, preparando-se para o ataque. Nunca mais tive medo. Estava assustada e zangada e algo dentro de mim apenas... irrompeu. Senti um poder correr através de mim, um pouco mais intenso que a adrenalina que alagava meu corpo.

Nikolai assentiu com a cabeça.

– Você não sabia a respeito da habilidade que possuía.

– Eu não sabia a respeito de um monte de coisas até aquela noite. Tudo virou de cabeça para baixo. Eu só queria sobreviver, isso era a única coisa que eu queria. Assim, quando eu senti que a energia fluía através de mim, algum instinto visceral me indicou que eu o deixasse correr livre sobre meu atacante. Com minha mente, empurrei o vampiro e ele cambaleou para trás como se eu o tivesse golpeado fisicamente. Lancei mais daquilo nele, e ainda mais, até que ele caiu no chão gritando e seus olhos começaram a sangrar, com todo o corpo convulsionando de dor.

Renata se deteve, perguntando se o guerreiro da Raça a contemplava em silêncio julgando-a por sua total falta de remorso pelo que tinha feito. Ela não estava disposta a pedir desculpas. Ou a desculpar.

– Eu queria que ele sofresse, Nikolai. Queria matá-lo. E o fiz.

– Que outra opção você tinha? – disse ele, estendendo a mão e com muita ternura, deslizando as pontas de seus dedos ao longo da linha do maxilar dela. – E Yakut? Onde ele estava enquanto isso acontecia?

– Não muito longe. Eu tinha começado a correr novamente quando ele cruzou meu caminho e se dirigiu a mim. Tentei derrubá-lo também, mas ele resistiu. Enviei toda a força que tinha para ele, até o ponto do esgotamento, mas não foi o suficiente. Ele era muito forte.

– Porque era um Primeira Geração.

Renata assentiu com a cabeça.

– Ele me explicou isso mais tarde. Depois daquele combate inicial, as repercussões me deixaram inconsciente por três dias. Quando despertei, fui obrigada a trabalhar como guarda-costas pessoal de um vampiro.

– Alguma vez tentou partir?

– No princípio, sim. Mais de uma vez. Nunca levou muito tempo para ele me localizar. – Ela golpeou ligeiramente seu dedo indicador contra a veia situada ao lado de seu pescoço. – Difícil chegar muito longe quando seu próprio sangue é melhor que um GPS. Ele utilizava meu sangue para assegurar-se de minha lealdade. Era um grilhão que eu não podia romper. Nunca pude ficar livre dele.

– Agora você está livre, Renata.

– Sim, suponho que estou – disse ela, a resposta soando tão oca como parecia. – Mas, e Mira?

Nikolai a contemplou durante um longo momento sem dizer nada. Ela não queria ver a dúvida em seus olhos, assim como não queria garantias vãs de que havia algo que eles pudessem fazer por Mira agora que ela estava nas mãos do inimigo. Muito pior agora que estava debilitada pela ferida.

Nikolai recostou-se na banheira antiga com pés em forma de garras brancas e abriu as torneiras. Quando a água caiu, ele se voltou para onde Renata estava sentada.

– Um banho deve baixar sua temperatura. Vamos, vou ajudá-la a se lavar.

– Não, eu posso tomar meu próprio...

Mas ele levantou uma sobrancelha em resposta.

– A camisa, Renata. Deixe-me ajudá-la, assim posso ter uma visão melhor do que está acontecendo com essa ferida.

Obviamente, ele não estava disposto a deixá-la. Renata ficou quieta mesmo quando Nikolai desabotoou os últimos poucos botões da gigantesca camisa e gentilmente a removeu. O algodão caiu em uma aglomeração suave sobre seu colo e ao redor de seus quadris. Apesar de ela estar usando sutiã, a timidez arraigada desde seus primeiros anos no orfanato da igreja a fez levantar as mãos para resguardar os seios dos olhos dele.

Mas ele não a estava olhando de uma maneira sexual – não naquele momento. Toda sua atenção estava centrada no ombro dela.

Niko era terno e cuidadoso enquanto seus dedos grandes e másculos exploravam ligeiramente ao redor da região atingida. Ele seguiu a curva de seu ombro por cima e ao redor de onde a bala tinha abandonado sua carne.

– Dói quando toco aqui?

Mesmo que o toque dele fosse apenas um sutil contato que a roçava, a dor irradiava através dela. Ela fez uma careta, sugando para dentro seu fôlego.

– Desculpe. Há muito inchaço ao redor da ferida de saída – disse ele, com sua profunda voz que vibrou pelos ossos dela enquanto seu toque se movia ligeiramente sobre a pele sensível. – Isso não parece muito bom, mas acho que se lavarmos com água por fora e...

À medida que a voz dele se apagava, ela sabia o que ele estava vendo agora. Não o buraco do disparo, mas as outras duas marcas feitas de forma diferente na suave pele de suas costas. Ela sentia as marcas arderem tão acesas como na noite em que tinham sido postas ali.

– Inferno! – o fôlego de Nikolai saiu em um suspiro lento. – O que aconteceu? São marcas de queimaduras? Jesus... são marcas de...?

Renata fechou os olhos. Parte dela queria apenas encolher-se ali e desvanecer-se nos azulejos, mas ela se obrigou a permanecer quieta, a coluna vertebral rigidamente erguida.

– Elas não são nada.

– Mentira. – Ele ficou de pé diante dela e levantou o queixo de Renata com sua mão grande. Ela deixou que o olhar subisse até encontrar-se com o dele e fundir-se em seus agudos e pálidos olhos cheios de intensidade. Não havia rastro de compaixão naqueles olhos, apenas uma fria indignação que a desconcertou. – Conte-me: quem fez isso? Foi Yakut?

Ela deu de ombros.

– Só era uma de suas formas mais criativas de não me deixar esquecer que não era uma boa ideia incomodá-lo.

– Aquele maldito filho da mãe – disse Nikolai, furioso. – Ele merecia a morte. Só por isso. Só por tudo que fez a você. O bastardo maldito bem que mereceu.

Renata piscou, surpreendida por ouvir tal fúria, tão feroz sentido protetor procedente daquele guerreiro. Ainda mais quando Nikolai era um macho da Raça e ela era, como havia sido explicado bastante frequentemente nos dois últimos anos, simplesmente uma *humana*. Vivendo somente porque era útil.

– Você não se parece em nada com ele – ela murmurou. – Pensei que seria, mas não se parece com ele. Ou com Lex, ou com os outros. Você é... eu não sei... *diferente*.

– Diferente? – embora a intensidade não tivesse abandonado seus olhos, a boca de Nikolai se arqueou no canto. – É um elogio ou simplesmente efeito da febre?

Ela sorriu apesar de seu estado de miséria geral.

– Ambos, acredito.

– Bem, aceito a palavra *diferente*. Vamos baixar sua febre antes que diga a palavra com *a*.

– Palavra com *a*? – perguntou ela, observando-o enquanto pegava com a mão o frasco de sabonete líquido da pia e despejava um pouco dentro da grande banheira.

– *Agradável* – disse ele, lançando um olhar irônico sobre o ombro largo.

– Não aceitaria *agradável*?

– Essa nunca foi uma de minhas especialidades.

O sorriso dele formou mais de uma pequena e encantadora covinha onde aquelas bochechas se curvavam. Olhando-o assim, não era difícil imaginar que era um macho de muitas especialidades, nem todas referentes a balas *e* adagas. Renata sabia de primeira mão que ele tinha uma boca *muito* agradável e gostosa. Por mais que quisesse negar, uma parte dela ainda ardia pelo beijo que se deram no canil da mansão – e o calor que a acometia nada tinha a ver com a febre.

– Tire a roupa – disse Nikolai, e por um segundo ela se perguntou se ele tinha lido seus pensamentos.

Ele mexeu a mão na água espumosa da banheira, e logo a sacudiu.

– Está ótima. Vamos, entre.

Renata o observou colocar o frasco de sabonete na parte de trás da pia e logo começar a procurar na gaveta abaixo, da qual tirou uma esponja e uma grande toalha. Enquanto ele estava de costas para ela e distraído procurando os artigos de higiene como sabonete e xampu, ela rapidamente tirou o sutiã e a calcinha e entrou na banheira.

A água fria era um deleite. Ela mergulhou com um suspiro e seu fatigado corpo instantaneamente relaxou. Enquanto ela cuidadosamente se acomodava dentro da banheira e se inundava até os seios na espumosa banheira, Nikolai molhava a esponja sob a água fria da pia.

Dobrou-a e pressionou-a brandamente contra a testa de Renata.

– Está bom?

Ela assentiu com a cabeça, fechando os olhos enquanto ele sustentava a compressa em sua testa. O impulso de apoiar-se atrás na banheira era tentador, mas quando ela tentou fazer isso, a pressão em seu ombro a fez recuar, protestando de dor.

– Aqui – disse Nicolai, colocando a palma de sua mão livre no centro das costas dela. – Relaxe. Eu a sustentarei.

Renata lentamente deixou que seu peso descansasse sobre a mão forte dele. Ela não podia recordar a última vez em que alguém tinha cuidado dela como Niko fazia naquele momento. Deus, houve alguma vez em todo esse tempo? Seus olhos se fecharam em sinal de gratidão silenciosa. Com as mãos fortes de Nikolai em seu corpo cansado, uma desconhecida e completamente estranha sensação de segurança se espalhou sobre ela, tão reconfortante como uma manta.

– Melhor? – ele perguntou.

– Uhum. É... *agradável* – disse, abrindo uma fresta em um de seus olhos e erguendo o olhar para ele. – A palavra com *a*. Desculpe-me.

Ele grunhiu quando tirou a compressa fria de sua testa. Olhava-a com uma seriedade que fez o coração dela dar pequenos golpes dentro do peito.

– Quer me contar a respeito dessas marcas em suas costas?

– Não – a respiração de Renata se deteve diante da ideia de se expor mais do que já tinha feito. Ela não estava pronta para isso. Não com ele, não assim. Era uma humilhação que ela mal podia suportar recordar, que dirá pôr em palavras.

Ele não disse nada para romper o silêncio que se abateu sobre eles. Molhou a esponja dentro da água e colocou um pouco de espuma sobre o ombro bom. O frescor fluiu sobre ela, arrepios circulavam através das curvas de seus seios fartos e de seus braços. Nikolai lavou-lhe o pescoço e o ombro, tomando cuidado com a ferida que se encontrava no ombro esquerdo de Renata.

– Está tudo bem? – ele perguntou com um pequeno tremor na voz.

Renata assentiu com a cabeça, incapaz de falar quando seu toque era tão terno e bem-vindo. Ela o deixou lavá-la, enquanto seu olhar passeava sobre o belo padrão de cores que cobria o peito nu e os braços do guerreiro. Seus dermoglifos não eram tão numerosos ou tão densamente complicados como os de Yakut. As marcas da Raça de Nikolai eram um engenhoso entrelaçar de redemoinhos, floreados e de formas reluzentes que dançavam em sua pele dourada.

Curiosa, e antes que ela se desse conta do que estava fazendo, levantou a mão e percorreu com os dedos um dos desenhos de arco que se realçavam debaixo do volumoso bíceps. Ela escutou o leve inalar da respiração de Nikolai, a interrupção repentina de seus pulmões quando seus dedos brincaram ligeiramente por cima de sua pele, assim como o profundo estrondo de seu grunhido.

Quando ele a olhou, suas pequenas sobrancelhas estavam elevadas sobre seus olhos e suas pupilas reduzidas bruscamente enquanto a cor azul da íris começava a cintilar com faíscas de cor âmbar. Renata afastou a mão, com uma desculpa na ponta da língua.

Ela não teve a oportunidade de dizer uma palavra.

Movendo-se mais rápido do que poderia rastreá-lo, e com a graça suave de um predador, Nikolai pôs fim aos poucos centímetros que os separavam. No instante seguinte, sua boca esfregava-se brandamente contra a dela. Seus lábios eram tão suaves, tão quentes, tão persuasivos. Tudo o que precisou foi um tentador deslizar de sua língua ao longo do canto de sua boca e Renata ansiosamente o deixou entrar.

Ela sentiu que um novo calor voltava à vida dentro dela, um pouco mais forte que a dor de sua ferida, que se converteu em uma insignificância sob o prazer do beijo de Nikolai. Ele elevou sua mão fora da água atrás dela e a embalou em um abraço cuidadoso, enquanto sua boca nunca abandonava a de Renata.

Renata se fundiu com ele, muito cansada para considerar todas as razões pelas quais seria um engano permitir que aquilo fosse mais longe. Ela queria que aquilo fosse mais longe – desejava tanto que estava tremendo. Ela não podia sentir nada, salvo as mãos fortes de Nikolai, que a acariciavam. E ela escutava o martelar de seus corações, os batimentos pesados emparelhando-se em um mesmo ritmo. Ela somente tinha provado o sabor de sua sedutora boca reclamando-a... e só sabia que desejava mais. E mais.

Um golpe soou no exterior do apartamento da garagem.

Nikolai grunhiu contra sua boca e se afastou.

– Há alguém na porta.

– Deve ser Jack – disse Renata, sem fôlego, seu pulso ainda palpitante. – Verei o que ele quer.

Ela tentou mudar de posição na banheira para sair e sentiu que seu ombro ardia de dor.

– O inferno que vai – disse Nikolai, já ficando em pé. – Você vai permanecer aqui. Eu me encarregarei de Jack.

Nikolai era um homem grande para os padrões normais, mas agora parecia enorme, seus claros olhos azuis faiscavam com toques de brilhante âmbar e as marcas de seus dermoglifos nos braços musculosos e no torso estavam reanimados com a cor. Pelo visto, era grande também em outros lugares, um fato que mal podia ocultar nas folgadas calças de nylon.

Quando o golpe soou outra vez, ele amaldiçoou, com as pontas de suas presas brilhando.

– Alguém, além de Jack sabe que estamos aqui?

Renata negou com a cabeça.

– Pedi que não dissesse nada a ninguém. Podemos confiar nele.

– Suponho que é um bom momento para verificar isso, não é?

– Nikolai – ela disse enquanto ele pegava a camisa que ela tinha usado e encolhia os ombros dentro das mangas largas. – A propósito... Jack... ele é um bom homem. Um homem decente. Não quero que aconteça nada a ele.

Ele sorriu.

– Não se preocupe. Vou tentar ser *agradável*.

# Capítulo 19

– Agradável – exalou Niko fazendo uma tensa careta. Sentia-se tudo menos agradável enquanto fechava a porta do banheiro e caminhava para o quarto.

Ficar a sós com Renata enquanto ela estava nua na banheira, tocando-a – beijando-a, pelo amor de Deus! –, tinha deixado todo o seu corpo sobrecarregado. E estava tão perturbado que sua feroz ereção era a menor de suas preocupações enquanto ele se aproximava da porta onde Jack golpeava de novo. Uma coisa era fingir que não havia um pau de barraca ereto em suas calças. Outra, era esperar que alguém não notasse que seus olhos estavam ardendo em brasa como carvões queimando e que seus caninos estavam tão estendidos a ponto de envergonhar um rottweiller.

Ao menos a folgada camisa cobria-lhe os glifos. Niko não precisava ver seu corpo para saber que as marcas de sua pele estavam vivas e pulsando com as profundas cores por causa da excitação. Seria terrivelmente difícil tentar fazê-las passar por tatuagens agora.

Nikolai olhou à porta e se forçou a relaxar e se acalmar. Tinha que eliminar o fogo de sua íris e a significativa luxúria que o toque de Renata tinha-lhe despertado. Concentrou-se em amenizar o pulso – uma luta atroz quando era seu pênis quem comandava sua circulação sanguínea.

– Olá? – disse uma saudação arrastada do lado de fora. Jack golpeou de novo, a sombra escura de sua cabeça movendo-se ao outro lado da cortina na janela da porta. Parecia consciente em manter sua voz a um nível discreto. – Renata, é você, querida? Está acordada?

Inferno. Não havia escolha senão deixá-lo entrar. Nikolai grunhiu em voz baixa enquanto estirava o braço para puxar o ferrolho. Tinha garantido a Renata que seria *agradável* com o homem, mas as coisas podiam mudar logo que abrisse a maldita porta. E se o humano emitisse uma ligeira suspeita, logo faria parte da lista de pessoas que já tinham passado por uma lavagem cerebral.

Niko destrancou a porta e virou o trinco. Recuou do fio de luz que se vertia no interior pela abertura e posicionou-se atrás da porta enquanto a abria.

– Renata? Posso entrar um minuto? – botas de cowboy marrons avançaram sobre a soleira. – Pensei em visitá-la esta manhã antes de ocupar-me com os garotos na casa.

Quando o humano entrou vestindo um par de jeans desgastado e uma camiseta de algodão branco, Nikolai fechou a porta para selar o sol da manhã. Avaliou o homem mais velho, olhando o rosto enrugado, os ardilosos olhos e o estilo militar de sua roupa. Era um homem grande, magro e com as pernas ligeiramente tortas, mas seus braços tatuados estavam bronzeados e ainda firmes com músculos o suficiente para indicar que mesmo velho ele não temia o trabalho duro.

– Você deve ser o Jack – disse Nikolai, tomando cuidado para falar de maneira que mantivesse suas presas ocultas atrás dos lábios.

– Correto. – Um ligeiro assentimento enquanto Niko era objeto de uma avaliação similar a que fizera antes. – E você é o amigo da Renata... Ela, ah, não me disse seu nome ontem à noite.

Aparentemente o brilho âmbar tinha desaparecido das íris azuis de Niko, já que ele duvidava que Jack lhe apertaria a mão como fazia nesse momento se visse um par de olhos de outro mundo que brilhavam como centelhas em uma lareira.

– Nick – disse, apenas se aproximando da verdade por ora. Apertou a mão brevemente do antigo soldado. – Obrigado por nos ajudar.

Jack assentiu.

– Seu aspecto está melhor esta manhã, Nick. Alegra-me vê-lo de pé, andando por aí. Como está Renata?

– Bem. Está no banheiro tomando banho.

Não viu razão alguma para expor a infecção. Não tinha sentido preocupar o bem-intencionado Jack a ponto de começar a falar sobre médicos ou idas ao hospital. Embora se apoiando no que Nikolai tinha visto da ferida de Renata, se seu processo de cura não obtivesse um sério avanço – e rápido – não haveria alternativa exceto uma visita à sala de emergência mais próxima.

– Não quero perguntar como ela terminou com uma bala no ombro – disse Jack, olhando de perto Nikolai. – Pela forma como vocês estavam ontem à noite e pelo fato de ter tido que desaparecer com um caminhão roubado cheio de produtos médicos, eu diria que, seja qual for, o problema está relacionado a drogas. Mas sei que Renata é mais inteligente que isso. Não acredito nem por um momento que ela se envolveria em algo como drogas. Ela não quis me dizer nada, e prometi não pressioná-la. Sou um homem de palavra.

Niko sustentou o olhar do velho homem.

– Estou seguro de que ela aprecia isso. Ambos apreciamos.

– Sim – disse Jack arrastando as palavras, seus duros olhos estreitando-se. – Mas tenho curiosidade sobre algo. Ela sumiu durante os últimos anos... Você teve algo a ver com isso?

Aquilo não foi pronunciado como uma acusação aberta, mas era óbvio que o homem tinha estado preocupado com Renata e também tinha sentido que sua longa ausência não fora necessariamente boa para ela. Cara, se ele soubesse o que ela tinha passado! A ferida de bala que tinha agora era apenas a cereja do que tinha sido um bolo muito, muito desagradável.

Nikolai agitou a cabeça.

– Só conheço Renata há alguns dias, mas posso dizer que você tem razão quando diz que ela é muito inteligente para cair em problemas com drogas. Esse não é o problema agora, Jack. Mas ela está em perigo. A única razão pela qual estou aqui é porque ela arriscou o próprio pescoço para me tirar de um monte de problemas ontem.

– Isso é bem a cara de Renata – disse Jack com uma expressão perdida entre o orgulho e a preocupação.

– Infelizmente, porque ela entrou para me ajudar, agora há um alvo em nossas costas.

Jack grunhiu enquanto escutava, juntando as enxutas sobrancelhas.

– Ela disse como nos conhecemos?

– Alguma coisa – disse Niko. – Sei que confia em você e que o respeita. Presumo que esteve aqui para ajudá-la uma ou duas vezes antes de agora.

– Tentei, melhor dizendo. Renata nunca quis ajuda de mim ou de ninguém mais. Não para si. Mas havia muitos outros meninos que ela trouxe para minha casa em busca de ajuda. Ela não podia ver alguém sofrer. Demônios, ela não era muito mais que uma menina na primeira vez que veio. Sempre guardava para si mesma os maiores pesos, uma verdadeira solitária. Ela não tem família, já sabe.

Nikolai agitou a cabeça mais uma vez.

– Não, não sabia disso.

– As irmãs de um orfanato a criaram nos primeiros 12 anos de sua vida. A mãe dela a abandonou na igreja quando Renata era apenas um bebê. Ela nunca soube nada de seus pais. Quando fez 15 anos, deixou as freiras para viver nas ruas. Sozinha.

Jack caminhou para um arquivo metálico que permanecia com algumas das outras coisas armazenadas no apartamento. Pegou um molho de chaves do bolso do jeans e enfiou uma delas na fechadura.

– Sim, senhor, Renata era difícil, desde o começo. Magra, cautelosa, ela parecia alguém que sequer podia manter-se de pé durante uma forte brisa, mas essa garota tinha nervos de aço. Não levava desaforo algum.

– Não mudou muito – disse Nikolai, olhando o homem abrir a gaveta do fundo. – Nunca conheci uma mulher como Renata.

Jack olhou por cima dele e sorriu.

– Ela é especial, não é mesmo? Teimosa também. Uns poucos meses antes da última vez que a vi, ela estava com o rosto cheio de hematomas. Aparentemente algum bêbado com quem cruzou na saída de um bar teve a ideia de querer um pouco de companhia durante a noite. Viu Renata e tentou levá-la para um passeio em seu carro. Ela lutou com ele, mas ganhou alguns socos antes de conseguir escapar.

Nikolai amaldiçoou em voz baixa.

– O filho da mãe deveria ter sido estripado por colocar as mãos em uma mulher indefesa.

– Isso foi o que pensei – disse Jack, mortalmente sério, o soldado protetor falando uma vez mais.

Relaxou e retirou uma caixa de madeira polida do arquivo.

– Ensinei uns golpes básicos de autodefesa a ela. Ofereci enviá-la a algumas aulas, mas é óbvio que ela rechaçou. Umas poucas semanas se passaram e ela voltou de novo, trazendo outro menino sem lar. Disse que tinha algo para ela – um presente especial que eu havia feito para ela. Juro por Deus, se você tivesse visto seu rosto, pensaria que ela preferiria se jogar na frente de um carro a ter que aceitar alguma amabilidade de alguém.

Nikolai não tinha que se esforçar para imaginar aquele olhar. Ele mesmo o tinha visto uma ou duas vezes desde que conhecera Renata.

– Qual foi seu presente para ela?

O velho deu de ombros.

– Não muito, realmente. Um velho jogo de adagas. Levei-as ao artesão que trabalhava com metais e pedi para customizar as lâminas. Cada uma das quatro com parte da força que vi em Renata. Disse que eram as qualidades que a faziam única e resolveriam qualquer situação.

– Fé, coragem, honra e sacrifício – disse Nikolai, recordando as palavras que tinha visto nas adagas que Renata parecia guardar como um tesouro.

– Ela lhe contou sobre as adagas?

Niko deu de ombros.

– Eu a vi usando-as. Significam muito para ela, Jack.

– Não sabia – respondeu. – Fiquei surpreso por ela as ter aceitado de primeira, mas não pensei que ainda as guardasse depois de todo esse tempo.

Piscou rapidamente, depois se entreteve com a caixa que tinha tirado do arquivo. Abriu a tampa, e Niko captou o brilho do escuro metal descansando dentro do estojo. Jack limpou a garganta.

– Escuta, como disse antes, não vou pressionar para que me dê detalhes daquilo em que estão envolvidos. Está suficientemente claro que estão em um grande apuro. Podem ficar aqui o tempo que precisar. E quando estiverem preparados para ir, saibam que não precisa ser com as mãos vazias.

Colocou a caixa aberta no chão e empurrou na direção de Nikolai. Dentro havia duas imaculadas pistolas semiautomáticas e uma caixa de balas.

– São suas, se quiser. Não farei perguntas.

Niko agarrou umas das duas 45 mm e a inspecionou com um olhar crítico. Era um belo e bem cuidado Colt M1911. Provavelmente armas de uso militar da época em que Jack servira no Vietnã.

– Obrigado, Jack.

O velho guerreiro humano assentiu ligeiramente.

– Tome conta dela. Mantenha-a protegida.

Nikolai sustentou esse firme olhar.

– Farei isso.

– Está bem – Jack murmurou. – Está bem, então.

Enquanto começava a levantar-se, alguém gritou seu nome no caminho de entrada. Um segundo mais tarde, ouviam-se pisadas nas escadas de madeira que levavam ao apartamento da garagem.

Niko lançou a Jack um afiado olhar.

– Alguém sabe que estamos aqui?

– Não. De modo algum. É só Curtis, um de meus meninos recentes. Está arrumando meu velho computador. Os malditos vírus atacaram de novo – Jack se dirigiu para a porta. – Ele acha que estou procurando um disco rígido aqui dentro. Vou dispensá-lo. Enquanto isso, se pensar em algo mais de que possam precisar, basta pedir.

– Tem um telefone? – perguntou Niko, devolvendo a pistola à caixa.

Jack colocou a mão em seu bolso dianteiro e tirou um celular, jogando-o para Nikolai.

– Deve ter algumas horas de bateria. É seu.

– Obrigado.

– Virei mais tarde – Jack segurou o trinco da porta e Nikolai voltou para as sombras, longe do reflexo da luz diurna enquanto fazia um esforço para ficar fora da visão do indesejado visitante que tinha chegado no alto das escadas.

– Bem, eu estava enganado, Curtis. Olhei todos os lugares e não há nenhum disco rígido nas caixas daqui de cima.

Niko viu a cabeça do outro humano tentando olhar pelo fio da porta enquanto Jack a fechava firmemente atrás dele. Houve uma multidão de passos enquanto Jack escoltava o outro humano para longe.

Uma vez que estava seguro de que eles tinham partido, Nikolai discou um número de acesso remoto que era mantido pelos quartéis centrais da Ordem em Boston. Teclou no celular de Jack um número e um código que o identificaria para Gideon, e então esperou que a chamada fosse atendida.

O meio-dia em uma comunidade que abrigava um grupo de vampiros era geralmente uma hora de inatividade, mas nenhum dos sete guerreiros reunidos na sala de armas dos quartéis centrais da Ordem pareceu notar a hora, nem sequer os suficientemente abençoados que tinham suas encantadoras Companheiras de Raça esquentando suas camas. Desde que se reagruparam na comunidade antes do amanhecer, os guerreiros se mantiveram ocupados revisando as situações de missões atuais e marcando objetivos para a noite que se aproximava. Investigaram os assuntos da Ordem durante horas e, ao final, não havia nada novo. E dessa vez não havia também nada das habituais conversas de bom humor ou brincadeiras sobre quem estava pegando as melhores missões.

Nesse momento, a alguns metros de distância, na área usada para prática de tiro, cinco pistolas estavam sendo disparadas, uma atrás da outra, os olhos do outro lado trituravam minúsculos confetes. A sala de tiro da comunidade era usada mais para entretenimento do que para necessidade, posto que todos os guerreiros matavam seus alvos. Mesmo assim, nunca paravam de se provocar e de chutar os traseiros uns dos outros só para manter as coisas vívidas.

Não havia isso hoje. Apenas o som de todo aquele ruído ensurdecedor. O ruído era estranhamente cômodo só porque ajudava a mascarar o silêncio, e o fato de a comunidade toda estar vibrando com um atual mal-estar. Durante as últimas 36 horas, o comportamento tinha sido mais sóbrio, envolto no coletivo, se não talvez inexpressivo, terror.

Um dos seus tinha desaparecido.

Nikolai sempre tendeu a ser um pouco inconformista, mas não significava que o homem fosse de pouca confiança. Se dizia que ia fazer algo – ou que estaria em algum lugar –, podiam contar com ele para seguir adiante. Em qualquer momento, sem exceções.

E agora, quando deveria ter voltado para Montreal fazia um dia e meio, como tinha planejado, Niko estava apagado e fora de contato.

*Nada bom*, pensou Lucan, sentindo que não era o único com essa sensação enquanto olhava os outros guerreiros que também esperavam notícias de Nikolai e se perguntavam o que poderia ter acontecido.

Como Primeira Geração da Raça e fundador da Ordem na Idade Média, Lucan era o líder daquele grupo de vampiros guerreiros da era moderna. Sua palavra era lei naquela comunidade. Em tempos de crise – para melhor ou pior - era sua resposta que estabelecia a voz para os outros guerreiros. Estava bem condicionado a não mostrar preocupação ou dúvida, uma destreza que vinha naturalmente de sua parte virtualmente imortal, um poderoso predador que tinha caminhado por esta Terra durante 900 anos.

Mas a parte humana, a parte que tinha chegado a apreciar mais a vida por ter conhecido sua Companheira de Raça, Gabrielle, no verão passado, não podia fingir que a perda potencial de um guerreiro nessa guerra privada dentro da nação vampírica não seria algo catastrófico. Sem falar do fato de que os guerreiros da Ordem, os que tinham estado com ele desde o começo e os membros mais recentes, que tinham se unido à luta no último ano, eram quase uma família para ele. Tudo tinha mudado tanto nesse tempo. Agora também havia várias mulheres vivendo na comunidade, e para um dos guerreiros e sua companheira - Dante e Tess –, havia um bebê à caminho.

Agora, as apostas eram mais altas que qualquer outra para a Ordem; assim que um inimigo era derrotado, outro ainda mais poderoso surgia em seu lugar. Em um ano, a principal missão dos guerreiros tinha sido caçar os Renegados, em um esforço para manter a paz, perseguir um perigoso inimigo que tinha se escondido por muitas longas décadas. Um inimigo que tinha estado pacientemente construindo sua estratégia enquanto ocultava um segredo mortal e esperava a oportunidade de levá-lo a cabo. Se tivesse êxito, não estariam só as populações da Raça em perigo, mas também toda a humanidade.

Não custou muito a Lucan recordar a selvageria dos velhos tempos, quando a noite era dominada por um monte de criaturas de outro mundo, sedentas. Criaturas que tratavam em ampla escala de terror e morte. Alimentavam-se como bestas e causavam destruição como os malfeitores mais letais. Lucan havia feito de sua vida uma missão de erradicar aquelas bestas, mesmo que isso significasse caçar seu próprio pai.

A Ordem tinha declarado a guerra, havia brandido espadas e batalhado para exterminar a todos... ou pelo menos assim eles acreditavam. A ideia de que alguém tivesse sobrevivido causou um profundo frio nos imortais ossos de Lucan.

Olhou os guerreiros que serviam junto a ele e não pôde evitar sentir algo de sua idade. Não pôde evitar sentir que tinham enfrentado uma prova no ano passado – possivelmente sua primeira e verdadeira prova desde a formação da Ordem – e que o pior estava por vir.

Perdido em escuros pensamentos enquanto perambulava pela parte traseira da sala de armas, Lucan não se deu conta de que as portas da área de treinamento estavam sendo abertas até que Gideon irrompesse a toda pressa. O tênis do vampiro loiro deslizou sobre o mármore branco até parar diante de Lucan.

– Niko fez contato – anunciou, visivelmente aliviado. – Identificou-se de um celular de Montreal.

– Finalmente – disse Lucan, embora sua resposta não disfarçasse sua preocupação. – Está com ele na linha?

Gideon assentiu.

– Está esperando no laboratório tecnológico. Pensei que queria falar com ele pessoalmente.

– Fez bem.

Os disparos cessaram abruptamente quando um dos outros guerreiros, o outro único membro Primeira Geração da Ordem, Tegan, corria para dar as notícias sobre o contato de Niko aos cinco homens que treinavam. Os guerreiros - Dante e Rio, membros há muito tempo; Chase, que tinha deixado a Agência para unir-se à Ordem naquele verão; e os dois recrutas mais recentes, Kade e Brock, ambos trazidos por Niko - abaixaram as armas e avançaram atrás de Tegan, formando um nó de músculos e testosterona.

Rio, um dos guerreiros mais ligados a Nikolai, foi o primeiro a falar. Seu rosto cicatrizado estava cheio de preocupação.

- O que aconteceu?

- Ele me deu a versão resumida - disse Gideon. - Mas a porcaria é grande e fedorenta, começando com o assassinato de Sergei Yakut há duas noites.

- Maldito seja - murmurou Brock, arrastando seus escuros dedos pelo cabelo estilizado.

- Essa onda de assassinatos dos Primeira Geração está saindo do nosso controle.

- Bom - acrescentou Gideon. - Isso não é exatamente o pior. Niko foi detido pelo assassinato e levado às instalações da Agência de Imposição.

- Ah! Inferno! - respondeu Kade, estreitando seus pálidos olhos. – Você não acha que ele...

- De maneira alguma - disse Dante, sem pestanejar um segundo. - Duvido que derramasse uma só lágrima por uma escória como Yakut, mas Nikolai não tomaria parte em sua morte.

Gideon agitou sua cabeça.

- Não. E não foi trabalho de um assassino, tampouco. Niko diz que o próprio filho de Yakut levou um Renegado para matar seu pai. Infelizmente para Nikolai, o filho de Yakut tem algum tipo de aliança com a Agência. Eles arrastaram Niko e o jogaram dentro de uma sala de contenção.

- Que merda é essa? - dessa vez era Sterling Chase quem falava. Sendo um antigo agente, ele estava ciente tanto quanto qualquer um dos guerreiros na sala do quão desagradável uma visita à Agência podia ser.

– Já que estava suficientemente consciente para telefonar, assumo que não está mais preso lá.

– Escapou de algum jeito – disse Gideon. – Mas não tenho todos os detalhes ainda. Posso dizer que há uma mulher na jogada, uma Companheira de Raça que era membro da casa de Yakut. Ela está com Niko agora.

Lucan não comentou essa problemática informação de última hora, embora sua sombria expressão provavelmente dissesse tudo.

– Onde eles estão?

– Em alguma parte da cidade – respondeu Gideon. – Niko não tem certeza sobre a localização exata, mas diz que estão seguros por agora. No entanto, estão preparados para o verdadeiro golpe?

Lucan arqueou uma sobrancelha.

– Pelo amor de Deus. Há algo mais?

– Temo que sim. O cara que atirou no traseiro de Niko na sala de contenção e pessoalmente fiscalizou sua tortura... bem, aparentemente, durante um de seus momentos mais expressivos o filho da mãe admitiu ter uma ligação com Dragos.

# Capítulo 20

Nikolai estava no meio de uma conversa no celular quando Renata saiu de seu longo e bem-vindo banho. Ela evidentemente tinha adormecido na banheira em algum momento, porque a última coisa de que se lembrava era de ter escutado a voz de Jack na porta do quarto depois de Nikolai ir conhecê-lo, e agora já não havia mais nenhum sinal do ex-marinheiro. Deteve-se dentro do quarto, com os cabelos úmidos grudando no pescoço e o corpo envolto na toalha que Nikolai lhe havia dado.

Estava aturdida e dolorida, muito quente ainda, mas o banho com água fria era exatamente do que necessitava. O beijo de Nikolai tampouco tinha sido mal.

Falando baixo, em um tom confidencial, ele a olhou de onde estava, sentado em uma cadeira dobrável perto de uma mesa no centro da sala, seus olhos azul-claro fazendo uma rápida, porém completa exploração do corpo de Renata. Havia um calor inconfundível naquele breve olhar, mas ele parecia falar de negócios ao telefone, o que fazia presumir que só podia estar falando com a Ordem, em Boston. Renata escutou enquanto o guerreiro fez um resumo eficiente das circunstâncias do assassinato de Yakut, da clara aliança entre Lex e Fabien, do desaparecimento de Mira e da fuga que tinha trazido Nikolai e Renata para a casa de Jack.

Pelo tom daquela conversa, o homem do outro lado da linha – Lucan, ela tinha escutado Nikolai chamá-lo – estava preocupado com sua segurança e alegre que ambos estivessem inteiros, e não gostou nem um pouco de saber que estavam completamente à mercê de um humano. E Lucan não estava entusiasmado com o fato de que Nikolai estivesse falando em ajudar Renata a localizar Mira. Ela podia escutar a voz profunda ao final da outra linha grunhindo sobre "problemas de Companheiras de Raça" e objetivos da missão atual – como se uns excluíssem os outros.

A maldição como resposta quando Nikolai acrescentou que Renata estava se curando de uma ferida de bala era audível através de todo o quarto.

– Ela é forte – Niko disse para Lucan enquanto olhava para Renata. – Mas levou um forte golpe no ombro e não está muito bem. Seria uma boa ideia arranjar alguém para vir pegá-la e levá-la para a Ordem até que tudo se acalme por aqui.

Renata olhou com desaprovação e deu uma sacudida de cabeça. Grande engano. Até mesmo aquele pequeno gesto fez a visão dela fraquejar, e foi só o que pode fazer antes de cair sobre a cama quando suas pernas lhe faltaram. Deixou-se desabar sobre o colchão, lutando contra um círculo vicioso de ondas de calor e frio.

Tentou ocultar de Nikolai seu estado deplorável, mas o olhar que ele deu disse-lhe que seria inútil continuar tentando esconder seu mau estado.

– Gideon ainda não tem nada de Fabien? – perguntou, levantando-se para passear pelo quarto. Escutou por um minuto, depois exalou um suspiro. – Inferno! Não posso dizer que isso me surpreende. Ele tinha um maldito ar de político, então imaginei que o bastardo tivesse boas conexões. O que mais temos?

Renata conteve a respiração no silêncio que se estendeu. Podia ver que as notícias do outro lado da linha não eram boas.

Nikolai deixou escapar um profundo suspiro e, então, passou a mão pelos cabelos loiros.

– Quanto tempo acredita que Gideon vai demorar para pesquisar nos arquivos protegidos e conseguir seu endereço? Inferno, Lucan, não estou seguro de que devêssemos esperar tanto tempo, levando em conta... Sim, estou ouvindo. Talvez, enquanto Gideon faz esse trabalho, eu faça uma visita a Alexei Yakut. Poderia apostar meu testículo esquerdo que Lex sabe onde encontrar Fabien. Diabos, não me resta dúvidas de que Lex esteve lá mais de uma vez. Eu ficaria feliz em obter essa informação, depois enfrentarei Fabien pessoalmente.

Nikolai escutou por um momento antes de grunhir uma maldição em voz baixa.

– Sim, claro, eu sei... por mais que queira fazer esse filho da mãe pagar, você tem razão. Não podemos nos arriscar a assustar Fabien antes de ter uma sólida informação sobre sua ligação com Dragos.

Renata olhou a tempo de perceber o olhar sombrio de Nikolai. Ela esperou que ele acrescentasse que nada era mais importante do que garantir a segurança de Mira e rastrear o vampiro que a mantinha. Ela esperou, mas essas palavras nunca atravessaram os lábios do guerreiro da Ordem.

– Sim – murmurou. – Ligue quando souber de algo. Vou sair esta noite e ver se descubro algo útil. Manterei contato.

Niko terminou a chamada e deixou o celular sobre a mesa. Renata o olhou enquanto ele se aproximava da cama e se agachava na frente dela.

– Como se sente?

Estendeu a mão como se fosse checar o ombro, talvez simplesmente acariciá-la, mas Renata distanciou-se. Não podia sentar-se ali e agir como se não estivesse nem um pouco confusa naquele momento. Sentia-se traída e ridícula por ter pensado que podia contar com ele em primeiro lugar.

– A água fria ajudou a baixar a febre? – perguntou, com a testa franzida. – Ainda está pálida e trêmula. Venha, deixe-me dar uma olhada.

– Não preciso de sua preocupação – disse. – E tampouco preciso de sua ajuda. Esqueça que a pedi. Só... esqueça tudo. Eu não gostaria que meus problemas interferissem em nenhum dos objetivos de sua atual missão.

Niko olhou-a ainda mais tenso.

– Do que está falando?

– Tenho minhas prioridades, e você claramente tem as suas. Deixou claro que seu companheiro Lucan tem a última palavra.

– Lucan é um de meus irmãos de armas. Além disso, ele é o líder da Ordem, portanto, sim, tem o direito de ter a última palavra quando se trata de assuntos da Ordem. – Nikolai ficou de pé, cruzando os braços fortes sobre o peito bem-definido. – Algo grande está por vir, Renata. O assassinato de Yakut foi somente uma pequena parte disso, e não foi o primeiro. Houve vários assassinatos de Primeiras Gerações nos Estados Unidos e em outras partes do mundo. Alguém vem matando os mais velhos e poderosos membros da Raça silenciosamente.

– Para quê? – olhou-o curiosa contra sua vontade.

– Não estamos seguros. Entretanto, acredita-se que tudo esteja ligado a um único indivíduo, um macho da Raça de segunda geração muito perigoso chamado Dragos. A Ordem o tirou de seu esconderijo há algumas semanas, mas ele conseguiu fugir. Agora ele está escondido outra vez. O filho da mãe esteve agindo sob nossos narizes. Qualquer coisa que descobrirmos que possa nos levar a ele é importante. Ele precisa ser detido.

– Sergei Yakut matou dúzias de seres humanos só por esporte – Renata assinalou. – Por que você ou o resto da Ordem não o pararam?

– Até recentemente não sabíamos onde encontrá-lo, muito menos sabíamos de suas atividades. E mesmo se soubéssemos, ele era um Primeira Geração, e por mais que o odiássemos, a Ordem não teria sido capaz de detê-lo por um monte de questões burocráticas.

Os pensamentos de Renata obscureceram-se, voltando para o tempo que tinha vivido sob o controle de Yakut.

– Havia vezes em que Yakut bebia de mim... quando me usava por conta de meu sangue, eu via algo monstruoso nele. Quero dizer, eu sabia o que ele era, o que todos vocês são. Mas, de vez em quando, eu olhava nos olhos dele e juro que não havia humanidade alguma. Tudo o que via era algo verdadeiramente mau.

– Ele era um Primeira Geração – Nikolai disse, como se isso fosse explicação suficiente. – Só metade de seus genes era humana. A outra metade era... algo mais.

– Vampiro – murmurou ela.

– De outro mundo – disse Nikolai, corrigindo-a.

Olhou-a enquanto dizia essas palavras e Renata teve o impulso de rir. Mas ela não podia, não quando a expressão de Niko era tão grave.

– Lex gosta de gabar-se que é filho de um rei conquistador de outro mundo. Sempre supus que isso tudo era bobagem. Você está me dizendo que o que ele diz é realmente verdade?

Nikolai zombou.

– Um conquistador, sim, mas um rei, não. Os oito Antigos que chegaram há milhares de anos e tiveram filhos com mulheres humanas eram selvagens sedentos de sangue, violadores... criaturas letais que dizimavam cidades inteiras. A maioria deles foi eliminada pela Ordem na Idade Média. Lucan conduziu a missão contra eles depois que sua própria mãe foi assassinada pela criatura de quem ele era filho.

Renata apenas escutava, muito surpresa para fazer todas as perguntas que formavam redemoinhos em sua cabeça.

– Como resultado, um dos Antigos sobreviveu à guerra da Ordem contra eles – Nikolai acrescentou. – Esse Antigo foi escondido por um de seus filhos, um vampiro Primeira Geração chamado Dragos. Temos boas razões para acreditar que o Antigo ainda está vivo e que o último filho sobrevivente de Dragos, seu xará e o bastardo que tentamos deter, só está esperando uma oportunidade para libertá-lo.

– Há dois anos eu estava segura de que vampiros não existiam realmente. Sergei Yakut me fez mudar de opinião. Mostrou-me que vampiros não apenas existem, mas que também são mais temíveis e perigosos do que qualquer coisa que eu tenha visto em livros ou filmes. Agora, você está me dizendo que há ainda algo pior lá fora?

– Não estou querendo assustá-la, Renata. Só acredito que você deveria saber dos fatos. De todos eles. Estou lhe confiando tudo isso.

– Por quê?

– Porque quero que você entenda – disse as palavras de maneira muito gentil.

Como se ele estivesse se desculpando com ela de alguma forma.

Renata levantou o queixo, uma frieza parecia ter-se estabelecido em seu peito.

– Quer que eu entenda *o quê*? Que a vida de uma menina desaparecida não significa nada em comparação com tudo isso?

Nikolai amaldiçoou entre os dentes.

– Não, Renata...

– Está bem. Agora entendo, Nikolai – ela não pôde disfarçar a amargura de sua voz, nem mesmo quando estava lutando para absorver todas as coisas surpreendentes que acabara de ouvir. – Ei, não é grande coisa. Afinal de contas, você nunca concordou comigo em nada e estou acostumada a ser deixada de lado. A vida é uma merda, não é mesmo? É bom saber onde ambos estamos antes de deixar as coisas irem mais longe.

– O que está acontecendo aqui, Renata? – ele a olhou com um olhar penetrante, como se pudesse ver através dela. – Isso é realmente por causa de Mira ou você está incomodada pelo que aconteceu entre nós?

*Nós*. A palavra cravou no cérebro de Renata como um objeto estranho. Parecia tão estranha, tão perigosa. Muito íntima. Nunca tinha havido um *nós* para Renata. Ela sempre tinha dependido apenas de si, nunca tinha pedido nada a ninguém. Era mais seguro dessa forma. Mais seguro agora também.

Ela tinha quebrado sua própria regra quando foi atrás de Nikolai pedir-lhe ajuda para procurar Mira, e olhe o resultado daquilo: uma ferida de bala infeccionada, tempo crucial perdido e nem um passo mais próxima de encontrar Mira. De fato, agora que tinha ajudado na fuga de Nikolai, havia pouquíssima esperança de Renata se aproximar dos vampiros que estavam com a garota. Se Mira estava em perigo antes, Renata talvez tenha deixado as coisas ainda piores agora.

– Tenho que sair daqui – disse inexpressiva. – Já perdi muito tempo. Não poderia suportar se algo acontecesse com Mira por minha culpa.

Preocupação e frustração fizeram-na se levantar da cama. Pôs-se de pé rapidamente.

Antes que pudesse se afastar dois passos de Nikolai, seus joelhos cederam, sua visão escureceu por um segundo e, de repente, ela estava caindo para a frente. Sentiu braços fortes sustentarem seu corpo e a voz tranquila de Nikolai junto ao seu ouvido enquanto ele a agarrava e a levava para a cama.

– Deixe de lutar, Renata – disse ele, enquanto saía de sua debilidade e piscava. Posicionado sobre ela, percorreu com a ponta dos dedos seu rosto. Tão terno, tão relaxado. – Não precisa correr. Não precisa brigar... não comigo. Você está a salvo comigo, Renata.

Ela queria fechar os olhos e guardar aquelas gentis palavras. Estava tão assustada para acreditar, para confiar. E sentia-se tão culpada por aceitar essa comodidade sabendo que Mira poderia estar sofrendo, provavelmente chorando por ela na escuridão e perguntando-se por que Renata tinha quebrado sua promessa.

– Mira é tudo o que me importa – sussurrou. – Preciso garantir que ela esteja a salvo. Sempre.

Nikolai assentiu, solene.

– Sei quanto ela significa para você. E sei quanto é difícil para você pedir ajuda a alguém. Jesus Cristo, Renata... conscientemente arriscou sua vida para me tirar da Agência. Nunca serei capaz de pagá-la pelo que fez por mim.

Ela deitou a cabeça sobre o travesseiro, incapaz de suportar o penetrante olhar de Niko.

– Não se preocupe, você não tem obrigação alguma comigo. Não me deve nada, Nikolai.

Dedos quentes deslizaram ao longo de sua mandíbula, tomando-lhe o queixo e gentilmente guiando-lhe o rosto de novo para ele.

– Devo minha vida. De onde venho, isso não é insignificante.

A respiração de Renata se deteve enquanto ela o olhava nos olhos. Odiava-se pela esperança que se acendia em seu coração, a esperança de que ela não estava realmente só naquele momento. Esperança de que este guerreiro lhe protegeria, que tudo sairia bem, e que não importava que monstro estivesse com Mira, eles a encontrariam e tudo ficaria bem.

– Não deixarei que aconteça nada a Mira – disse, forçando-a a encará-lo. – Tem minha palavra. Tampouco vou deixar que algo aconteça com você. E por isso vou buscar ajuda médica assim que escurecer.

– O quê? – ela tentou levantar e fez uma careta pela pontada de dor. – Ficarei bem. Não preciso de um médico.

– Você não está bem, Renata. Piora a cada hora – a expressão dele era grave conforme lançava um olhar para a ferida no ombro dela. – Não pode continuar assim.

– Vou sobreviver – insistiu. – Não me darei por vencida agora, quando a vida de Mira está em jogo.

– Sua vida também está em jogo, não entende isso? – Nikolai sacudiu a cabeça e murmurou algo escuro e desagradável em tom baixo. – Você pode morrer se essa ferida não for tratada. Não deixarei que isso aconteça, isso significa que você tem um encontro com o pronto socorro mais próximo esta noite.

– E quanto ao sangue? – ela viu como cada músculo no corpo de Nikolai se esticou no momento em que aquelas palavras deixaram seus lábios.

– O que tem o sangue? – ele perguntou com uma voz neutra.

– Perguntou-me se alguma vez eu tinha bebido do sangue de Sergei. Estaria curada agora se tivesse bebido?

Ele levantou os ombros em um gesto vago, mas a tensão em seu grande corpo masculino permanecia. Quando levantou o olhar para ela, havia brilhos de fogo âmbar no azul invernal de sua íris. Suas pupilas se estreitaram quando ele a encarou.

– Eu estaria curada agora se você me desse seu sangue, Nikolai?

– Está pedindo isso?

– Se estivesse, você me daria?

Ele exalou pesadamente e quando seus lábios se separaram para tomar outro fôlego, Renata viu as pontas afiadas de suas presas.

– Não é uma pergunta tão simples como talvez você pense – replicou com um tom áspero em sua voz. – Você ficaria ligada a mim. Da mesma maneira que Yakut estava ligado a você por meio de seu sangue, você estaria ligada a mim. Você me sentiria em seu sangue. Para sempre. E isso não poderia ser desfeito, Renata, mesmo se você bebesse da veia de outro macho da Raça. Nossos laços permaneceriam acima de qualquer outro. Não poderiam ser destruídos, não até que um de nós estivesse morto.

Aquilo não era pouca coisa, Renata definitivamente entendia. Diabos, ela dificilmente acreditava que pudesse estar considerando tudo isso. Mas, em seu interior, louca como podia estar, ela confiava em Nikolai. E o preço realmente não lhe importava.

– Se fizermos isso, eu serei capaz de sair caminhado durante a noite e procurar Mira?

A mandíbula quadrada e masculina dele se apertou o suficiente para que um músculo de sua bochecha ficasse retesado. Ele a olhou, seus olhos ainda mais selvagens. Pouco a pouco, o azul foi envolvido pelo resplendor do fogo.

Quando parecia que não ia responder, Renata estendeu a mão e a pôs firmemente sobre o braço musculoso do guerreiro.

– Seu sangue me curaria, Nikolai?

– Sim – disse ele, a palavra saiu presa em sua garganta.

– Então quero fazê-lo.

Enquanto sustentava seu olhar em um silêncio intenso, ela pensou em quão degradada e usada se sentia todas as vezes que Sergei Yakut se alimentava de suas veias... Revolvia-se diante da ideia de que tinha alimentado alguém tão cruel, um ser monstruoso. Ela nunca teria considerado tomar dele, nem por uma questão de sobrevivência. Colocar a boca no corpo de Yakut para se alimentar dele voluntariamente teria matado o resto de alma que ela ainda tinha. Beber dele? Sequer estava segura de que seu amor por Mira pudesse superar algo tão vil como isso.

Mas Nikolai não era um monstro. Ele era honorável e justo. Era terno e protetor, um homem que se mostrava um grande companheiro para ela nessa viagem incerta. Era seu melhor aliado nesse momento. Sua maior esperança para recuperar Mira.

E mais profundamente ainda, como toda mulher com necessidades e desejos, em um lugar que ela não se atrevia a examinar muito de perto, ela desejava saborear Nikolai. Desejava-o mais do que tinha direito.

– Tem certeza, Renata?

– Se você me der seu sangue, sim – respondeu. – Quero tomá-lo.

Um longo silêncio se seguiu e Nikolai, então, sentou-se ao lado dela na cama. Ela o assistiu desabotoar a camisa lentamente, dando tempo para que a incerteza e a apreensão dela aumentassem. Mas elas não aumentaram. Enquanto Nikolai tirava a camisa e se sentava diante dela com o torso nu, seus dermoglifos pulsavam, cada arco e curva saturados com variedades de sombras em cores vermelhas e escuras, e ela não se sentia preocupada. Quando ele se aproximou ainda mais e levou o braço direito à boca, mostrando as enormes presas e afundando-as no pulso, ela não sentia nem sequer um pingo de temor.

E quando, nesse momento, ele pôs seus pontos sangrentos junto aos lábios de Renata e lhe disse que bebesse, ela não teve nenhuma vontade de negar.

A primeira prova do sangue de Nikolai em sua língua foi um choque.

Ela esperava ser arrastada pelo amargo sabor cobre, mas em seu lugar provou especiarias e um poder que se pulverizou através dela como eletricidade líquida. Podia sentir o sangue dele descendo pela garganta, por todas as fibras de seu corpo. Aquilo era como luz que se infiltrava em seus membros pelo lado de dentro, e a dor no ombro ferido diminuiu enquanto ela obtinha mais e mais de Nikolai.

– Isso – ele murmurou, seus dedos acariciando-lhe os cabelos úmidos, afastando-os da maçã do rosto. – Ah, Cristo! Isso, Renata... beba até que sinta que é suficiente.

Ela sugou mais forte de sua veia, com um instinto que nunca soube que tinha. Sentia-se bem ao beber de Nikolai daquela forma. Sentia-se mais do que bem... sentia-se incrível. Quanto mais tirava dele, mais viva ela se sentia. Cada terminação nervosa piscava com uma força que vinha de dentro.

E enquanto ele continuava acariciando-a, alimentando-a e curando-a, Renata começou a sentir uma nova sensação de calor crescendo rapidamente em seu interior. Gemeu, arrastada por uma onda de lava fundida que atravessava-lhe o corpo em recomposição. Retorcia-se e sabia sem engano algum o que era aquilo: desejo. Um desejo que ela tinha tentado negar desde que conhecera Nikolai, e que agora aumentava, querendo consumi-la.

Ela não conseguia resistir ao impulso de sugar mais forte. Precisava mais dele. Precisava de tudo dele. E precisava agora.

# Capítulo 21

Nikolai se apoiou na cabeceira da cama e colocou a mão livre sobre o lençol, mantendo-a ali enquanto Renata continuava se alimentando. Ela bebeu dele da mesma forma como fazia tudo: com intrépida força e feroz convicção. Não havia ansiedade em seus olhos verdes--claros; tampouco havia incerteza na maneira firme como se agarrava ao braço musculoso do vampiro. E cada sugada de sua boca na veia aberta dele, cada roçar de sua língua na pele dele excitava-o mais do que qualquer outra coisa jamais o fizera.

Em todas as coisas em que se concentrava, Renata colocava uma força formidável. Ela era diferente de qualquer outra mulher que Niko havia conhecido – e, em vários sentidos, uma guerreira como qualquer macho da Raça que servia na Ordem com ele. Ela tinha o coração de um guerreiro, a honra de um guerreiro, e uma determinação inabalável que exigia total respeito. Renata tinha-lhe salvado a vida e por isso ele tinha uma dívida com ela. Mas santo Deus!... o que estava acontecendo entre eles ali não tinha nada a ver com deveres ou obrigações.

Ele estava começando a se preocupar com ela – mais do que queria admitir, inclusive para si. E também a queria. Cristo, como a queria! O desejo aumentando diante da erótica sucção da boca em sua veia, do esbelto corpo serpenteando em reação ardente ao sangue de outro mundo que lhe alimentava as células inexperientes.

Renata gemeu, um ronronar profundo de excitação, enquanto se movia mais perto dele no colchão, cada movimento de seu corpo afrouxava a toalha que a cobria. Ela não parecia notar - ou se preocupar – com o olhar âmbar de Nikolai percorrendo detalhadamente sua quase nudez. A ferida no ombro já estava melhor: o inchaço e o enrijecimento já sumiam e a cor da pele parecia mais saudável a cada minuto. Renata estava mais forte, mais vibrante e mais exigente, uma febre sendo substituída por outra, um calor dando lugar a outro.

Provavelmente, ele deveria ter-lhe dito que, além da nutrição e das propriedades curativas, o sangue de Raça era também um potente afrodisíaco. Supôs que poderia lidar bem com o que acontecesse, mas, maldição! Nada poderia tê-lo preparado para a resposta ardente de Renata.

Avançando lentamente contra ele, ainda sugando-o, ela aproximou uma mão e liberou o punho dele que estava apertado contra os lençóis. Então, dirigiu-lhe os dedos por debaixo das dobras da toalha que cobria seu corpo, diretamente para os seios. Ele não resistiu e passou a ponta dos dedos sobre um dos firmes mamilos e, em seguida, sobre o outro. A respiração dela acelerou enquanto ele acariciava-lhe a quente, cremosa e tenra pele, a forte vibração do batimento de seu coração contra a mão dele enquanto impacientemente dirigia-o para baixo, para o vale suave de seu abdômen, para a sedosa junta entre suas coxas.

Ela estava encharcada e excitadíssima, a fenda de seu sexo estava como cetim quente e molhado enquanto ele deslizava um dedo para dentro. Ela apertou as pernas, mantendo-o ali como se ele tivesse alguma intenção de sair. Sugou novamente, um puxão tão profundo que Niko sentiu repercutir até em seus testículos. Apertando os olhos até fechá-los, ele deixou cair a cabeça para trás e soltou um lento e contido gemido, os tendões de seu pescoço se esticaram como cabos de aço. Seu membro, que estava como uma rocha entre suas pernas, pedia-lhe atenção. Outro minuto daquela tortura e ele gozaria ali mesmo, nas calças esportivas emprestadas.

– Ah, Jesus! – grunhiu ele, afastando a mão da doce tentação da fenda excitada e umedecida de Renata. Lentamente subiu o rosto para olhá-la. Quando suas pálpebras se levantaram, o calor de sua íris transformada banhava Renata em um ardente resplendor brilhante.

Ela estava gloriosamente nua, sentada diante dele como uma deusa, seus lábios sujeitos a seu pulso, seus olhos claros escurecendo-se enquanto ela o olhava fixamente, sem vergonha.

– Já chega – murmurou ele, sua voz rouca, as palavras espessas pela presença de suas presas. Faltava-lhe a respiração, cada terminação nervosa de seu corpo estava completamente eletrizada. – Temos que parar... Jesus Cristo... Será melhor que paremos agora.

Ela gemeu em sinal de protesto. Muito brandamente, todavia, Nikolai retirou o pulso da boca de Renata e levou os dois furos aos lábios. Uma passada de sua língua pelas feridas as selou.

Com os olhos extasiados e famintos, ela o viu lamber o lugar onde sua boca tinha estado, e sua própria língua saiu precipitadamente para lamber seus lábios.

– O que está acontecendo? – perguntou ela, passando as mãos no peito dele, sua coluna vertebral estirando-se e arqueando-se com graça felina. – O que você fez comigo? Santo Deus! Estou queimando.

– É o vínculo de sangue – disse ele, quase incapaz de formar uma oração completa, seus sentidos estavam palpitando pela necessidade daquela mulher.

– Eu deveria tê-la advertido... Sinto muito.

Começou a se afastar, mas ela agarrou-lhe a mão. Dando uma sacudida de cabeça quase imperceptível enquanto seu peito subia e descia com o ar em seus pulmões, as pesadas pálpebras que ela fixou nele não pareciam ofendidas. Sabendo que não deveria tomar vantagem da situação, Nikolai se aproximou e acariciou o rubor que lhe enchia a bochecha.

Renata gemeu enquanto seu toque se prolongava, girando a cabeça na palma da mão de Niko.

– É... É sempre assim quando você deixa uma mulher beber de você?

Ele balançou a cabeça.

– Não sei. É a primeira vez.

Ela o olhou fixamente, com a sobrancelha franzida. Ele podia ver o registro de surpresa preencher-lhe o olhar atrás da luxúria induzida pelo sangue. Um silencioso lamento deslizou de seus lábios e logo ela estava movendo-se na direção dele sem vacilação, suas mãos emoldurando-lhe o rosto.

Beijou-o, longa, forte e profundamente.

– Toque-me, Nikolai – murmurou contra sua boca.

Era tanto uma exigência como uma urgência de seus lábios contra os dele, sua língua pressionando os dentes dele. Niko passou as mãos na pele nua de Renata, encontrando o beijo dela, o corpo tão faminto quanto o seu. E ele não poderia culpar aquela feroz necessidade como uma resposta natural da união de sangue. Sua fome por Renata era algo maior, embora extremamente consumidora.

Ganânciosamente, ele chegou de novo ao refúgio de seu sexo. Dessa vez, não podia se limitar a tocá-la; não quando o aroma de Renata o estava embriagando tanto quanto a febril seda de seu sexo o estava deixando louco. Acariciou-lhe as dobras molhadas, penetrando-as com seus dedos grandes e separando-as para si como uma flor de primavera. Ela se arqueou em direção a ele enquanto ele a penetrava com um dedo primeiro, em seguida com outro. Enchendo-a, deleitando-a na firme pressão de seu corpo, os sutis movimentos ondeantes de seus músculos internos enquanto ele a acariciava e a levava ao clímax.

Estava tão absorto com o prazer dela que mal notou que ela movia as mãos até sentir que ela puxava o cordão de suas calças. Uivou quando ela deslizou a mão para baixo da cintura e encontrou seu rígido membro. Acariciou a cabeça, percorrendo os dedos com a gota úmida de fluido e, em seguida, torturando-o com um movimento lento e constante ao longo de seu mastro.

– Você também me deseja – disse ela. Não era exatamente uma pergunta quando a resposta estava transbordando em sua mão.

– Ah, sim – Niko respondeu de todo modo. – Diabos! Sim... Desejo você, Renata.

Ela sorriu faminta e o empurrou de costas sobre a cama. Tirou lentamente suas calças, deslizando-as pelos quadris, mas só até os joelhos. Com sua grossa ereção sobressaindo como um orgulhoso soldado a postos, Nikolai assistiu cativado conforme Renata subia e o montava. Sabia muito bem que não esperava qualquer momento de acanhamento ou vacilação. Era intrépida e incansável, e ele nunca havia sido mais feliz em sua vida. Os olhos dela pousaram fixamente sobre os seus, e Renata desceu por seu membro em um longo e lento deslizar.

Santo Cristo! A sensação de tê-la montada no membro dele era incrível. Tão quente e apertada, tão incrivelmente molhada.

Ele disse a si mesmo que era apenas a reação do vínculo de sangue que a fazia tão pouco resistente sexualmente, que ela teria reagido da mesma maneira com qualquer macho da Raça que a alimentasse. Que era só uma reação física, como algo altamente inflamável pegar fogo quando colocado próximo a uma chama. A consciência que ela tinha dele naquele momento provavelmente estava mergulhada em seu subconsciente – ela tinha uma coceira e ele era o passar de unhas de que ela precisava, simples assim.

E tudo bem para ele. Aquilo não precisava se transformar em algo mais complicado. E ele não era idiota o bastante para querer que fosse. O sexo entre eles não era algo pessoal. E Niko disse para si que era bom que fosse assim. Disse a si um monte de porcaria enquanto colocava a cabeça para trás com um gemido selvagem e deixava que Renata tomasse dele tudo o que precisasse.

Renata jamais havia se sentido mais viva. O sangue de Nikolai era como fogo em seus sentidos, cada matiz do momento a sacudia com a vívida consciência. A ferida em seu ombro não doía, sua necessidade por Nikolai era tudo que importava.

Ele sustentava-lhe os quadris enquanto ela cavalgava em seu sexo, a mente perdida de tudo, o calor dele preenchendo-a completamente, a beleza masculina de seu grande e musculoso corpo movendo-se em igual ritmo debaixo dela. Através da inundada névoa de seu desejo, admirou os músculos entrelaçados dos braços e do peito, uma sinfonia de força, flexionando-se e contraindo-se sob o poder até mais surpreendente das cores e formatos de seus dermoglifos mutantes.

Inclusive suas presas, que por certo deveriam tê-la aterrorizado, tinham uma beleza letal agora. As afiadas pontas brilhavam com cada fôlego entrecortado que se arrastava através de seus dentes. O sangue que havia tirado dele deve tê-la deixado um pouco louca, porque alguma remota parte dela queria que suas letais presas pousassem e penetrassem seu pescoço. Perfurando sua carne enquanto ela o cavalgava.

Ainda podia saborear o sangue dele em sua língua: doce, selvagem e sombrio. Um zumbido elétrico estendeu-se através dela e a acendeu no centro de seu sexo preenchido. Ansiava mais por esse poder, mais dele... Tudo dele.

Afundou os dedos nos grossos bíceps e foi mais fundo, mais forte, seguindo essa perigosa necessidade que o sangue havia desatado. Ele tomou cada impulso desesperado de seus quadris, sustentando-a firme enquanto o estalo do orgasmo se fechou de repente nela. Gritou enquanto o prazer se apoderava dela, um grito de liberação que ela não poderia ter contido mesmo se sua vida dependesse disso. A intensidade era demais para suportar. Tremia, impressionada pela força de sua paixão – paixão que tentou evitar por muito tempo, com medo.

Não sentia medo de Nikolai. Ela o desejava. Confiava nele.

– Tudo bem? – ele perguntou, um pouco mais que um grunhido enquanto seguia balançando-se com ela. – Está com alguma dor?

Ela negou com a cabeça, incapaz de falar quando cada terminação nervosa em seu corpo estava tensa de necessidade e vibrando pela sensação.

– Bom... – murmurou ele, escorregando a mão ao redor da parte posterior de seu pescoço para puxá-la para um beijo. A boca de Renata estava quente sobre a sua, suas presas roçando-lhe lábios e língua. Sentia-se tão bem... Ela tinha um gosto tão bom.

O fogo que havia diminuído um pouco com o orgasmo dela se acendeu de novo de forma furiosa. Ela gemeu e, enquanto o desejo ganhava nova vida, moveu seus quadris ao mesmo tempo em que a fome pulsava em seu sexo. Nikolai não a deixou esperar muito tempo, movendo-se junto com ela, incrementando seu ritmo até que ela gozou de novo, flutuando à deriva depois de uma onda de prazer. Então, ele tomou as rédeas por completo, preenchendo-a com seu mastro, entrando e saindo, cada movimento aparentemente tocando mais profundamente dentro dela, e mais profundo ainda. Chegou ao clímax com um grito rouco, sua coluna arqueando-se debaixo dela, sua pélvis contra ela com a força de sua liberação. O orgasmo de Renata se uniu ao dele um momento depois, uma prolongada desintegração que a deixou tremendo e suando em seus braços.

E ela ainda queria mais.

Queria mais, mesmo depois do orgasmo seguinte e do seguinte. Mesmo depois que ela e Nikolai estavam suados e esgotados, ela ainda queria mais.

Edgar Fabien sentia seis pares de ardilosos olhos sobre ele enquanto seu secretário sussurrava uma urgente mensagem em seu ouvido. Uma interrupção a esta hora, em meio de tão importante companhia como aqueles especiais dignitários convidados da Raça que tinham chegado a Montreal vindos dos Estados Unidos e da Europa, prenunciava más noticias. E eram, embora Fabien não se permitisse tal indicação.

Os machos reunidos em particular estavam avaliando uns aos outros desde que chegaram, um por um, naquela noite, todos convocados à residência do Refúgio de Fabien à espera do transporte para uma reunião exclusiva em outro lugar. Para conservar o anonimato, o grupo havia sido instruído a ficar com capuzes negros o tempo todo. Tinha sido proibido fazer perguntas pessoais uns aos outros, ou discutir seus problemas pessoais com o macho da Raça que havia convocado aquela reunião e estabelecido seus termos. Dragos havia deixado claro que agora, mais do que nunca, procuraria por debilidades ou pela mínima razão para considerar Fabien ou os outros homens parados ali indignos do glorioso futuro que ele estava planejando revelar naquela reunião formal.

Enquanto o secretário sussurrava o resto da mensagem, Fabien alegrava-se por aquele capuz escuro ocultar sua reação dos outros. Manteve a postura relaxada, cada músculo solto e à vontade, enquanto informava que um de seus capangas da cidade estava esperando lá fora com inesperadas, porém críticas, notícias que não podiam aguardar. Notícias a respeito de um macho da Raça e de uma mulher ferida em sua companhia que, pela descrição, poderia ser nada menos que o casal que havia escapado das instalações de contenção.

– Perdoem-me – disse Fabien com um sorriso firme de fachada. – Mas tenho um pequeno problema para resolver lá fora. Retornarei em um momento.

Umas poucas cabeças se inclinaram enquanto Fabien girava para sair da sala. Uma vez que a porta da sala de recepção estava fechada e ele e seu secretário tinham caminhado vários metros pelo comprido corredor, Fabien tirou seu capuz.

– Onde está ele?

– Esperando no vestíbulo principal, Senhor.

Fabien foi naquela direção, retorcendo o capuz negro em suas mãos grandes e finas. Quando chegou à porta, seu secretário se apressou adiante para mantê-la aberta para ele. O capanga estava apoiado contra a parede, absorto em mordiscar suas unhas rapidamente, seu desalinhado cabelo muito comprido caindo sobre seus olhos. Quando elevou a vista e viu seu Mestre entrar, o repugnante e preguiçoso humano foi substituído por um desejo impaciente em agradar.

– Trouxe-lhe algumas notícias, Mestre.

Fabien grunhiu.

– Ouvi isso. Fale, Curtis. Diga-me o que viu.

O servo explicou que mais cedo ele tinha ido fazer algumas perguntas ao seu empregador humano – o dono de um abrigo para garotos de rua que contratou Curtis para trabalhar com seus computadores – e inesperadamente descobriu que o vampiro guerreiro estava escondido no apartamento em cima de uma garagem. Curtis não havia sido capaz de aproximar-se para olhar, mas chegara perto o bastante para dizer que o enorme macho era da Raça. Na verdade, ele tinha acabado de confirmar suas suspeitas. Aparentemente, o guerreiro e a mulher que estava com ele tinham se tornado bastante... *amigos*. O casal estava muito ocupado na cama para notar quando Curtis saiu furtivamente pela parte de trás da garagem e os espiou juntos através da janela.

O capanga havia conseguido dar uma olhada e foi capaz de proporcionar uma descrição física bastante detalhada dos dois: o guerreiro da Raça, Nikolai, e a Companheira de Raça, Renata.

– Tem certeza de que nenhum deles soube que você esteve ali? – perguntou Fabien.

O servo riu.

– Sim, Mestre. Confie em mim. Eles não estavam prestando atenção em nada que não fossem eles.

Fabien assentiu e olhou o relógio. Anoiteceria dentro de uma hora. Ele já havia atribuído a uma equipe de Agentes outra tarefa de limpeza naquela noite. Talvez devesse enviar uma segunda unidade para a cidade com Curtis. Bastante ruim era o fato de que o guerreiro tivesse conseguido escapar das instalações de contenção. A notícia não havia caído bem quando Fabien informou Dragos sobre o problema, mas a mancada seria amenizada se ele pudesse assegurar que o guerreiro fosse capturado – rápida e permanentemente.

Sim, pensou Fabien, enquanto colocava a mão no bolso de sua jaqueta para pegar o celular e discar para a Agência de Execução, colocando-lhes a par das novas informações. Esta noite, ele apagaria do quadro-negro alguns erros recentes. E quando se apresentasse a Dragos na reunião, ele o faria levando boas notícias e um pequeno e encantador presente do qual seu novo comandante certamente desfrutaria.

# Capítulo 22

– Você acha que ele a machucará? – a voz tranquila de Renata rompeu o silêncio prolongado no úmido apartamento. Ela estava sentada na frente de Nikolai, usava uma camiseta cinza extragrande e suas próprias calças jeans, lavadas mais cedo por cortesia de Jack. Sua ferida no ombro estava muito melhor e cada vez que Niko perguntava, ela insistia que não sentia muita dor, de modo que ele percebeu que seu sangue a manteria alimentada por algumas poucas horas. Já tinham saído da cama há algum tempo, ambos tinham se banhado e se vestido, e evitavam cuidadosamente falar sobre tudo que tinha ocorrido entre eles horas antes.

Nikolai se manteve ocupado na limpeza das armas que Jack lhe havia dado, enquanto ele e Renata faziam planos para o breve retorno ao alojamento de Yakut. E embora Niko duvidasse que Lex fosse contar alguma coisa sobre sua aliança com Edgar Fabien, ele tinha o pressentimento de que algumas técnicas afrouxariam a língua do maldito filho da mãe.

Assim ele esperava, já que sem uma sólida vantagem sobre a localização do líder do Refúgio, as probabilidades de achar Mira ilesa diminuíam a cada segundo.

– Você acha que ele vai fazer... algo a Mira?

Niko virou e viu o pânico nos olhos de Renata.

– Fabien não é um bom homem... Francamente, não sei quais são as intenções dele com ela.

Renata dirigiu o olhar para baixo, suas magras sobrancelhas estavam unidas na testa franzida.

– Você não me disse tudo o que seus amigos de Boston descobriram sobre ele.

Inferno. Ele deveria saber que Renata perguntaria isso. Ele deliberadamente tinha passado por alto sobre o pior que Gideon havia dito sobre ele, os detalhes sórdidos que não os ajudariam a localizar Mira e só fariam Renata se preocupar ainda mais. Mas ele a respeitava muito para mentir.

– Não, eu não disse tudo – admitiu. – Realmente quer saber tudo sobre ele?

– Acredito que preciso saber – ela o olhou fixamente de novo, seus pálidos olhos verdes agora estavam sóbrios, tão firmes quanto os de um guerreiro pronto para a batalha. – O que a Ordem sabe sobre ele?

– Ele é um segunda geração da Raça, certamente tem várias centenas de anos – disse Niko, começando com o menor dos delitos de Fabien. – Ele é o líder do Refúgio de Montreal há 150 anos e também deseja chegar ao alto escalão da Agência de Execução, o que significa que está politicamente envolvido também.

Renata zombou em voz baixa.

– Isso é um *curriculum vitae*, Nikolai. Sabe o que estou perguntando. Fale diretamente.

– Muito bem – Niko assentiu com a cabeça, sem se preocupar em ocultar sua admiração. Ou sua preocupação. – Apesar de ter um monte de amigos em altos postos, Edgar Fabien não é o que poderíamos chamar de cidadão-modelo. Pelo que parece, ele tem várias... *perversões* que vêm lhe causando muitos problemas ao longo dos anos.

– Perversões? – disse Renata, quase cuspindo a palavra.

– Seus gostos tendem para o lado sádico, e ele... bem, ele é conhecido por desfrutar da companhia de crianças de vez em quando. Especialmente garotas.

– Jesus Cristo! – Renata exclamou com o fôlego apertado. Ela fechou os olhos e desviou o rosto. Quando finalmente olhou para Niko, havia um brilho assassino em seus olhos cor de jade que observavam o guerreiro sem piscar. – Vou matá-lo. Juro por Deus, Nikolai. Vou matar o filho da mãe se ele fez algo a ela.

– Vamos por as mãos nele – assegurou-lhe Niko. – Vamos encontrá-lo e resgatar Mira.

– Não posso decepcioná-la, Nikolai.

– Ei! – ele disse, segurando a mão dela. – *Nós* não vamos decepcioná-la. Entendido? Estou com você nisso. Vamos resgatá-la.

Ela o olhou em silêncio durante um longo momento. Então, muito lentamente, entrelaçou-lhe os dedos na mão.

– Ela vai ficar segura, não é verdade? – havia um traço de incerteza na fala de Renata e era uma das primeiras vezes que Niko percebia aquilo na voz dela. Ele queria apagar as dúvidas de Renata, queria acabar com a preocupação dela, mas tudo o que podia oferecer era sua promessa.

– Vamos trazê-la de volta, Renata. Tem minha palavra.

– Certo – disse. – Bem, Nikolai. Obrigada – completou em seguida, resoluta.

– Você realmente é especial, sabia? – Ela começou a sacudir a cabeça em negação àquelas palavras, mas Niko apertou-lhe levemente a mão, mantendo-a concentrada. – Você é forte, Renata. Mais forte do que acredita. Mira tem sorte de tê-la ao seu lado. Diabos! Eu também tenho.

A risada dela como resposta estava débil e ligeiramente triste.

– Espero que tenha razão.

– Eu nunca erro – disse ele, sorrindo abertamente para ela e mal resistindo ao impulso de inclinar-se por sobre a pequena mesa e beijá-la loucamente. Mas isso apenas os levaria a outra coisa – algo que sua libido já imaginava em detalhes explícitos.

– Então, quanto tempo ainda vai acariciar suas armas antes de eu poder dar uma olhada nelas?

Niko recostou na cadeira dobrável de metal e riu.

– Escolha a sua. Tem certeza de que sabe usar...

Ele não teve a oportunidade de terminar o pensamento: Renata estendeu a mão até a pistola mais próxima e a um carregador cheio de balas. Carregou e aprontou a arma em menos de três segundos. Niko nunca tinha visto algo tão sexy em toda sua vida.

– Impressionante.

Ela colocou a pistola sobre a mesa e arqueou uma de suas finas sobrancelhas.

– Quer que eu ajude com a sua também?

Ele quis rir, mas engoliu o som antes que ele saísse-lhe pela boca.

Eles não estavam sozinhos.

Renata seguiu o olhar do guerreiro até onde ele poderia jurar ter escutado um ruído surdo. Outro barulho, então, um pequeno rangido no teto da garagem.

– Temos companhia – sussurrou para ela. Renata lhe acenou com a cabeça, levantando-se da cadeira. Deslizou a .45 para ele através da mesa e se moveu em silêncio, rápida e eficazmente para carregar outra.

Assim que Nikolai pegou a arma, a porta do apartamento da garagem explodiu para dentro, partindo as dobradiças. Um vampiro enorme em um traje da Agência de Controle precipitou-se no interior, com a mira do laser de seu fuzil automático silencioso apontado para Renata.

– Filho da mãe! – Niko gritou. – Renata, atire!

Por um segundo terrível, ela não se moveu. Nikolai pensou que ela tivesse congelado, em estado de choque, mas logo o Agente soltou um grito de dor, deixando cair sua arma para colocar as mãos nas têmporas. Caiu de joelhos, mas havia mais dois homens armados bem atrás dele. Saltaram gritando por cima do obstáculo e abrindo fogo no pequeno espaço.

Renata se jogou atrás de um dos arquivos metálicos e disparou contra a cabeça do agente. Niko mirou o segundo visitante, mas o tiro foi desviado conforme a pequena janela acima da cama era estilhaçada e outro Agente de Execução entrava na luta, armado até os dentes.

– Nikolai, atrás de você! – gritou-lhe Renata.

Ela golpeou o último agente que chegara com uma rajada debilitante do poder de sua mente, e o bastardo caiu no chão, retorcendo e convulsionando antes que Niko acertasse alguns tiros em sua cabeça. Renata atingiu um dos outros com um tiro no joelho e, em seguida, eliminou-o com uma bala entre os olhos. Nikolai matou o outro e compreendeu tarde que tinha perdido completamente de vista o primeiro macho que atravessara a porta. O filho da mãe não estava onde Renata o havia deixado.

Para o horror de Niko, o enorme vampiro tinha pego Renata e a lançado contra a parede mais próxima. A força do macho da Raça era imensa, como a de todos. Renata bateu contra a superfície sólida e caiu com força no chão. Permaneceu imóvel, obviamente muito aturdida para responder ao ataque.

O rugido de fúria de Nikolai chacoalhou a mesa débil e as cadeiras. Sua visão foi inundada repentinamente de âmbar e suas presas perfuraram com força suas gengivas, estirando-se longas e agudas em sua cólera.

Ele saltou sobre o outro vampiro por trás, agarrando-lhe a cabeça nas mãos e torcendo-a ferozmente. O terrível rangido de osso e tendões estilhaçados não foi suficiente para Niko: quando o Agente caiu sem vida, ele chutou-lhe o corpo, afastando-o de Renata antes de estourar-lhe o crânio.

– Renata – disse, agachando-se diante dela e pegando-a nos braços. – Pode me ouvir? Você está bem?

Ela gemeu, mas acenou com a cabeça trêmula. Seus olhos abertos logo se ampliaram quando ela olhou fixamente por cima dos ombros largos de Niko para a entrada arruinada. Niko virou-se e deparou-se com o humano que tinha visto uma vez antes – o humano que tinha tentado olhar lá dentro quando Jack estivera no apartamento naquela manhã. Jack o tinha chamado de Curtis, tinha dito que o garoto fazia algum trabalho para ele na casa. Quando Niko examinou aquele rosto impassível, que não mostrava reação alguma aos seus olhos acesos e às suas presas à mostra, ele sabia do que estava diante...

– Servo – grunhiu. Colocou Renata de pé com cuidado. – Fique aqui. Eu me encarregarei dele.

O Subordinado sabia que tinha cometido um grave engano mostrando seu rosto depois do tumulto que provavelmente tinha instigado. Ele se virou e começou a descer a escada de dois em dois degraus. Nikolai grunhiu, vermelho de ira, e saiu disparado atrás da caça. Saltou sobre o corrimão da escada do segundo andar, caindo justo quando os pés do servo conseguiram tocar o pavimento. Nikolai aterrissou diretamente em cima dele, derrubando-o no chão.

– Quem fez você? – ele exigiu, golpeando o rosto do humano contra o pavimento áspero. – Quem é seu Mestre, maldito? É Fabien?

O servo não respondeu, mas, de qualquer modo, Niko sabia a verdade. Subiu sobre o humano e golpeou a coluna dele com força.

– Onde ele está? Diga-me onde encontrar Fabien. Fale, filho da mãe, ou acabo com você aqui e agora.

À distância, Nikolai ouviu o golpe de uma porta. E passos atravessando a grama.

Então, a voz de Renata ressoou de cima destroçando a porta no chão da garagem.

– Jack, não! Volte para dentro!

Nikolai olhou por cima do ombro, bem a tempo de ver o velho com uma expressão de horror. Os olhos de Jack mostravam sua incredulidade, sua mandíbula aberta.

– Jesus Cristo – murmurou, com os pés desacelerando até deter-se. – O que... que diabos está acontecendo aqui?

E então, abaixo dele, Niko sentiu o servo se retorcer. E registrou o brilho breve de uma lâmina apenas meio segundo antes que o escravo humano cortasse a própria garganta.

Renata desceu as escadas de madeira em estado de pânico.

– Jack, por favor! Entre na casa, agora!

Mas ele simplesmente permaneceu ali, congelado no lugar como se não pudesse ouvi-la, como se não pudesse vê-la. Não podia processar tudo que estava acontecendo à sua volta nesses últimos minutos de caos total e absoluto. Jack estava mudo, uma estátua imóvel na calçada.

E Nikolai...

Santo Deus, Nikolai parecia o pior pesadelo de qualquer pessoa. Empapado de sangue, o rosto travestido em uma máscara aterradora de presas letais e ferozes, os olhos brilhantes e âmbares. Quando saiu de cima do corpo morto do servo e se virou, deparando-se com o rosto de Jack, o guerreiro da Raça não podia parecer nada além de um predador desumano, sua respiração através dos dentes cerrados, seu enorme peito e ombros tremendo por conta da luta.

– Santa Maria, Mãe de Deus – murmurou Jack, fazendo o sinal da cruz enquanto Nikolai dava alguns passos para longe do cadáver do servo. Então, lançou um olhar e viu Renata correndo em sua direção através do caminho de entrada.

– Renata, sai daqui!

Renata correu para ficar entre os dois homens – Nikolai em suas costas e Jack olhando-a boquiaberto como se acabasse de entrar no meio de um campo de mina ativado.

– Ah, Jesus... Renata, querida... o que você está fazendo?

– Está tudo bem, Jack – ela respondeu tranquilamente sustentando as mãos em sua frente. – Está tudo bem, prometo. Nikolai não fará mal a você. Não fará mal a nenhum de nós.

O rosto do ex-combatente do Vietnã se enrugou diante da confusão. Mas, então, ele olhou além dela para Nikolai e uma tênue faísca de reconhecimento piscou nas fendas que lhe eram agora os rasgos dos olhos. Sua palidez era a de um fantasma contra a noite ao seu redor e suas pernas pareciam que iam ceder debaixo de si.

– Você é... mas como? Como diabos pode ser?

– Não é seguro para você saber isso – interveio Renata. – Seria muito perigoso, inclusive para nós.

– Muito tarde – a voz de Nikolai era um baixo grunhido atrás dela. – Ele já viu muito. Temos que controlar esta situação e não temos muito tempo antes que mais humanos curiosos apareçam e deixem as coisas ainda piores do que já estão.

Renata assentiu.

– Entendi.

A mão de Nikolai pousou brandamente sobre seu ombro são.

– Isso inclui Jack também. Não posso deixá-lo com sua memória nesse estado. Tudo tem que ser apagado, começando com nossa chegada na noite anterior. Ele não pode se lembrar que você e eu estivemos aqui alguma vez.

Ela estremeceu, mas não podia discutir.

– Tenho um minuto para dizer adeus?

– Um minuto – disse Nikolai. – Mas isso é tudo o que podemos arriscar.

– Que diabos está acontecendo aqui? – murmurou Jack enquanto sua neurose dava lugar ao guerreiro aposentado nele adormecido. – Renata... em que tipo de porcaria você se enfiou, garota?

Ela ofereceu-lhe um débil sorriso enquanto dava um passo adiante e o puxava-o para um abraço.

– Jack, quero agradecê-lo por ter nos ajudado na noite anterior. Mais do que isso: quero agradecê-lo por você ser a pessoa maravilhosa que é – separou-se dele para olhar seus velhos e amáveis olhos. – Não poderia compreender isso, mas você foi minha âncora muitas vezes, meu porto seguro. Sempre que eu perdia a fé na humanidade, sua bondade me compensava. Você foi um verdadeiro amigo e gosto muito de você por isso. Sempre vou gostar.

– Renata, preciso que você me diga o que está acontecendo aqui. Esse homem com quem você está... essa *criatura*. Por Deus, estou perdendo a razão ou ele é um tipo de...

– Ele é meu amigo – disse ela, tão sinceramente que inclusive se desconcertou diante de sua convicção. – Nikolai é meu amigo. Isso é tudo o que precisa saber.

– Temos que ir agora, Renata.

A voz de Nikolai estava calma, completamente tomada pela seriedade. Ela assentiu e, quando olhou para Niko, viu que ele estava de novo em seu estado normal. Jack crepitou de confusão, mas Nikolai aproximou-se para segurar-lhe a mão.

– Obrigado por tudo o que fez, Jack. Você é um bom homem – Nikolai não esperou por uma resposta. Com a mão livre, levantou a palma sobre a testa de Jack e pressionou-a por um longo momento. – Volte para casa e vá para a cama. Quando despertar amanhã, não se lembrará de que estivemos aqui. Descobrirá que houve um assalto no apartamento da garagem e que Curtis estava se relacionando com algumas pessoas más. O assalto saiu do controle e ele foi assassinado.

Jack não disse uma palavra sequer, apenas assentiu, concordando.

– Você não vai nos ver quando abrir os olhos – disse Nikolai. – Não verá sangue e cacos de vidro. Vai se virar, entrar na casa e subir até seu quarto, deitar-se na cama e permanecer lá pelo resto da noite.

Uma vez mais Jack assentiu com a cabeça, em complacência. Nikolai retirou a mão da testa do ex-combatente. Os olhos de Jack piscaram e abriram-se tranquilos, serenos. Ele olhou Renata, mas foi um olhar vazio que passou através dela. Ela ficou ali parada, olhando com tristeza como seu velho e querido amigo virava-se no silêncio da noite escura e começava o lento caminhar de volta para a casa.

– Você está bem? – perguntou Nikolai, passando o braço musculoso ao redor da cintura de Renata enquanto eles esperavam na entrada, observando Jack desaparecer dentro da casa.

– Sim, estou bem – disse ela em voz baixa, permitindo-se o conforto do forte abraço masculino de Nikolai. – Vamos limpar essa bagunça e dar o fora daqui.

# Capítulo 23

– Já era hora de ele estar aqui.

Alexei Yakut queixou-se quando viu um par de faróis saindo das árvores do lado de fora da casa principal. Irritado por ter sido obrigado a esperar durante a última meia hora, Lex se afastou da janela do quarto do pai – quarto que agora lhe pertencia, como todo o resto que o defunto tinha deixado.

O veículo preto que rodeava pelo caminho era enorme, obviamente um SUV. Lex virou os olhos com desgosto. Tinha esperado que um macho do status de Edgar Fabien fosse viajar em algo mais elegante do que uma Humvee emprestada diretamente da frota da Agência de Execução. As próprias normas de Lex exigiam muito mais que um utilitário como meio de transporte, especialmente para um evento tão importante como o que ele assistiria com Fabien. Pelo amor de Deus, eles não poderiam chegar à reunião em uma caminhonete que declarava a todos a falta de elegância como aquele veículo fazia.

Se estivesse no comando das coisas – *quando* estivesse no comando, Lex mentalmente emendou – não iria a nenhuma parte sem uma caravana de veículos apropriada que formasse uma fila de elite.

Ele saiu a passos largos de seu quarto com uma raiva impaciente, ajustando a linha do casaco conforme seus polidos sapatos de couro de crocodilo brandamente repicavam através das largas tábuas do chão.

Sabia que estava bem - esse era o ponto -, mas estava muito mais acostumado ao seu antigo uniforme de serviço com botas e roupas de couro. Era um sujeito flexível, de modo que não pensava que precisaria de muito esforço para se acostumar com sua nova identidade.

Na grande sala, os dois guardas restantes da casa estavam sentados jogando cartas. Um deles deu uma olhada quando Lex entrou, a sutil elevação de sua mão não foi rápida o bastante para ocultar seu sorriso divertido.

- Essa gravata parece estar deixando você sem ar, Lex - brincou o outro guarda, rindo de sua própria piada. - É melhor afrouxar essa porcaria antes que desmaie. - Lex o fulminou com o olhar enquanto passava o dedo pela folga muito justa do colarinho de sua camisa de quinhentos dólares.

- Vá se danar, cretino. E abra a maldita porta. Meu transporte está aqui.

Quando o guarda se moveu pesadamente para cumprir a ordem, Lex se perguntou quanto tempo deveria manter aqueles dois idiotas ao seu lado. Certo, eles tinham estado ao seu lado trabalhando para seu pai todos os dias durante quase uma década, mas um homem como Lex merecia respeito. Talvez ele ensinasse a ambos uma lição quando retornasse em algumas noites da reunião do fim de semana.

Lex forçou um sorriso de boas-vindas para Fabien quando o guarda abriu a porta... mas não era Edgar Fabien quem estava ali para saudá-lo: era um Agente de Execução uniformizado acompanhado por três companheiros.

- Onde está Fabien? - exigiu Lex.

O grande Agente que estava na frente cumprimentou Lex com um breve aceno de cabeça.

- Vamos nos encontrar com o senhor Fabien em um outro lugar, senhor Yakut. Precisa de alguma coisa antes de o escoltarmos até o veículo?

Lex grunhiu, seu ego tranquilizando-se um pouco diante do tom respeitoso do Agente.

– Tenho algumas malas no quarto – disse ele com um gesto desdenhoso na direção de seu quarto. – Um de seus homens pode apanhá-las para mim.

Outra inclinação em reverência do agente que estava na frente.

– Cuidarei pessoalmente de suas coisas.

– Por aqui – disse Lex, conduzindo a escolta casa adentro, para seu quarto, pelo corredor. Uma vez dentro, parou perto da cama para mostrar as coisas que desejava levar. – Pegue a mala de roupa e a mochila de couro que está ali no chão.

Quando o Agente não se moveu para recolher as coisas, mas simplesmente ficou ali junto dele, Lex se voltou com um olhar indignado.

– Bem, que diabos está esperando, idiota?

O olhar que recebeu como resposta foi cortante e frio como uma adaga. E então Lex arrepiou-se quando, no instante seguinte, ouviu o estalar de vários disparos abafados no outro quarto. Seu sangue correu gelado por suas veias.

O Agente de Execução que estava de pé ao seu lado abriu um sorriso agradável.

– O senhor. Fabien me pediu que lhe entregasse pessoalmente uma mensagem dele, senhor Yakut.

Renata parecia cansada quando Nikolai se aproximou dela no terreno onde tinham jogado os cadáveres dos agentes que lhes tinham atacado mais cedo. Em poucas horas, o amanhecer apagaria quaisquer rastros dos vampiros, apesar de que, de qualquer forma, nada ou ninguém além da fauna local fosse notar os corpos ali, tão distante da estrada mais próxima e em uma área tão afastada da cidade.

– Jogue os uniformes e acessórios deles na parte traseira do veículo – Renata disse quando se aproximou. – As outras armas estão atrás dos assentos dianteiros. As chaves estão na ignição.

Niko assentiu com a cabeça. Depois de limpar todas as provas do ataque da Raça na garagem do apartamento, ele e Renata se apropriaram do SUV da Agência, que seus atacantes tinham sido bastante atentos para deixar estacionado na rua lateral próxima da casa de Jack.

– Está cansada? – perguntou ele ao ver a fadiga nos olhos dela. – Podemos esperar aqui e descansar um momento se precisar.

Ela balançou a cabeça.

– Quero continuar. Estamos a apenas alguns quilômetros da propriedade de Yakut.

– Sim – Niko disse. – E não estou esperando que Lex vá estender um tapete vermelho para nós quando chegarmos ali. As coisas podem ficar feias muito rapidamente. Já se passaram algumas horas desde que você bombardeou as malditas mentes desses agentes. Quanto tempo você tem antes de a reverberação começar?

– Provavelmente não muito – ela admitiu, olhando para o chão mal iluminado pela lua.

Niko levantou seu queixo e não pôde evitar acariciar a delicada linha de sua bochecha.

– Mais uma razão para darmos um tempo aqui.

Ela se separou dele, obstinada e com determinação.

– Mais uma razão para continuarmos antes que os golpes da reverberação cheguem. Descanso depois que resgatarmos Mira. – Virou-se e começou a caminhar para o veículo. – Quem dirige? Você ou eu?

– Ouça – ele disse, agarrando-lhe a mão antes que ela pudesse chegar muito longe. Aproximou-se dela e envolveu-a com seus braços fortes, contendo-a em seu abraço musculoso.

Deus, como era linda. Qualquer idiota podia apreciar a perfeição frágil e feminina de seu rosto: os olhos claros e amendoados brilhavam intensamente como pedras preciosas sob a franja colorida dos cílios, o nariz travesso, a exuberante e sexy boca, a pele leitosa que mais parecia um veludo cremoso e macio em contraste com o brilho de ébano dos cabelos. A beleza física de Renata era atordoante, impressionante, mas era sua coragem - sua honra inquebrável - que realmente acabava com Niko.

De algum modo, no pouco tempo que se viram obrigados a ficar juntos, Renata tinha se convertido em uma verdadeira parceira para ele. Ele a valorizava, confiava nela tanto quanto em qualquer um de seus irmãos na Ordem.

– Ei – ele disse, agora mais calmo, olhando fixamente para o valente e belo rosto de Renata, impressionado novamente com aquela extraordinária mulher que estava demonstrando ser uma aliada vital para ele. - Formamos uma ótima equipe lá na casa de Jack, não foi?

- Fiquei muito assustada, Nikolai - ela confessou em voz baixa. -Eles apareceram tão rápido. Eu deveria ter reagido mais rápido. Deveria ter...

- Você foi incrível. - Ele alisou uma mecha de cabelo que lhe caía sobre o rosto, colocando-a atrás da orelha. - Você é incrível, Renata. E estou muito contente de saber que posso contar com você.

Ela abriu um pequeno e quase tímido sorriso.

- Eu digo o mesmo.

Talvez não fosse o momento ideal para ele querer beijá-la, de pé ali, em um lugar esquecido por Deus na beira da autoestrada, com um rastro de sangue e morte atrás deles, e mais daquilo certamente os esperando no futuro, antes de essa aventura terminar. Mas tudo o que Nikolai desejava fazer - o que ele precisava, ali, naquele preciso momento - era sentir os lábios de Renata pressionando-se contra os seus.

Cedendo à tentação, ele inclinou-se e tomou a boca de Renata em um sensível e lento beijo. Os braços dela o rodearam, timidamente a princípio, mas suas mãos estavam quentes enquanto ela acariciava-lhe as costas largas e apertava-se contra o corpo grande de Niko, mesmo depois que o beijo já tinha terminado e ela estava com a bochecha contra o peito musculoso e definido do guerreiro.

Quando ela falou, sua voz era apenas um sussurro.

– Vamos encontrá-la, Nikolai?

Ele pressionou os lábios na testa de Renata.

– Sim, vamos.

– Você acha que ela está bem? – ela ainda perguntou.

A vacilação dele foi breve, mas suficientemente longa para que Renata saísse de seus braços. Ela franziu a sobrancelha enquanto seus olhos obscureciam-se com a dor. – Ah, meu Deus... você não acredita que ela esteja bem! Posso sentir sua dúvida, Nikolai. Acredita que algo aconteceu a Mira.

– É o vínculo de sangue o que você sente – disse ele, nem sequer perto da negação que Renata tinha lido com tanta precisão nele.

Ela estava recuando agora, seus pés arrastando-se na grama escura enquanto ela se movia para o SUV. Seu rosto tinha um olhar aflito.

– Temos que ir agora. Temos que encontrar Lex e obrigá-lo a nos dizer onde ela está!

– Renata, ainda acho que deveríamos esperar aqui um momento e descansar. Se uma nova reverberação golpeá-la...

– Foda-se a reverberação! – ela gritou, sacudindo a cabeça em um pânico crescente. – Vou para a casa de Yakut. Você pode vir comigo ou ficar, mas estou indo agora mesmo.

Ele poderia tê-la detido.

Se quisesse, poderia estar em cima dela mais rápido do que ela pudesse perceber, fisicamente a impedindo de avançar outro passo em direção ao veículo. Ele poderia colocá-la em transe com um simples gesto de sua mão e assim obrigá-la a esperar pela dor que provavelmente chegaria não muito tempo depois que estivessem no chalé.

Ele poderia ter retido o traseiro dela de alguma maneira diferente, mas, em vez disso, deu a volta pelo lado do condutor do Humvee preto antes que ela chegasse e bloqueou a entrada com seu corpo.

– Eu dirijo – disse ele, sem dar a oportunidade de discutir. – Você está ferida.

Renata o olhou por um segundo, então deu a volta e subiu no assento do carona.

Eles voltaram para a estrada e percorreram, em silêncio, a pequena distância até a propriedade arborizada de Yakut. Niko apagou os faróis enquanto se aproximava devagar. Ele estava a ponto de sugerir que saíssem e fossem até a casa a pé quando se deu conta de que algo estava errado.

– É sempre assim, tranquilo?

– Nunca – disse Renata, disparando um olhar sério. Ela alcançou uma das armas atrás do assento. Passou a correia de um fuzil automático pela cabeça e logo entregou outro a Nikolai. – Lex só ficou com dois guardas, mas não parece que haja alguém por aqui.

E, mesmo daquela distância, Niko percebeu o aroma de sangue derramado. Sangue da Raça vindo de mais de uma fonte.

– Espere aqui enquanto dou uma olhada nas coisas.

Ela lançou um olhar de insubordinação que Niko deveria ter previsto.

Ambos saíram do veículo e foram juntos para a casa principal, que estava escura. A porta da frente estava totalmente aberta. Rastros de pneus frescos marcavam no caminho de cascalho: longos, profundos rastros como um tipo de SUV de grande porte deixaria para trás.

Niko tinha a sensação de que a Agência de Execução tinha estado ali também. A casa estava completamente em silêncio, fedendo às recentes mortes dos vampiros. Ele não precisava acender as luzes para ver a carnificina. Sua aguda visão localizou os dois machos mortos no interior, ambos com tiros na cabeça.

O guerreiro guiou Renata ao redor dos cadáveres, seguindo seu olfato pela parte de trás do lugar, em direção aos aposentos privados de Yakut. Ele sabia o que encontraria ali dentro. Ainda assim, quando entrou no quarto, soltou uma maldição furiosa.

Lex estava morto.

E, com ele, sua melhor esperança de localizar Edgar Fabien naquela noite.

# Capítulo 24

A respiração de Renata parou diante da maldição que Nikolai murmurou. Ela alcançou o interruptor ao lado da porta entreaberta do quarto de Yakut e lentamente acendeu a luz.

Ficou sem palavras enquanto olhava o corpo sem vida de Lex, seus olhos vazios e nublados pela morte, três grandes buracos de bala em sua cabeça. Ela queria gritar. Santo Deus, ela queria cair de joelhos, passar as mãos pelo cabelo e arranhar as paredes - não de dor ou estupefação, mas tomada de completa ira.

Mas seus pulmões estavam constritos em seu peito.

Seus membros estavam sem força, braços e pernas pesados demais para os mover.

A esperança que ela estivera cultivando – mesmo que pequena - de que eles poderiam chegar ali e conseguir uma sólida pista sobre a localização de Mira escorreu para fora de seu corpo como o sangue de Lex - que escorria entre os ladrilhos do chão do quarto de seu pai.

- Renata, encontraremos outra maneira – disse Nikolai de algum lugar próximo a ela. O guerreiro inclinou-se sobre o corpo de Lex e tirou um telefone celular do bolso do casaco e apertou algumas teclas. – Temos o histórico de chamadas de Lex agora. Um desses números deve ser o de Fabien. Vou entrar em contato com Gideon e pedir que ele os rastreie. Vamos encontrar o maldito muito em breve. Vamos pegá-lo, Renata.

Mas ela não pôde responder; faltavam-lhe palavras para tanto. Virou-se lentamente e caminhou para fora do quarto, apenas consciente de que seus pés se moviam. Perambulou pela escuridão da propriedade, passou pelos corpos jogados na grande sala e no vestíbulo. Estava insegura sobre para onde ir, anestesiada ainda, quando se viu no minúsculo quarto onde Mira dormia.

A pequena cama estava exatamente como ela a havia deixado, como se esperasse que sua ocupante voltasse. Sobre a baixa mesinha de cabeceira, havia uma flor silvestre que Mira tinha recolhido no começo da semana, em uma das poucas vezes que Sergei Yakut tinha-lhe permitido aventurar-se do lado de fora. A flor de Mira estava murcha, as frágeis pétalas brancas caíam sem vida, o caule verde tão murcho como um barbante.

– Ah, meu doce ratinho – Renata sussurrou no quarto escuro e vazio. – Sinto muito... Lamento não ter estado aqui a tempo...

– Renata – Nikolai permanecia de pé, do lado de fora do quarto. – Renata, não faça isso a você mesma. Você não tem culpa. E isso ainda não acabou.

A profunda voz do macho da Raça era tranquilizadora. E era confortável apenas ouvi-la e saber que ele estava ali, com ela. Ela precisava daquela tranquilidade, mas como não a merecia, Renata se recusou a correr para os braços fortes de Niko como tão desesperadamente queria fazer. Permaneceu onde estava, rígida e imóvel, desejando poder voltar no tempo e reparar todas as suas falhas.

Ela não podia permanecer naquele lugar mais um minuto sequer. Havia muitas lembranças sombrias ali.

Muita morte ao redor dela.

Renata deixou que a flor morta caísse de seus dedos sobre a cama. Então, deu a volta em direção à porta.

– Tenho que sair deste lugar – murmurou, a culpa e a angústia retorcendo-se em seu peito. – Não posso... Estou asfixiando aqui... não consigo... respirar.

Ela não esperou que ele respondesse – não podia esperar ali, nem um minuto mais. Empurrando-o, correu loucamente do quarto de Mira afora. E não parou até que seus pés a levaram para a parte de trás da construção principal, dentro do bosque ao redor. Ainda assim seus pulmões se retorciam como se tivessem sido esmagados por um caminhão.

Atrás de seu crânio, Renata pôde sentir uma dor de cabeça florescendo. Sua pele ainda não doía, mas ela estava ficando cansada até os ossos e sabia que não levaria muito tempo antes que o cansaço a nocauteasse. Pelo menos seu ombro estava decente. A ferida do disparo ainda estava ali, havia ainda uma profunda pulsação em seus músculos, mas o sangue de Nikolai tinha feito algum tipo de mágica na infecção.

Renata se sentiu o suficientemente forte quando deu uma olhada e viu o celeiro fechado – o edifício anexo onde ela e tantos outros tinham sido presos para servirem de isca para o doentio esporte de sangue de Yakut – ela não pensou duas vezes em saltar e pegar o rifle preso em suas costas. Disparou no pesado ferrolho até que ele rompesse e caísse no chão. Então, abriu a porta e disparou mais tiros dentro do grande refúgio, pontilhando as paredes e as vigas com uma saraivada de balas.

Ela não soltou o gatilho até que o carregador estivesse vazio e sua garganta seca por causa dos gritos. Seus ombros pesavam, seu peito pulsava inquieto.

– Eu devia estar aqui – ela disse, ouvindo Nikolai aproximar-se dela por trás. – Quando Lex a jogou nos braços de Fabien, eu deveria tê-lo detido. Deveria estar lá por Mira. Em vez disso, eu estava na cama, muito fraca e... inútil.

Ele fez um pequeno ruído, um rechaço sem palavras àquela culpa.

– Você não podia saber que ela estava correndo perigo. Não podia evitar nada do que aconteceu, Renata.

– Eu nunca deveria ter abandonado a casa! – ela gritou, o próprio desprezo queimando-lhe por dentro. – Fugi, quando deveria ter ficado lá o tempo todo e feito Lex me dizer onde ela estava.

– Você não fugiu. Foi pedir ajuda. E se não o tivesse feito, eu estaria morto. – Os passos dele aproximavam-se, vindo com cuidado atrás dela. – Se tivesse ficado aqui todo esse tempo, Renata, então teria morrido com Lex e os outros guardas. O que aconteceu aqui foi um plano executado a sangue frio. E tem a assinatura de Fabien.

Nikolai tinha razão. Ela sabia que aquele macho tinha razão em tudo. Mas isso não fazia doer menos.

Renata olhava fixamente, muito embora sem ver, o abismo cheio de pólvora do celeiro.

– Temos que voltar para a cidade e começar a procurá-la. Porta a porta, se for necessário.

– Sei o que sente – disse Nikolai. Ele tocou-lhe a nuca e ela se obrigou a afastar-se daquela ternura quente. – Maldição, Renata, você não acredita que se eu achasse que chutar todas as portas daqui até Old Port nos levaria a Fabien eu não estaria contigo? Mas isso não vai nos ajudar em nada. Especialmente não com o amanhecer só daqui a algumas horas.

Ela agitou a cabeça.

– Não preciso me preocupar com a luz do dia. Posso voltar para a cidade por mim mesma.

– O inferno que vai. – As mãos dele estavam brutas quando a fez girar para olhá-lo no rosto.

Seus olhos tinham um brilho âmbar e uma emoção que parecia notavelmente ser medo, inclusive na escuridão.

– Você não vai a lugar nenhum perto de Fabien sem mim. – Ele acariciou-lhe a sobrancelha, seus ferozes olhos queimando dentro dos dela. – Estamos juntos nisso, Renata. Sabe disso, não sabe? Sabe que pode confiar em mim?

Ela olhou fixamente o rosto de Nikolai e sentiu uma emoção que começava a crescer dentro de si, e era como se aquela emoção se elevasse como uma enorme onda que não podia fazer recuar mesmo se tentasse. As lágrimas correram-lhe pelos olhos, alagando-os. Antes que pudesse parar, ela estava esfregando os olhos como se um dique tivesse arrebentado dentro dela, derramando velozmente todas as demasiadas feridas que lhe marcaram durante sua vida – toda a dor e todo o vazio de sua completa existência – em soluços grandes e pesados.

Nikolai a tomou nos braços e a apertou perto de si. Ele não tentou fazer com que suas lágrimas parassem. Não a alimentou com suaves mentiras para fazê-la se sentir melhor. Ou com falsas promessas para acomodar seu desespero.

Ele apenas a segurou perto de si, protegendo-a com seu corpo grande e masculino, entre seus braços musculosos.

Sustentou-a, fazendo-a sentir que ele a entendia. Que ela não estava sozinha e que, possivelmente, de alguma maneira, ela merecia ser amada.

Agarrou-a, levantando-a em seus braços, e começou a se afastar do celeiro.

– Vamos procurar um lugar para que descanse um pouco – disse ele, sua relaxante voz vibrando em seu peito, vibrando contra ela enquanto ela se agarrava nele como a uma âncora em um porto seguro.

– Não posso voltar para a casa, Nikolai. Não vou ficar lá.

– Eu sei – ele murmurou, entrando mais no bosque. – Tenho outra ideia.

Ele a deixou sobre um leito de folhas secas entre dois altos pinheiros. Renata não sabia o que esperar, mas nunca teria imaginado do que seria testemunha nos momentos seguintes.

Nikolai ajoelhou-se junto dela e relaxou os braços, o queixo abaixado, o enorme e musculoso corpo em um estado de tranquila concentração. Renata sentiu a energia ao redor deles ranger. Ela sentiu o aroma da terra rica e fértil, o aroma do bosque depois de uma tempestade. Uma brisa cálida fazia cócegas em sua nuca enquanto Nikolai pousava as pontas dos dedos sobre o chão ao lado de si.

Houve um tranquilo sussurro de movimento na grama próxima - um sussurro de vida. Renata viu algo serpentear sob as mãos de Nikolai e não pôde evitar ofegar assombrada quando se deu conta do que estava vendo.

Pequenas videiras, disparando através do chão, correndo para os pinheiros gêmeos a cada lado dela.

– Ah, meu Deus! – murmurou ela, encantada. – Nikolai... O que está acontecendo aqui?

– Está tudo bem – disse ele, olhando as videiras, dando a elas ordens, por mais difícil que fosse acreditar.

Os talos faziam espirais ao redor dos troncos das árvores e escalavam mais alto, enchendo-os com folhas que multiplicavam exponencialmente enquanto Renata olhava estarrecida. Por cima de sua cabeça, a cerca de dois metros e meio de altura, as videiras saltavam e preenchiam o espaço entre os pinheiros. Retorciam-se juntas, então enviavam vegetação, criando um vívido dossel que se estendia por todo o caminho até o chão onde Renata e Nikolai estavam sentados.

– Você está fazendo isso? – perguntou ela, incrédula.

Ele assentiu, mas manteve sua concentração, mais e mais folhas desdobrando-se sobre as videiras. Grossas paredes de fragrante aroma formavam um refúgio ao redor deles, a exuberante folhagem intercalada com diminutas flores brancas como aquela que Renata tinha encontrado no quarto de Mira.

– Está bem... Como você está fazendo isso?

O rangido de plantas crescendo parou e Nikolai lançou um olhar despreocupado sobre ela.

– Presente de minha mãe, herdado por seus dois filhos.

– Quem é sua mãe? A Mãe Natureza? – disse Renata, rindo, surpreendida apesar de saber que as belas flores e videiras eram apenas um véu temporário. Do lado de fora daquele castelo natural, todo o horror e a violência ainda existiam.

Nikolai sorriu e agitou a cabeça.

– Minha mãe era uma Companheira de Raça, como você. O seu dom é o poder da mente, este era o dom de minha mãe.

– É incrível! – Renata passou sua mão sobre as frescas folhas e delicadas pétalas. – Deus, Nikolai, sua habilidade é... Dizer que é surpreendente nem sequer chega perto.

Ele deu de ombros.

– Nunca a usei muito. Dê-me um espaço cheio de buracos ou uns blocos de C-4 qualquer dia. Então mostrarei algo surpreendente.

Ele estava se gabando, mas ela sentia que sua lábia ocultava algo mais sombrio.

– E seu irmão?

– O que tem ele?

– Você disse que também pode fazer isso?

– Ele podia, sim – disse Nikolai, as palavras soando quase ocas. – Dimitri era mais jovem que eu. Está morto. Aconteceu faz muito tempo, na Rússia.

Renata estremeceu.

– Sinto muito.

Niko assentiu, arrancou uma folha da massa de vegetação e a despedaçou.

– Ele era um garoto, um garoto muito bom. Ele era algumas décadas mais jovem que eu. Estava acostumado a me seguir como um maldito cachorrinho, querendo fazer tudo o que eu fazia. Eu não tinha muito tempo para ele. Eu gostava de viver no limite, acho até que ainda gosto. De qualquer modo, Dimitri meteu na cabeça que precisava me impressionar – Niko exalou uma maldição afogada. – Garoto estúpido. Ele faria qualquer coisa para que eu notasse sua presença, entende? Para me ouvir dizer que o via, que estava orgulhoso dele.

Renata o olhou na escuridão, vendo a mesma culpa que ela sentia quando pensava em Mira, o mesmo terror, a mesma condenação interior pelo fato de a menina estar em grave perigo - ou até já estar morta –, tudo porque alguém em quem eles confiavam tinha falhado.

Nikolai conhecia aquela tortura. Ele mesmo a tinha vivido.

– O que aconteceu com Dimitri? – Renata perguntou com cuidado. Ela não queria abrir velhas feridas, mas precisava saber. E podia ver que Nikolai carregava aquela dor há muito tempo. – Pode me contar, Nikolai. O que aconteceu com seu irmão?

– Ele não era como eu – disse, as palavras contemplativas, como se ele se afundasse em sua história. – Dimitri era inteligente, um aluno exemplar. Amava os livros e a filosofia, adorava destrinchar as coisas, descobrir como funcionava tudo ao seu redor e depois juntá-las de novo. Era brilhante, verdadeiramente superdotado, mas queria ser como eu.

– E como era você então?

– Selvagem – disse, mais como um epíteto do que como uma ostentação. – Sou o primeiro a admitir. Sempre fui um pouco temerário, sem me preocupar onde eu terminaria amanhã enquanto estivesse passando um bom momento hoje. Dimitri gostava da contemplação, eu gostava da adrenalina. Ele gostava de juntar as coisas; eu, de quebrá-las.

– Foi por isso que você se uniu à Ordem? Pela adrenalina da luta?

– Esse é parcialmente o motivo, sim – ele colocou os cotovelos sobre os joelhos e olhou o chão. – Depois do assassinato de Dimitri, eu tinha de me afastar. Culpei-me pelo que aconteceu. Deixei meu país e fui para os Estados Unidos. Juntei-me a Lucan e aos outros em Boston não muito tempo depois disso.

Ela não deixou de lado o fato de que ele havia dito que seu irmão tinha sido assassinado, não meramente morto.

– O que aconteceu, Nikolai?

Ele exalou um longo suspiro.

– Eu tinha problemas com um idiota do Refúgio da Ucrânia. Chegamos a sair no braço várias vezes, principalmente por causa do tédio. Mas uma noite, Dimitri ouviu aquele chupa-sangue em um botequim falando asneiras sobre mim e decidiu chamar sua atenção. Dimitri tirou uma faca e cortou o cara diante de seus amigos. Foi um golpe de sorte – ele não era bom com armas. De todo modo, aquilo encheu o saco do bastardo e, dois minutos depois, meu irmão estava no meio de uma poça de seu próprio sangue, com a cabeça separada do corpo.

– Ah, Jesus! – Renata disse com a respiração entrecortada, sentindo uma dor em seu coração. – Sinto muito, Nikolai.

– Eu também – deu de ombros. – Depois, saí e persegui o assassino de Dimitri. Arranquei a cabeça dele e a levei para meus pais como desculpas. Eles me desprezaram, disseram que deveria ter sido eu, não D. E eu não podia culpá-los por conta isso. Diabos, eles tinham razão, afinal de contas. Então, fugi e nunca mais olhei para trás.

– Sinto muito, Nikolai.

Ela não sabia mais o que dizer. Tinha pouca experiência em oferecer consolo, e mesmo que tivesse, não estava segura de que Niko quisesse ou necessitasse daquilo. Como um homem repentinamente desconfortável em sua própria pele, Nikolai ficou calado durante um longo momento.

Ele limpou a garganta, passou a mão pelos cabelos e ficou em pé.

– Acho que devo sair e dar outra olhada na casa. Você ficará bem sozinha aqui durante alguns minutos?

– Sim. Estou bem.

Ele a olhou fixamente, procurando seu rosto. Ela não sabia o que queria que dissesse, mas o olhar em seus olhos parecia indecifrável.

– Sente-se bem? Algum sinal da reverberação?

Renata deu de ombros.

– Um pouco, mas não muito forte.

– E seu ombro?

– Bem – disse ela, flexionando o braço esquerdo para mostrar que já não sentia dor. – Está muito melhor agora.

Um silêncio longo e estranho se estendeu entre eles, como se nenhum dos dois soubesse como superá-lo ou fazer a coisa mais fácil e deixá-lo durar. Foi assim até que Nikolai começou a separar algumas das grossas videiras para sair e Renata estendeu a mão para tocá-lo.

– Nikolai... Eu, hum... queria agradecê-lo – disse ela, consciente do fato de que, embora ele tenha parado, ela continuava com a mão em seu braço. – Preciso agradecê-lo... por me dar seu sangue hoje.

Ele girou para ela, fazendo um leve movimento de cabeça.

– A gratidão é agradável, mas não é necessária. Se nossas situações estivessem invertidas, sei que teria feito o mesmo por mim.

Ela o teria feito, sim; Renata podia dizer isso sem a menor dúvida. Aquele homem, um estranho há menos de uma semana - um guerreiro que também era um vampiro – e agora tinha se tornado seu mais confiável e íntimo amigo. Se fosse honesta consigo mesma, teria de admitir que Nikolai ia além disso, isso mesmo antes de ter compartilhado seu sangue com ela. Inclusive antes do sexo que ainda lhe fazia os pés se retorcerem só de lembrar.

– Não estou segura de como fazer isso... – Renata elevou o olhar para ele, lutando com as palavras, mas precisando dizê-las. – Não estou acostumada a contar com ninguém. Não sei como estar com alguém. Não é algo que eu tenha feito antes, e só... sinto como se tudo que pensei que sabia, todas as coisas que uma vez me ajudaram a sobreviver agora fugissem de mim. Estou à deriva... estou aterrada. – Nikolai acariciou-lhe a bochecha em chamas e, então, deu-lhe um abraço.

– Você está segura – disse carinhosamente ao pé da orelha dela. – Estou com você e vou protegê-la.

Ela não se deu conta do quanto precisava ouvir aquelas palavras até que Nikolai as dissesse. Ela não sabia quanto ele morria de alegria por ter seus braços ao redor dela ou quanto ansiava seu beijo até que

Nikolai se aproximou mais e colocou a boca sobre a dela. Renata o beijou despreocupada, deixando-se levar pelo momento porque Nikolai estava com ela, sustentando-a, dando-lhe segurança. Seu beijo cresceu mais apaixonado, ele a inclinou sobre a terra almofadada do refúgio íntimo. Renata sentiu o peso do corpo musculoso dele sobre ela, as mãos grandes e quentes dele acariciando a pele cremosa dela. E sob sua camiseta larga, ele começou a passar os dedos pelo estômago e pelos seios já intumecidos da mulher.

Com as presas, tocou-lhe leve e infantilmente os lábios enquanto os separava para beijá-la. Os olhos dele brilhavam como brasas sob as pálpebras, e ela não precisava ver seu rosto transformado para saber que ele a queria. A rígida evidência disso apertava-se insistentemente contra seu quadril. Ela moveu as mãos pela coluna dele e ele gemeu, sua pélvis golpeando-a com um reflexivo empurrão.

Seu nome foi um gemido gutural enquanto ele movia a boca sob seu queixo e por seu pescoço. Ele arrancou a camiseta dela e Renata arqueou as costas para receber seus lábios enquanto ele descia sobre seus seios nus e pela suave planície de sua barriga. Ela estava perdida no prazer daquele beijo selvagem. Sentindo o calor da pele dele contra a sua.

Com dedos hábeis, ele desabotoou o jeans dela, deslizando-o pelas coxas. Sua boca seguiu o progresso, queimando-a do quadril até o tornozelo enquanto separava suas pernas e empurrava sua calcinha para um lado. Ela gritou quando ele se inclinou entre suas coxas e sugou-lhe o sexo, língua e presas levando-a a um delicioso tormento.

– Ah! Deus! – ofegou ela, seus quadris elevando-se do chão enquanto ele enterrava a boca em seu sexo umedecido.

Ela não soube como conseguiu, mas um momento mais tarde ele também estava nu. Deitou-se sobre ela, mais do que simplesmente um homem. E a mulher dentro de Renata estremeceu de desejo. Ela abriu as pernas para ele, ansiosa por senti-lo dentro de si, preenchendo o vazio com força e calor.

– Por favor... – ela gemeu, ofegando de necessidade.

E ele não a fez pedir duas vezes.

Movendo-se para cobri-la, Nikolai colocou os joelhos entre suas pernas e a abriu debaixo de si. A cabeça de seu pênis golpeou a fenda lisa do sexo dela e, em seguida, mergulhou longa, lenta e profundamente.

O grunhido dele enquanto se afundava dentro dela era feroz, um eco de trovões em seus ossos e sangue. Começou a empurrar lentamente, embora fosse claro que a paciência era uma tortura. Renata podia sentir a intensidade de sua fome por ela, a profundidade de seu prazer enquanto ela embainhava o mastro dele da cabeça aos testículos.

– Você é tão boa – ele murmurou entre os dentes enquanto se retirava para começar de novo, mais fundo que antes. Empurrou forte, estremecendo com o esforço. – Oh! Renata... Sinto-me tão bem.

Ela uniu os tornozelos ao redor das costas largas dele enquanto ele movia-se em um ritmo mais frenético.

– Mais forte – sussurrou ela, querendo sentir que ele acabava com seus medos, um martelo que esmagava toda sua culpa, dor e solidão. – Ah! Nikolai... Entre mais forte em mim.

O grunhido dele em resposta soou tão entusiasta quanto selvagem. Deslizando seu braço por baixo dela, inclinando-a para encontrar suas carícias, conduzindo-a com toda a ira que ela tão desesperadamente necessitava. Varreu-lhe a boca com um beijo febril, contendo o grito enquanto seu clímax rugia sobre ela como uma tormenta. Renata tremeu e estremeceu, agarrando-o enquanto ele continuava empurrando-se para dentro dela, cada músculo de suas costas e ombros ficando tão duros quanto pedras de granito.

– Ah! – gemeu entre os dentes e presas, seus quadris movendo-se de forma rápida e frenética contra ela em um rápido e temerário ritmo que era maravilhosamente bom, cheio de vida e repleto de alegria.

O grito de liberação dele ecoou na voz de Renata enquanto ela voltava novamente, aferrando-se contra ele e se perdendo naquele delicioso novo sentimento de despreocupação.

Ela estava à deriva, mas naquele momento não sentia medo. Estava a salvo com aquele macho selvagem e audacioso; ela acreditava verdadeiramente nisso. Confiava em Nikolai com seu corpo e com sua vida. Enquanto permanecia ali com ele enfiado entre suas pernas, em uma postura íntima, não era tão difícil imaginar que ela também pudesse confiar nele com seu coração. Que ela podia, de fato, estar se apaixonando por ele.

A batida foi insistente – um frenético bater na porta de carvalho do Refúgio de Andreas Reichen, em Berlim.

– Andreas, por favor! Está aí? É Helene. Tenho que vê-lo!

Era mais de 4 horas da manhã, um breve momento antes que o sol aparecesse sobre o horizonte e apenas uns poucos permaneciam acordados na casa. O resto dos familiares de Reichen – cerca de uma dúzia deles, jovens homens da Raça e casais com crianças pequenas, algumas delas recém-nascidas – já tinham começado a ir para a cama.

– Andreas? Alguém? – outra série de golpes cheios de pânico, seguidos por um grito apavorado. – Olá! Alguém, por favor... deixem-me entrar!

Dentro da mansão, um homem da Raça saiu da cozinha, onde estava esquentando um copo de leite para sua companheira que o esperava no andar de cima com seu exigente bebê. O macho conhecia a humana que estava na porta. A maioria do Refúgio a conhecia, e Andreas tinha deixado claro que Helene era sempre bem-vinda em sua casa. Ter chegado sem avisar naquela hora tardia, e enquanto Andreas estava longe em negócios particulares durante duas noites, era estranho. Mais estranho ainda era o fato de que a controlada mulher estivesse tão assustada.

Cheio de preocupação pelo que podia ter ocorrido à companheira humana de Andreas, o homem do Refúgio deixou o leite e correu pelo chão de mármore do vestíbulo, sua roupa de banho voando atrás dele como a vela de uma embarcação pirata.

– Já vou – gritou, elevando a voz para ser ouvido entre os golpes incessantes e as súplicas chorosas de Helene do outro lado da porta.

Os dedos do macho voaram sobre o teclado do sistema de segurança da mansão.

– Um momento! Estou aqui, Helene. Vai ficar tudo bem.

Quando a luz eletrônica piscou para indicar que os sensores estavam desabilitados, ele tirou os ferrolhos e abriu a porta.

– Ah! Graças a Deus! – Helene correu para ele, com a maquiagem borrada e manchas negras cobrindo-lhe as bochechas. Estava pálida e trêmula; seus olhos, habitualmente ardilosos, pareciam de algum modo vazios enquanto ela fazia uma rápida verificação do vestíbulo.

– Andreas... onde está ele?

– Foi a Hamburgo a negócios. Voltará amanhã à noite. Mas você é bem-vinda aqui – recuou para dar espaço e deixar que entrasse na mansão. – Entre, Helene. Andreas não gostaria que a rejeitássemos.

– Não – disse ela de um jeito débil. – Sei que ele nunca me rejeitaria.

Entrou no vestíbulo e pareceu instantaneamente mais calma.

– Eles sabiam que ele nunca me rejeitaria...

Foi nesse momento que o jovem do Refúgio se deu conta de que Helene não estava sozinha. Atrás dela, apressando-se antes que pudesse fazer algo mais do que gritar em alerta, havia uma equipe de Agentes da lei pesadamente armados vestidos de preto da cabeça aos pés.

Ele virou a cabeça para olhar Helene incrédulo. Com completo horror.

– Por quê? – perguntou, mas a resposta estava em seus olhos vazios.

Alguém tinha conseguido controlá-la. Alguém muito poderoso.

Alguém que tinha convertido Helene em uma Subordinada – uma escrava de sangue.

O pensamento se registrou antes que o primeiro disparo o golpeasse. Ele ouviu carregadores sendo disparados, ouviu os gritos de sua família enquanto todo o Refúgio despertava com terror.

Mas, então, outra bala golpeou seu crânio e seu mundo e tudo nele se tornou silencioso e escuro.

# Capítulo 25

Nikolai sentou-se dentro do abrigo feito de videiras e assistiu a um único raio de luz atravessar as folhas e iluminar os cabelos escuros de Renata enquanto ela dormia. A luz ultravioleta era tóxica para sua espécie – letal após meia hora de exposição contínua - mas ele não resistiu ao desejo de deixar aquele raio de luz entrar pelo pequeno buraco na vegetação. Nos últimos minutos, ele tinha permanecido sentado junto de Renata observando-a, admirando-a, muito intrigado com a forma como a luz cobria-lhe os cabelos de ébano, penetrando-lhe os fios de seda e colorindo-os com uma dúzia de tons diferentes: cobre, bronze e vermelho.

*Que diabos havia de errado com ele?*

Ele estava sentado lá, olhando os cabelos de Renata, pelo amor de Deus! Não apenas olhando, mas olhando-os com total fascinação. Para Niko, isso indicava uma de duas coisas preocupantes: ele devia considerar muito seriamente ter algumas aulas com o famoso cabeleireiro inglês Vidal Sassoon ou estava completamente perdido de amor por aquela mulher.

Perdido tanto quanto no passado, eternamente tomado por outra pessoa. Em algum lugar, de algum jeito, ele se deixou apaixonar por ela.

Isso explicava o porquê de ele não conseguir manter as mãos - e outras partes maiores e mais pulsantes de seu corpo - longe dela.

Explicava também o motivo pelo qual tinha passado toda a noite – com exceção da ida rápida à casa de Yakut antes do amanhecer – deitado junto de Renata, sustentando-a em seus braços fortes.

E, se ele precisava de alguma explicação do motivo de seu peito ter ficado tão apertado e tão pesado quando ela começou a chorar na noite anterior, ou por que havia se sentido obrigado a compartilhar com ela seu sentimento de culpa pela perda de Dimitri há tantos anos, ele supôs que estar apaixonado faria sentido.

Por mais que tentasse convencê-la de que ela estava a salvo com ele, Nikolai se sentia a salvo com ela também. Confiava nela plenamente. Mataria para protegê-la, morreria por ela sem hesitar nem por um segundo. Ela podia não fazer parte de sua vida há muito tempo, mas ele já não se imaginava sem ela.

*Ah! Merda. Ele realmente tinha se apaixonado por Renata.*

– Mas... que... maravilha! – murmurou, fazendo uma careta quando ela se agitou por causa do som de sua voz.

Ela abriu os olhos e sorriu quando o viu sentado ali.

– Olá!

– Bom dia – disse, casualmente alcançando um ramo de videira para fechar o abrigo e deixar do lado de fora os resquícios do raio de sol.

Ele achou o espreguiçar felino dela mais fascinante ainda do que os cabelos. Estava usando a mesma camisa de algodão da noite anterior, a metade dos botões espalhados pelo chão do abrigo natural. A grande camisa estava aberta da metade para baixo, mal cobrindo a nudez de sua fenda. Por ele, sem problemas.

– Como se sente?

Ela pareceu refletir por um segundo, depois olhou para ele com a testa franzida.

– Sinto-me realmente bem. Quero dizer, ontem à noite foi... – ruborizou, uma doce cor rosada preencheu-lhe as bochechas. – Ontem à noite foi incrível, mas pensei que ficaria fora de combate por causa da reverberação. Não entendo... nunca aconteceu nada assim. Quero dizer, tive um pouquinho de dor, mas pelo ataque na casa de Jack, eu devia estar agonizando a noite toda.

– Isso nunca aconteceu antes?

Ela sacudiu sua cabeça.

– Nunca. Cada vez que usava minha habilidade, o efeito retornava.

– Mas ontem à noite não.

– Não, ontem à noite não – ela disse. – Nunca me senti melhor.

Niko talvez pudesse ter feito uma brincadeira sobre os efeitos milagrosos de suas proezas sexuais, mas ele sabia que era um tipo de magia o que fizera Renata suportar o efeito da reverberação.

– Você bebeu de meu sangue ontem. Essa foi a diferença.

– Você acha que seu sangue ajudou não apenas a curar meu ombro, mas também com as reverberações? É possível?

– É definitivamente uma possibilidade. Uma Companheira de Raça que bebe regularmente o sangue de um vampiro se torna muito mais forte do que seria sem ele. O envelhecimento desacelera até ao passo de tartaruga. As células do corpo, os músculos e todo o metabolismo atinge um estado físico visivelmente saudável. E, sim, muitas vezes o sangue de um companheiro também tem impacto na habilidade psíquica das fêmeas.

– Por isso Sergei nunca me deixou beber dele – Renata disse, sua mente veloz para chegar à mesma conclusão a que Niko havia chegado. – Ele não fazia segredo de que gostava que meu poder fosse limitado. Nas vezes que tentei golpeá-lo, nunca pude manter a rajada o tempo suficiente para derrubá-lo. E, no final, o esforço sempre me custava caro demais quando retornava.

– Sergei Yakut era Primeira Geração – Niko recordou. – O sangue dele em seu sistema poderia torná-la praticamente invencível.

Renata zombou em voz baixa.

– Só um grilhão a mais para mim. Ele devia saber que eu o mataria se tivesse a menor esperança de êxito – ficou em silêncio durante um minuto, com os braços cruzados. Depois, arrancou uma fibra de erva do chão do abrigo improvisado. – Tentei matá-lo... no dia em que Mira e eu fugimos juntas. Naquele dia, ele queimou minhas costas com ferro quente. Fez outras coisas também.

Nikolai não tinha que perguntar mais sobre o que ela tinha sofrido. As cicatrizes das queimaduras em suas costas eram atrozes, mas pensar no castigo de Yakut era pior... O sangue de Niko fervia de indignação. O guerreiro, então, colocou a mão sobre a mão dela.

– Sinto muito, Renata.

Ela lançou um firme olhar que não procurava simpatia.

– Sua misericórdia foi a de não ter forçado Mira a assistir tudo o que me fez. Mas Sergei me disse que se ela ou eu tentássemos escapar outra vez, Mira pagaria da mesma forma que eu. Prometeu que seria pior para ela, e eu sabia que ele estava falando sério... Então, fiquei quieta. Eu o obedecia e a cada hora de cada dia rezava por um milagre que eliminasse Sergei Yakut de minha vida – parou, acariciando-lhe o rosto masculino. – E então você chegou e tudo mudou. Suponho que em muitos sentidos, você é meu milagre.

Nikolai segurou-lhe a mão e depositou um beijo no centro de sua palma.

– Ambos somos afortunados.

– Alegra-me que Sergei esteja morto – confessou ela, brandamente.

– Ele devia ter sofrido mais – disse Niko, sem tentar ocultar o tom obscuro de sua voz grossa. – Mas já morreu. E é o que importa.

Renata assentiu.

– E agora Lex também está morto. Os guardas de Yakut... Todos eles estão mortos.

– A essa hora da manhã, ele e os outros na propriedade não passam de um monte de cinzas – Niko disse ao esticar-se para colocar os cabelos negros e brilhantes de Renata atrás da orelha. – Depois que você dormiu ontem à noite, eu retornei lá e abri todas as persianas para que a luz do sol entrasse. Também liguei para Boston para dar os números que estavam no celular de Lex. Gideon entrará em contato quando tiver feito o rastreamento para nos dar os detalhes.

Outro assentimento, sua voz suave tinha um tom de esperança.

– Está bem.

– Enquanto estava lá, trouxe algo que pensei que pudesse precisar.

Inclinou-se para o monte de armas e outros instrumentos que havia recolhido e pegou o pacote de seda e veludo que pertencia a Renata.

– Minhas adagas! – ela disse, seu rosto iluminando-se de alegria quando pegou o pacote nas mãos. Desatou o laço que prendia as armas e desenrolou todo o veludo que cobria as quatro adagas com gravuras personalizadas. – Jack me deu isso...

– Eu sei. Ele me disse que as havia feito para você como um presente. Disse-me que não estava certo de que você as tivesse guardado.

– Elas são muito importantes para mim – murmurou, seguindo o lavrado do punho com a ponta do dedo.

– Eu disse que você ainda as tinha e ele alegrou-se ao escutar quanto elas significam para você.

O olhar cheio de gratidão de Renata banhou o macho da Raça.

– Nikolai... Obrigada por fazer isso pelo Jack. E por me devolver essas adagas. Obrigada mesmo.

Ela se aproximou dele e o beijou. A suave pressão de seus lábios foi algo profundo. Nikolai segurou-lhe o rosto entre as mãos, acariciando-lhe a mandíbula com os polegares grandes, percorrendo o delicado ângulo das maçãs do rosto. Ela abriu a boca enquanto a língua dele percorria a abertura úmida de seus lábios e soltou um doce gemidinho quando ele entrou dentro dela.

As presas dele se estenderam pontudas pela luxúria que corria nele como lava. Entre as pernas, seu sexo era já uma coluna de granito, aceso imediatamente diante da ideia de ter Renata debaixo de si. Quando a mão dela escorregou para baixo, ultrapassando a cintura da calça para tocá-lo, seu membro ereto e ávido saltou, crescendo mais e mais sob o calor da palma da mão de Renata enquanto ela o acariciava.

– Que horas são? – murmurou ela contra a boca febril dele.

Ele grunhiu, muito absorto em suas deliciosas carícias para processar imediatamente aquela pergunta. Através de sua respiração entrecortada, conseguiu responder.

- É cedo. Provavelmente por volta das nove.

- Bem, caramba, acho que é muito cedo - ela murmurou, separando sua boca da dele e deixando um rastro de beijos ao longo da garganta e do pomo-de-adão. - Não pode sair na luz do sol, não é mesmo?

- Não.

- Humm – os lábios úmidos dela desceram sobre o peito nu e suado dele. Ele recostou-se sobre os cotovelos enquanto ela seguia o contorno dos glifos com a ponta rosada de sua língua sapeca, percorrendo os arcos e redemoinhos ao redor de seus mamilos e através do seu tórax. Quando falou, sua voz vibrou em todos os ossos de Niko:

- Então, suponho que isso significa que estamos presos aqui por um tempo, não é?

- Sim. - A palavra saiu ofegante. O beijo dela viajou devagar para baixo, além do umbigo do macho da Raça, seguindo as linhas dos dermoglifos, em direção à parte do corpo dele que palpitava pela necessidade de sentir os lábios úmidos e quentes dela apertando-se ao seu redor. - Suponho que estamos presos aqui até de noite.

- Hum hum.

Ela prendeu o cordão das calças dele entre os dentes e deu um forte puxão. O nó caiu solto e então ela baixou as calças o suficiente para fazer a cabeça enorme do membro dele despontar ansiosa. Ela o lambeu, observando o rosto de Niko enquanto desenhava redemoinhos com a língua diabólica ao redor da carne e sugava uma gota do fluido viscoso que brotava ali.

– Ah!

– Então... – ela murmurou, seu fôlego flutuando através da pele umedecida pelo suor dele, atormentando-o ainda mais. – O que vamos fazer aqui o dia todo enquanto esperamos a noite chegar?

Niko riu.

– Querida, posso pensar em umas cem coisas que eu gostaria de fazer contigo.

Ela sorriu desafiante.

– Apenas cem?

Antes que ele pudesse lhe dar uma resposta inteligente, ela envolveu o pênis dele com os lábios e o tomou profundamente dentro da boca. E enquanto o corpo de Niko explodia de prazer, ele se viu rezando para que o tempo e os dias a sós com aquela incrível mulher – *sua mulher* – pudessem se estender para sempre.

# Capítulo 26

Renata caminhou para a porta de trás da propriedade de Yakut e parou na soleira. Ela havia deixado Nikolai no refúgio de videiras quando decidiu que sua necessidade de um banho, de uma ducha quente e de roupas limpas que realmente coubessem nela eram maiores do que sua resistência em jamais colocar novamente os pés na casa de Sergei Yakut.

Agora ela duvidava. No início da tarde, o sol era uma presença alentadora, mas no lado de dentro a propriedade era escura e fria. Sombras caíam sobre a mobília desarrumada e estendiam-se pelas tábuas rudes do chão. Renata avançou e caminhou para o lugar onde Lex havia caído.

O corpo dele havia desaparecido, assim como o sangue. Nada além de um pequeno rastro de cinzas deixado para trás – como Nikolai prometera. As persianas sobre a janela da sala estavam totalmente abertas, mas o sol já havia passado. Uma fresca brisa carregava o aroma de pinheiro e o ar fresco do bosque para a umidade calma do lugar. Renata respirou profundamente, enchendo os pulmões, deixando a fragrância de um novo dia expurgar as lembranças de toda aquela morte, aquele sangue e aquela violência que tinham coberto o lugar na noite anterior.

Hoje, sob aquela nova luz, muitas coisas pareciam diferentes para ela.

Ela mesma parecia diferente. E sabia a razão. *Estava apaixonada.*

Pela primeira vez em muito tempo (talvez em toda a sua vida), Renata verdadeiramente sentia a esperança acomodada em seu coração, uma esperança de que o futuro lhe reservava algo além da mera sobrevivência, que ela poderia em algum momento medir a felicidade em anos e não apenas em momentos raros e fugidios. Estar com Nikolai, fosse em seus braços ou ao seu lado, fazia Renata acreditar que muitas coisas eram possíveis.

Ela caminhou pela grande sala, apoiando-se no fato de que aquela seria a última vez que precisaria ver aquele lugar. Aquilo era um adeus.

Quando ela e Nikolai saíssem dali para continuar a busca por Mira, aquele albergue, aquele terrível celeiro, aquele canil na parte de trás da construção, Sergei Yakut, Lex e todos os outros que marcaram os últimos dois anos de sua vida seriam apenas lembranças. Ela deixaria tudo ali, e o terror e a dor seriam, de alguma forma, banidos de seu futuro.

Aquela parte de sua vida havia terminado.

Ela entrou no pequeno banheiro que havia compartilhado com Mira, em paz consigo e com tudo ao seu redor enquanto ligava a água quente da ducha. Quando o vapor úmido começou a sair pela cortina, ela desabotoou uns poucos botões da camisa emprestada de Jack e ficou ali por um momento, parada, nua, contemplando seu futuro com olhos renovados. Não sabia o que a esperava uma vez que a noite caísse e uma nova jornada começasse, mas estava disposta a enfrentar o que quer que fosse.

Com Nikolai ao seu lado – com a esperança e o ardente amor tão resplandecente quanto uma chama em seu coração –, Renata estava preparada para enfrentar tudo.

Como um cavalheiro destinado a uma batalha que procura uma bênção, Renata deu um passo debaixo da água quente da ducha. Fechou os olhos em uma solene oração enquanto a reconfortante água caía-lhe sobre o corpo nu.

Nikolai permanecia no abrigo de videiras enquanto os passos de Renata se aproximavam.

– Toc, toc – ela o chamou através das folhas. – Estou entrando, então cuidado com a luz do dia. Eu não gostaria que você torrasse por mim.

Ela afastou algumas folhas verdes e avançou, pronunciando uma rápida desculpa quando notou que ele tinha o telefone celular de Lex no ouvido. Niko havia ligado para a Ordem pouco depois que ela fora tomar banho. As notícias de Boston eram uma mistura de boas e más, além de uma dose extra de sérios problemas.

As boas? Um dos números no telefone de Lex era, de fato, de Edgar Fabien. Sem muito esforço, Gideon havia sido capaz de rastrear os registros da base de dados de identificação internacional de Fabien. Agora, a Ordem tinha os endereços da residência do líder do Refúgio de Montreal, sua casa no interior e todos os dados de todas as outras propriedades privadas, tanto de negócios como pessoais. Gideon tinha acesso aos números de telefone celular de Fabien, carteira de motorista, arquivos do computador e até mesmo da vigilância eletrônica do Refúgio do maldito filho da mãe.

E era nesse ponto que começavam as más notícias.

Edgar Fabien não estava em casa. Gideon havia interceptado o sinal de um canal de vídeo mais cedo naquela noite e visto um grupo de sete machos da Raça – um deles provavelmente era Fabien – deixando o Refúgio em companhia de uma escolta armada da Agência de Execução. Era difícil dizer quem eram os visitantes de Fabien, já que todos pareciam iguais em ternos sob medida e com os rostos completamente ocultos por capuzes pretos.

Quanto à dose extra de sérios problemas, o grupo de vampiros havia saído com uma menina. Uma jovem que evidentemente não os havia seguido tranquilamente. A descrição de Gideon da criança loira não deixava dúvida de que se tratava de Mira.

– Ainda está me ouvindo? – Gideon perguntou do outro lado da linha.

– Sim, continuo aqui.

– Lucan quer que Fabien seja trazido a Boston para um interrogatório. Isso significa que precisamos dele vivo, cara.

Niko soltou uma maldição.

– Primeiro, temos de encontrar esse filho da puta.

– Sim, estou trabalhando nisso. Rastreei o GPS do telefone celular de Fabien. Consegui um sinal de um lugar a aproximadamente uma hora ao norte da propriedade de Yakut. Uma das propriedades de Edgar Fabien. Ele deve estar lá.

– Tem certeza?

– Tanta que já enviamos reforços. Tegan, Rio, Brock e Kade estão a caminho para encontrar-se com você enquanto falamos.

– Reforços a caminho? – perguntou Niko, olhando uma parte de luz ultravioleta que aparecia através das folhas do refúgio. A Ordem tinha trajes de proteção solar para situações de emergência, mas até mesmo uma geração antiga de vampiros vestidos dos pés à cabeça com trajes protetores de raios ultravioletas seria incapaz de resistir à luz solar golpeando no assento do motorista em uma viagem de quase sete horas. – Jesus! Não pode estar falando a sério. Quem teve essa ideia?

Gideon riu.

– As fêmeas teimosas, meu caro. Não sei se você notou, mas fomos invadidos por elas nos últimos tempos.

– Sim, notei.

Niko não pôde deixar de lançar um olhar para Renata, que estava verificando algumas das armas que tinham recolhido de Lex e dos outros.

– Qual é a situação, então?

– Dylan está levando os caras em uma Rover e Elise está montando guarda. Devem chegar aí por volta das nove, exatamente depois do pôr do sol. Como Fabien tem vários sócios desconhecidos com ele, vamos precisar entrar e sair de lá com cuidado, sem vítimas desnecessárias – Gideon fez uma pausa. – Escuta, sei que você está preocupado com a menina. A segurança dela é importante, sem dúvida, mas isso é grande, Niko. Se Fabien pode nos levar a Dragos, temos que nos assegurar de capturá-lo esta noite. Essa é a missão número 1, ordenada diretamente por Lucan.

– Sim – disse Nikolai. Ele sabia qual era a missão. Também sabia que não podia decepcionar Renata ou Mira. – Inferno... Certo, Gideon, eu entendi.

– Ligarei se Fabien se mover entre agora e o pôr do sol. Enquanto isso, estou trabalhando em um ponto de encontro para que você se junte aos outros esta noite e ponha em ação um plano de infiltração. Devo ter algo em uma hora ou duas. Ligarei depois.

– Certo. Até depois.

Nikolai desligou o telefone e o colocou junto de si.

– Gideon conseguiu algo daqueles números telefônicos? – perguntou Renata, olhando-o cuidadosamente. – Temos alguma pista do Refúgio de Fabien?

Niko assentiu.

– Temos o endereço.

– Graças a Deus – ela suspirou. O alívio cedeu espaço rapidamente à determinação, tão feroz como Niko nunca havia visto nela. – Onde está ele? No Refúgio na cidade ou em alguma parte nos subúrbios? Eu poderia ir lá agora mesmo e analisar o terreno. Santo Deus, da forma como me sinto – sem dor, meu ombro melhorando – talvez eu devesse bater na porta e golpeá-lo com uma explosão de...

– Renata – Niko pôs a mão grande sobre a dela e sacudiu a cabeça. – Fabien está indo para algum lugar. Não está mais na cidade.

– Então onde?

Ele poderia contar sobre o sinal do GPS que Gideon estava rastreando. Poderia dizer que Fabien tinha Mira em sua custódia e que a menina estava provavelmente uma hora ao norte de onde eles estavam sentados agora. Mas Niko também sabia que se dissesse isso a Renata – se desse o mínimo de certeza sobre o paradeiro da menina que tanto significava para ela –, ele não poderia impedi-la de sair por conta própria naquele exato momento para encontrá-la.

A promessa de Niko à Ordem era seu dever – sua honra –, mas e Renata? Ela era seu coração. Ele não podia pôr em perigo a missão de seus irmãos, mas também não podia permitir que aquela mulher que ele amava partisse precipitadamente sozinha, rumo ao perigo. O pensamento dele era pré-histórico, talvez, especialmente por ter em conta que Renata era uma mulher que sabia como dirigir a si quase em qualquer situação. Era bem treinada, capaz, definitivamente valente, mas... inferno, ela significava muito para que corresse esse tipo de risco. Aquela não era uma opção.

– Estamos esperando uma localização sólida de onde está Fabien – ele disse, a mentira amarga sobre sua língua, independentemente das boas intenções. – Enquanto isso, a Ordem está enviando reforços. Nós vamos nos juntar a eles esta noite.

Renata escutou, claramente confiando nele e em sua palavra.

– A Ordem tem alguma ideia se Mira está com Fabien em qualquer lugar que ele esteja?

– Estamos trabalhando nisso – Nikolai achou difícil sustentar o olhar verde-claro sem pestanejar. – Quando encontrarmos Fabien, encontraremos Mira. Ela vai estar bem. Prometi isso, lembra?

Quando pensou que ela só assentiria com a cabeça e afastaria o olhar, Renata estendeu a mão para apanhar o rosto dele.

– Obrigada... por estar aqui para me apoiar em tudo isto. Não sei como serei capaz de pagá-lo, Nikolai.

Ele ergueu a mão dela entre as suas e deu-lhe um beijo. Diria algo singelo, uma das brincadeiras sem sentido habituais que tão frequentemente usava quando as emoções ao seu redor eram muito reais ou cheias de honestidade. Tinha suas cartas sob a manga: desviar com humor, desarmar com indiferença, atacar e correr como o inferno à primeira indicação de sua própria vulnerabilidade. Mas todas aquelas velhas e confiáveis armas que ele havia aperfeiçoado falhavam agora.

Acariciou com o dedo polegar o dorso da mão de Renata e se deixou perder no refúgio verde de seus olhos.

– Não sou muito bom nisso – murmurou ele. – Quero dizer algo... inferno. Provavelmente eu vou encher sua paciência, mas quero que você saiba que me preocupo com você. Preocupo-me... pra caramba, Renata.

Ela o olhou fixamente, permanecendo tão imóvel e silenciosa que nem sequer estava seguro de que ela estivesse respirando.

– Eu me preocupo – soltou, frustrado consigo pela estupidez das palavras que queria que fossem perfeitas para ela. – Não sei como aconteceu, ou mesmo o que significará para você, se vai significar. Mas preciso dizer porque isso é real. É real, e eu nunca me senti dessa maneira antes. Com ninguém.

A boca de Renata suavizou em um pequeno sorriso enquanto ele divagava com estupidez, tentando encontrar uma maneira de dizer a profundidade do que havia em seu coração de macho da Raça. Tentava e falhava miseravelmente.

– O que estou querendo dizer é que... – sacudiu a cabeça, sentindo-se uma porcaria, mas o suave toque de Renata em seu rosto o tranquilizou. O claro olhar dela trouxe Niko de volta, direto e centrado, conectando-o com a Terra. – O que estou querendo dizer é que estou apaixonado por você... Realmente apaixonado. Não estava esperando que isso acontecesse. Não pensei que alguma vez eu fosse querer isso, mas... Ah! Renata, quando olho dentro de seus olhos, só consigo pensar em uma coisa: *para sempre*.

Ela exalou devagar e seu pequeno sorriso se estendeu em radiante alegria. Niko passou as mãos na pele suave e macia dela, e pelos cabelos úmidos.

– Estou apaixonado por você, Renata. Sei que não sou um poeta... Caramba, nem sequer chego perto disso. Não tenho todas aquelas palavras bonitas que queria poder dizer... Mas quero que saiba que o que sinto por você é real. Eu te amo.

Ela riu brandamente.

– O que faz você pensar que quero poesia ou palavras finas? Você acabou de dizer exatamente o que queria ouvir, Nikolai – ela deslizou sua mão pela parte de trás do pescoço largo dele e o puxou para um longo e apaixonado beijo. – Também te amo, Nikolai – sussurrou contra sua boca. – Assusta-me admitir isso, mas é assim. Eu te amo, Nikolai.

Ele a beijou e a abraçou, desejando nunca ter de se afastar dela. Mas o cair da noite logo chegaria e ainda havia uma coisa que ele precisava fazer.

– Tem que fazer uma coisa por mim.

Renata se acomodou contra ele.

– Qualquer coisa.

– Não sei o que vai acontecer esta noite, mas preciso saber que vai estar tão forte quanto possível. Quero que tome mais de meu sangue.

Ela se soltou de seu abraço e arqueou uma sobrancelha para ele.

– Tem certeza de que não está só tentando entrar no meio das minhas pernas de novo?

Niko riu, uma sacudida de calor formando redemoinhos diretamente em sua virilha apenas diante daquela ideia.

– Eu não rejeitaria o convite. Mas falo sério... Quero que beba de mim de novo. Faria isso por mim?

– Sim, é obvio.

Ele afastou uma mecha escura da testa dela.

– Há uma coisa mais, Renata. Quando formos atrás de Fabien esta noite, eu morreria se algo... Bem, simplesmente não posso me arriscar a ficar separado de você, vou precisar saber que você está bem todo o tempo, ou minha concentração vai para o inferno. Preciso ter uma ligação com você. Sei como se sentia com Yakut usando seu sangue como um grilhão para você, e prometo que isso não é o que...

– Sim, Nikolai – ela disse, interrompendo-o com um movimento suave de seus dedos sobre sua boca. – Sim... Pode beber de mim.

A maldição dele como resposta foi um sinal de alívio.

– É para sempre – recordou firmemente. – Precisa entender isso. Se eu beber de você, não poderemos desfazer esse vínculo nunca mais.

– Entendo – ela disse sem vacilação. Aproximou-se e beijou-o, longa e profundamente. – Entendo que o vínculo é para sempre... E continuo dizendo que sim.

Niko gemeu. O fogo iluminou-lhe as veias. Suas presas se alongaram e seu pênis se elevou em atenção imediata, tudo nele ansioso por reclamar Renata como sua. Ele a beijou, o coração golpeando fortemente contra seu tórax forte quando ela passou a língua por seus lábios para brincar com as pontas afiadas de suas presas.

– Quero que você fique nua para isso – disse ele, incapaz de conter o tom autoritário que se mostrava em sua voz. Ele era parte humano, mas havia outra parte dele – uma parte mais selvagem e muito, muito mais sexy – que era menos paciente do que gostaria.

Niko olhou com olhos flamejantes de âmbar como Renata o obedecia rapidamente, despojando-se de sua roupa e estendendo-se sobre o chão de grama do refúgio, suas coxas deixando-se entreabrir para ele sem um pingo de inibição.

– Ah! Sim... – Niko grunhiu. – Assim é muito melhor.

Ele estava completamente tomado pela necessidade de tê-la. Arrancando sua própria roupa e deixando-a de lado, subiu sobre os quadris dela e a montou. Empurrou o membro duro como uma rocha enquanto ela o acariciava, torturando-o. E ele manteve o olhar nela enquanto levava seu pulso até a boca e mordia a própria carne.

– Deixe-me provar de você de novo – ela disse, subindo até encontrar a veia enquanto ele levava as perfurações até sua boca. Gotas carmesim salpicaram até cair sobre os seios dela, tão vívidas contra sua cremosa pele. Ela gemeu, fechando os olhos enquanto sugava-o, saboreando-o.

Niko a olhava beber, observando seu corpo começar a retorcer-se pela excitação. Com sua mão livre, ele a acariciou, incapaz de resistir a passar seus dedos pelo sangue que havia derramado sobre ela. A visão de seu sangue marcando a pele dela era tão erótica como nada tinha sido antes. Seu toque atrevido foi mais abaixo, à fenda aberta que estava tão preparada para ele. As coxas dela apertaram-lhe o pulso, sustentando-o contra si enquanto o primeiro orgasmo disparou através do corpo dela.

Niko grunhiu de pura adoração masculina enquanto alimentava sua fêmea e a sentia clamar por ele. Ele a deixou beber durante vários minutos até seu corpo arder de novo sob ele.

Ele também estava ardendo.

Suavemente, tirou o pulso de sua boca e fechou as perfurações com uma lambida. Renata ainda estava arqueando e retorcendo-se, ainda gemendo por ele, enquanto ele se ajeitava sobre ela e a penetrava, as unhas dela marcando seus ombros largos em uma dor deliciosa.

Nikolai fez amor tão devagar quanto pôde – tão devagar quanto a febre de seu corpo permitia. Ela gozou de novo, retorcendo-se e extraindo dele uma furiosa liberação. Mas isso praticamente não diminuiu as investidas. Ele ainda estava duro dentro dela, ainda faminto por aquela mulher... sua mulher.

Com a mão tremendo, Nikolai acariciou os pontos escuros já fechados de um lado da bela garganta de Renata.

– Tem certeza? – perguntou, sua voz apenas reconhecível para ele mesmo, estava tão seco e desesperado. – Renata... Quero que você tenha certeza.

– Sim – ela arqueou o corpo, confirmando com um empurrão, seu constante olhar suplicante. – Sim.

Com um grunhido selvagem enroscando-se em sua garganta, Nikolai expôs as presas e desceu sobre ela.

O doce sabor do sangue de Renata surgiu em sua boca caindo como um pontapé no estômago. Ah! Agora sabia. Quantas vezes havia especulado com os outros guerreiros a respeito de estar emparelhado e encontrar uma fêmea que os impressionaria? Facilmente centenas de vezes. Milhares, talvez.

Que ingênuo ele tinha sido.

Agora ele sabia. Renata o tinha, mesmo antes de ele a morder. Ele estava de joelhos diante daquela mulher, e ficaria ali com prazer pelo resto de sua vida.

Niko bebeu mais, afogando-se no prazer do vínculo que havia criado através da união de sangue e do ritmo exagerado de seus corpos nus, unidos. Seus dentes ainda estavam cravados na pele dela enquanto ele tomava o último gole e gozava de novo, dessa vez mais forte, uma descarga assombrosa que o golpeou como um trem descarrilhado. Agarrou-se nela, estremecendo com intensa satisfação. Embora pudesse beber de sua veia durante toda a noite, Nikolai se obrigou a se afastar, selando as feridas com uma tenra lambida de sua língua.

Ele ficou observando-a, seu olhar iluminando a pele dela.

– Eu te amo – ofegou, necessitando que ela o escutasse e que acreditasse nisso. Queria que ela se lembrasse disso depois dessa noite, depois que conseguissem localizar Fabien no norte e que ele lhe explicasse por que havia precisado mentir. Beijou seu queixo, sua bochecha, sua testa. – Amo você, Renata.

Ela sorriu sonolenta.

– Mmmm... Eu realmente gosto de como isso soa.

– Então terei que assegurar que ouça muitas e muitas vezes.

– Certo – murmurou ela, seus dedos brincando com os cabelos dele, empapados de suor sobre a nuca. – Foi incrível, a propósito. Sempre vai ser bom assim?

Ele gemeu.

– Tenho a sensação de que pode melhorar.

Ela riu, e a vibração fez despertar de novo seu sexo.

– Se continuar assim, terei que voltar e tomar outra ducha.

Ele fez um movimento sexy e poderoso com sua pélvis, encaminhando sua ereção mais profundamente.

– Ah, posso continuar. Não se preocupe, isso nunca vai ser um problema quando você estiver por perto.

– Melhor tomar cuidado, ou posso obrigá-lo a isso.

Niko riu apesar de seu pesado humor.

– Coração, pode me obrigar a tudo que quiser.

Ele a beijou novamente. E grunhiu de prazer quando ela envolveu as pernas ao redor dele e o fez girar de costas para começar uma lenta e nova cavalgada.

# Capítulo 27

Houve uma época para Andreas Reichen, há quase 300 anos, quando a morte caía sobre ele como um dilúvio. Um tempo quando uma desatinada onda brutal de massacre tinha visitado seu pacífico domínio.

Naquele tempo, no verão úmido de 1809, uma manada de vampiros Renegados tinha forçado sua entrada nesse mesmo Refúgio, violando e matando vários de seus familiares. O ataque tinha sido ao acaso, a mansão e seus residentes apenas tiveram o azar de estar no caminho de um grupo de Renegados viciados em sangue. Tinham forçado sua entrada além das portas desprotegidas e janelas, alimentando-se e matando muitos inocentes... E, apesar de tudo, houve sobreviventes. Os Renegados tinham espalhado horror e passado como a peste que eram, mas finalmente foram caçados e destruídos por um membro da Ordem que tinha vindo ajudar Reichen.

A matança fora insuportável, mas não tinha sido completa.

O que Reichen enfrentou em sua volta para casa naquela noite tinha sido um ataque calculado. Não uma entrada pela força bruta, mas por meio da traição. Um inimigo bem-vindo como um amigo. E o massacre ocorrido – provavelmente nas primeiras horas da manhã, justo antes da saída do sol – tinha sido uma aniquilação total.

Ninguém tinha se salvado.

Nem sequer a alma mais jovem na residência.

Com um terrível silêncio que impregnava o ar como uma enfermidade, Reichen caminhou através do sangue e da destruição como um dos mortos. Seus passos seguiram a pista de manchas pegajosas escarlates no mármore do vestíbulo e da sala, além de seu jovem sobrinho, que estava tão contente ao convidar Reichen para padrinho de seu filho recém-nascido. O novo pai ruivo estendido na porta tinha sido o primeiro a morrer, Reichen adivinhou, incapaz de olhar o rosto sem vida que olhava sem ver a escada cheia de balas que conduzia aos dormitórios dos Refúgios nos andares superiores.

Mais morte esperava no corredor fora da biblioteca, onde outros machos tinham sido cortados ao meio. Ainda mais vidas extintas perto da escada da adega, um dos primos de Reichen e sua Companheira de Raça, ambos mortos enquanto tentavam escapar dos disparos.

Não viu o corpo da criança até que quase tropeçou nele - um menino vampiro de cabelo revolto que evidentemente tinha tentado se esconder em uma das estantes da sala de jantar. Os assassinos o haviam tirado de lá e o matado como a um cão.

– Jesus Cristo – Reichen, sufocado, caiu de joelhos e levou a mão branda do menino a sua boca para afogar o grito gutural. - Pelo amor de Deus... Por quê? Por que eles e não eu?!

– Ele disse que você saberia por quê.

Reichen fechou os olhos diante do som rígido da voz de Helene. Ela falava muito devagar, as sílabas muito planas... carente de matizes.

Sem coração.

Ele não precisava se virar para saber que seus olhos estariam estranhamente mortos para ele agora. Mortos porque todo seu calor e toda a sua humanidade tinham sido recentemente retirados dela.

Já não era sua amante, nem sua amiga. Ela era uma Subordinada.

– Quem converteu você? - ele perguntou, deixando cair a mão do menino morto. A quem você pertence agora?

– Você deve saber, Andreas. Você me enviou a ele, afinal.

*Filho da puta.*

Reichen apertou a mandíbula quadrada e masculina, os molares quase quebrando pela pressão.

– Wilhelm Roth. Ele a enviou aqui para fazer isso. Ele a usou para me destruir.

O fato de Helene não dizer nenhuma palavra sequer apenas tornou a compreensão do golpe mais profunda. Tão dilacerador como seria olhar os olhos de sua ex-amante e ver que a mulher por quem se preocupava agora estava sem alma. Reichen tinha que ver por si mesmo.

Levantou-se e virou lentamente.

– Ah! Helene...

Sangue seco salpicado no rosto e na roupa dela – quase cada centímetro dela coberto de sangue de seus mais queridos amigos e familiares. Ela devia estar ali no centro de todo o massacre, uma insensível testemunha não afetada por tudo isso.

Ela não disse nada quando o olhou fixamente, com a cabeça inclinada um pouco para o lado. Seus olhos, uma vez brilhantes e ardilosos, agora estavam vazios e frios. Abaixo, ao seu lado, ela sustentava uma grande faca de cozinha na mão. A folha larga brilhava à luz do abajur de cristal da sala de jantar.

– Sinto muito – ele murmurou, seu coração retorcido. – Eu não sabia... quando enviou o e-mail e me deixou a mensagem com o nome de Roth, tentei avisá-la. Tentei alcançá-la, mas...

Ele deixou que as palavras se desvanecessem, sabendo que as explicações não importavam. Não mais. Não agora.

– Helene, só sei que sinto muito – engoliu a bílis que subiu no fundo de sua garganta. – Só sei que eu realmente me importava com você. Eu a amav...

Com um grito estridente, Helene se lançou sobre ele.

Reichen sentiu o fio da navalha cortando seu peito e braço, fazendo um profundo corte. Ignorando a dor, ignorando a inalação repentina do aroma de seu próprio sangue, ele agarrou o braço da escrava de Roth e o torceu. Ela gritou, opondo-se e lutando enquanto ele puxava seu braço esquerdo para baixo e bloqueava ambos os membros ajustados aos lados de seu corpo. Ela amaldiçoou e gritou, chamando-o com nomes vis, cuspindo de fúria.

– Shhh – Reichen sussurrou ao lado de seu ouvido. – Agora, cale-se, Helene.

Como um animal selvagem, Helene continuou se retorcendo e gritando para que ele a soltasse.

*Não*, corrigiu-se. *Não, Helene*. Aquela já não era a mulher que ele conhecera. Helene estava morta para ele no momento em que trouxe o esquadrão da morte de Wilhelm Roth para dentro daquele Refúgio. Na verdade, por muitas razões, ela nunca foi sua. Que Deus tivesse piedade dela, ela não merecia esse fim. Nenhum dos caídos ali merecia tal horror.

– Tudo está bem agora – ele murmurou, a mão direita acariciando as bochechas manchadas de sangue dela. – Está tudo bem agora, querida.

Um grito saiu disparado de sua garganta enquanto ela puxava bruscamente o rosto para fora de seu alcance.

– Maldito! Deixe-me ir!

– Sim – ele disse tirando-lhe a faca. – Terminou agora. Vou deixá-la ir.

Com a dor estrangulando-o, Reichen girou a faca em torno de seus dedos e levou a ponta ao seu peito.

– Me perdoe, Helene...

Sustentando-a apertada contra ele, afundou a lâmina profundamente no peito dela. Ela não fez nenhum som enquanto morria, apenas deixou escapar um suspiro longo e lento enquanto desinflava em seus braços e desabava ali, frouxa como uma boneca de pano. Tão brandamente quanto pôde, Reichen deitou seu corpo no chão. A faca caiu de sua mão ao lado dela, revestida com o carmesim brilhante dos sangues deles mesclados.

Reichen lançou um longo e incorruptível olhar para os restos do que tinha sido seu lar. Agora que tudo tinha terminado, queria memorizar cada mancha de sangue, cada vida que se interrompeu por causa de sua falta de atenção. Seu engano. Ele precisava recordar, porque em pouco tempo nada daquilo existiria.

Não podia permitir que nada daquilo permanecesse, não daquela forma. Tampouco ia deixar que as mortes não fossem vingadas.

Reichen deu meia volta e se afastou da matança. Suas botas ecoaram no chão de madeira da sala, seus passos eram o único som na horripilante tumba maciça. No momento em que chegou ao jardim em frente à propriedade, seu peito não estava mais apertado, mas frio.

Tão frio como uma pedra. Tão frio como a vingança que tinha a intenção de visitar Wilhelm Roth e todos os associados a ele.

Reichen se deteve brevemente na grama iluminada pela lua. Ele se virou para a mansão e, por um momento, simplesmente a viu em sua perfeita e estranha quietude. Então sussurrou uma oração, palavras antigas que se sentiam oxidadas em sua língua pela falta de uso.

Não é que a oração lhe fizesse algum bem agora. Estava abandonado, agora mais do que nunca. Realmente sozinho.

Reichen baixou sua cabeça até o peito, invocando seu terrível talento. Encheu-se em seu interior, um calor que rapidamente se intensificou, formando um fundido e revolto círculo em suas vísceras.

Ele deixou-o crescer. Deixou-o girar e ganhar força até que seu interior se sentiu abrasado por sua fúria.

E ainda o conteve.

Manteve-o em seu interior até que a bola de fogo golpeou contra sua caixa toráxica, fumaça e cinza flutuando até queimar o fundo de sua garganta. Até que a bola de fogo o consumiu, iluminando todo seu corpo com um resplendor muito quente. Cambaleou sobre seus calcanhares, lutando para manter o corpo até que soubesse que desataria a total destruição instantânea.

Enfim, com um rugido cheio de dor, Reichen soltou o poder de dentro dele.

Um disparo de calor saiu de seu corpo, derramando e girando enquanto avançava para frente, uma esfera de pura energia explosiva. Como um míssil lançado em um alvo por um laser, o círculo disparou dentro da porta aberta da mansão Refúgio. Um segundo depois, detonou, uma impressionante beleza infernal.

Reichen foi golpeado de volta com o estalo sônico da explosão.

Deitou-se na grama, observando com satisfação desinteressada como as chamas, as faíscas e a fumaça devoravam até mesmo os menores pedaços do que tinha sido sua vida.

# Capítulo 28

– Estamos carregados e preparados para partir, Renata. Precisa de mais tempo antes de sairmos?

De pé no caminho de cascalho diante da casa principal, Renata girou quando Nikolai se aproximou por trás.

– Não, não preciso de mais tempo aqui. Estou pronta para deixar este lugar para sempre.

Ele abraçou-a, envolvendo-a em sua força masculina.

– Acabo de falar com Gideon. Tegan, Rio e os outros estão fazendo bons progressos. Eles devem estar em nosso ponto de encontro em uma hora.

– Certo. Bom.

Renata se inclinou em seu abraço, feliz pelo calor de seu refúgio... e de seu amor. Nikolai a tinha mantido perto dele no refúgio de videira até que o sol se pôs, acalmando seus temores com seu corpo, afastando-a da feia realidade que originalmente os tinha unido – e do que poderia acontecer naquela noite, quando eles finalmente teriam a oportunidade de enfrentar Edgar Fabien.

A verdade era que ela estava preocupada com o que eles poderiam encontrar. Uma preocupação que lhe penetrava até os ossos e, embora Nikolai não houvesse dito nada que sugerisse que ele também tivesse dúvidas, ela poderia dizer que sua mente estava carregada de pensamentos que ele parecia estar decidido a esconder dela.

– Pode me dizer, você sabe – ela saiu dos braços dele e o encarou. – Se tiver um mau pressentimento a respeito desta noite... pode me dizer.

Algo cruzou a expressão de Niko, mas ele não disse nada, apenas sacudiu a cabeça e beijou a testa de Renata.

– Não sei o que podemos esperar em se tratando de Fabien. Mas posso dizer que, aconteça o que acontecer, estarei com você, certo? Vamos sair disso.

– E uma vez que tenhamos Fabien, vamos buscar Mira – ela completou, procurando os olhos dele. – Certo?

– Sim – ele disse, com seu indestrutível olhar que sustentou de forma estável. – Sim, eu prometi. Dei minha palavra a respeito disso. Não vou desapontá-la.

Ele a puxou para si uma vez mais, capturando-a em um afeto que o mostrava pouco disposto a deixá-la ir. Renata o sustentou também, escutando o forte e rítmico palpitar de seu coração em sua orelha... e perguntando-se por que seu próprio pulso parecia estar dando um sinal de alerta em suas veias, como uma sentença de morte.

Em uma remota fazenda abandonada de cem hectares, algumas horas ao norte de Montreal, o bosque da noite estremeceu com o gemido de um motor de combustão interna e o excesso de velocidade de um barco que passava através do lago praticamente desabitado. A terra e o lago, bem como o transporte proporcionado a Dragos para chegar àquele lugar, pertenciam a Edgar Fabien.

Embora Fabien tivesse sido uma recente decepção, Dragos supôs que o líder do Refúgio merecesse algum crédito por aquela reunião importante. Enquanto o resto dos assistentes chegou durante a noite anterior de automóvel, naquela noite um barco rápido tinha sido enviado para levar Dragos depois que um hidroavião o havia trazido da cidade por outro caminho interno de água também na propriedade de Fabien. Depois do revés sofrido poucas semanas atrás, durante a reunião de Dragos com a Ordem, Fabien tinha ficado muito mais cauteloso sobre como viajava ao ar livre, entre outras coisas. Ele tinha chegado muito longe para correr riscos. Tinha arriscado muito para perder tudo por um descuido ou por incompetência de outros.

Lançou um olhar depreciativo para o outro passageiro sentado no bote com ele. O rosto do Caçador permanecia impassível no resplendor leitoso da lua sobre suas cabeças, seu enorme corpo perfeitamente imóvel mesmo quando o condutor girou o leme e o bico da proa do barco conectou-se diretamente com a água para desviar-se em direção ao cais solitário que se encontrava mais adiante.

O caçador provavelmente sabia que se dirigia para a própria morte. Tinha fracassado em sua missão de matar o Primeira Geração em Montreal, o que pedia um incrível castigo. Dariam um jeito nele naquela noite, e se Dragos pudesse usar este castigo como uma demonstração adicional de seu poder diante dos tenentes que estavam reunidos para dar as boas-vindas agora, melhor.

O motor do barco mudou para uma marcha inferior quando chegaram ao cais não iluminado e modesto onde Edgar Fabien esperava para saudá-lo. Os vapores do gás formaram redemoinhos fora da água, asquerosamente doces. A reverência profunda de Fabien e as boas-vindas aduladoras tinham um efeito similar.

– Meu senhor, é a honra de toda uma vida dar boas-vindas aos meus domínios.

– De fato – Dragos arrastou as palavras enquanto dava um passo fora do barco sobre as tábuas de madeira escura do cais. Ele fez um gesto para que o Caçador o seguisse, e não perdeu a reação de Fabien quando divisou o tamanho e a imensidão do Primeira Geração que prestava serviços à ordem de Dragos. – Todos estão reunidos lá dentro?

– Sim, senhor. – Fabien saiu de sua reverência e se precipitou a caminhar ao lado de Dragos. – Tenho boas notícias. O guerreiro que escapou da contenção foi eliminado. Tanto ele quanto a mulher que o ajudou. Um de meus ajudantes agarrou a dupla, e ontem à noite enviei uma equipe com meus melhores agentes para se livrar do problema.

– Tem certeza de que o guerreiro está morto?

O sorriso de suficiência de Fabien ressoou.

– Aposto minha própria vida nisso. Enviei profissionais capacitados para a tarefa. Confio na habilidade deles de forma implícita.

Dragos grunhiu, sem deixar-se impressionar.

– Que grande comodidade deve ter esse tipo de confiança em seus servos.

A confiança de Fabien vacilou com a espetada e ele limpou a garganta com estupidez.

– Meu senhor... em outro momento, se quiser.

Dragos dispensou o Caçador de sua presença com um gesto cortante.

– Aproxime-se da casa e me espere. Não fale com ninguém.

Quando o assassino Primeira Geração caminhou a passos longos para a frente, Dragos fez uma pausa para lançar um olhar impaciente para Fabien.

– Meu senhor, eu esperava, quer dizer, pensei que um presente pudesse cair bem – gaguejou ele. – Para celebrar esse importante evento.

– Um presente? – antes que pudesse perguntar a Fabien o que pensava que Dragos poderia necessitar dele, Fabien estalou os dedos e um agente de execução surgiu das sombras das árvores circundantes, empurrando uma menina diante dele. A menina parecia perdida na escuridão, seus cabelos loiros brilhando como cabelos de milho, seu pequeno rosto perdido debaixo dele.

– Que é isso?

– Uma jovem Companheira de Raça, meu Senhor. Meu presente para o senhor.

Dragos contemplou a menina desamparada, impressionado. As Companheiras de Raça eram um acontecimento bastante raro entre as populações humanas, isso era certo, mas ele preferia as férteis, em idade de procriar. Essa garota não estaria pronta por vários anos, o que sem dúvida mostrava que Fabien tinha algo mais a respeito dela.

– Pode ficar com ela – disse Dragos, retomando o percurso rumo à reunião. – Faça com que seu homem conduza o barco de volta. Chamarei pelo rádio quando necessitar.

– Vá – Fabien ordenou em resposta, então voltou novamente ao lado de Dragos, tão ansioso como um cão mendigando pelas sobras. – Meu senhor, sobre a menina... na verdade, o senhor deve ver por si. Ela é dotada de um talento extraordinário que estou seguro de que o senhor saberá apreciar. Ela é um oráculo, meu senhor. Fui testemunha disso.

Contra sua vontade, a curiosidade prendeu sua atenção. Seus passos desaceleraram, e então deteve-se.

– Traga-a.

Quando ele girou ao redor, o sorriso impaciente de Fabien ficou ainda mais amplo.

– Sim, senhor.

A menina foi conduzida a ele uma vez mais, resistindo em seus passos, seus obstinados calcanhares cravando-se nas velhas agulhas de pinheiro e na areia que enchiam o pequeno cais. Ela tentou lutar contra o guarda vampiro que a segurava, mas era um esforço inútil. Ele simplesmente a empurrou para frente até que ela ficou de pé diretamente na frente de Dragos. Ela manteve seu queixo para baixo, com o olhar posto no chão.

– Levante a cabeça – Fabien ordenou, mal esperando que obedecesse, antes de pegar sua cabeça com ambas as mãos e a obrigar a olhar para cima. – Agora, abra os olhos. Vamos!

Dragos não sabia muito bem o que esperar. Ele não estava absolutamente preparado para a palidez surpreendente de seu olhar. A íris da menina era tão clara como espelhos de cristal e tão impecável que imediatamente o fascinaram e hipnotizaram. Estava vagamente consciente da emoção de Fabien, mas toda a sua atenção estava presa na menina e no incrível brilho tênue de seus olhos.

E então ele viu... um movimento brilhante na meditação pacífica. Viu uma forma movendo-se através das espessas sombras – um corpo que acreditou reconhecer como o seu próprio. A imagem ficava mais clara quanto mais olhava fixamente, absorto e impaciente por ver mais do presente que Fabien havia descrito.

*Era* ele.

Era seu refúgio também. Mesmo envoltas na névoa escura, as imagens que se mostravam eram intimamente familiares. Viu o laboratório subterrâneo, as celas de contenção... a jaula de luz ultravioleta que continha sua maior arma na guerra que estava preparando durante todos aqueles séculos. Tudo estava ali, revelando-se para ele através dos olhos daquela pequena Companheira de Raça.

Mas, então, um momento de alarme surpreendente.

Seu laboratório antigo, tão rigidamente assegurado e ordenado, estava em ruínas. As celas de contenção tinham sido deixadas abertas. E a jaula de luz ultravioleta... estava vazia.

– Impossível – murmurou ele, golpeado por um temor sombrio, furioso.

Ele piscou com força, várias vezes, querendo limpar a visão de sua cabeça. Quando abriu os olhos outra vez, viu algo novo nos olhos malditos da menina... algo ainda mais incompreensível.

Viu-se implorando por sua vida. Chorando, abatido. Patético. Derrotado.

– Isso é algum tipo de brincadeira de mau gosto? – a voz dele tremia tanto com a raiva como com outra coisa muito fraca para admitir. Desviou o olhar da garota e o fixou em Fabien.

– Que diabos isso significa?

– Seu futuro, senhor – o rosto de Fabien ficou completamente pálido. A boca se moveu durante um momento sem expressar som algum, então, finalmente balbuciou. – A menina... o senhor viu, ela é um oráculo. Ela me mostrou em pé aqui, nesta grande reunião, apresentando uma visão de seu futuro que o agradava enormemente. Quando vi isso, soube que tinha de guardá-la, meu senhor. Tinha de oferecê-la ao senhor, não importava o custo.

O sangue de Dragos era como lava ardendo em suas veias. Ele deveria matar esse idiota ali mesmo, só por aquele insulto.

– É óbvio que você interpretou mal o que viu.

– Não! – Fabien exclamou, agarrando a menina e girando ao redor dela. Deu a ela uma sacudida forte. – Mostre-me outra vez! Mostre que não me enganei, maldita!

Dragos observou tão imóvel como uma pedra, enquanto Fabien olhava atentamente seus olhos. O grito horrorizado do líder do Refúgio disse tudo o que ele tinha que saber. Ele cambaleou para trás, tão branco quanto uma folha de papel. Golpeado como se tivesse testemunhado sua própria morte.

– Não entendo – murmurou Fabien. – Tudo mudou. O senhor tem de acreditar, Mestre! Não sei como ela mudou a visão, mas a pequena bruxa está mentindo agora. Ela tem que estar mentindo!

–Tire-a de minha frente – Dragos grunhiu ao guarda da Agência de Execução que a sustentava. – Vou levá-la comigo quando for, mas até então, não quero ver nem um fio de cabelo dela.

O guarda assentiu com a cabeça e afastou a menina, praticamente arrastando-a até a casa.

– Senhor, eu lhe rogo – suplicou Fabien. – Perdoe-me por este... lamentável engano.

– Cuidarei de você mais tarde – disse Dragos, sem se preocupar em esconder a ameaça reflexiva no fundo de cada uma de suas palavras.

Retomou a marcha para a reunião, mais decidido do que nunca a fazer todos compreenderem de uma vez por todas sua autoridade e seu poder incomparáveis.

# Capítulo 29

Estava completamente escuro quando Niko e Renata, após seguirem as coordenadas enviadas por Gideon, chegaram ao local onde ficava a propriedade de Edgar Fabien, ao norte. O líder do Refúgio evidentemente possuía um pedaço considerável de terra suficientemente longe de Montreal para que a zona ao redor permanecesse inexplorada: acre após acre de enormes coníferas e sempre-vivas, nenhuma alma sequer à vista, a não ser um ou outro veado ou alce americano que saía em disparada ao primeiro aroma de vampiro arrastando-se naquele santuário natural.

Nikolai tinha feito sozinho o reconhecimento da área nos últimos minutos. Uma casa de dois andares feita de troncos e pedra estava enfiada em um canto do bosque. Um estreito caminho sem pavimentação e apenas largo o suficiente para um veículo cortava as árvores na parte da frente da casa. Niko contornou essa vida escondido pela vegetação e viu dois Agentes da Lei vestidos com roupas da SWAT, postados no meio do caminho, e os três grandes Humvees estacionados em fila única bem diante da porta principal da casa. Três outros guardas vampiros com rifles M16 cobriam a entrada. Leste e oeste estavam também sob vigilância com um sentinela armado.

Embora não imaginasse que eles tivessem deixado a parte traseira da propriedade vulnerável, Niko se moveu ao redor daquele caminho para ter uma ideia da extensão do terreno. Ouviu o suave som de água mesmo antes de ver o tranquilo lago e o cais vazio na borda, a cerca de trezentos metros atrás da casa. Lá, outra dupla de Agentes permanecia de guarda.

Maldição.

Entrar no lugar para pegar Fabien não seria fácil. A menos que ele e a Ordem atacassem por cima, se quisessem tirar o sócio de Dragos dali teriam de passar por alguns guardas da Agência no processo, sem considerar o grupo desconhecido de vampiros da Raça que tinha acompanhado o líder do Refúgio de Montreal até ali na noite passada. Capturar Fabien naquela noite sem muitas baixas civis beirava o impossível, principalmente quando o resgate de Mira era acrescentado à equação. Portanto, o reconhecimento feito por Niko dava conta de que a coisa seria feia. Muito feia.

E havia ainda a situação com Renata.

Uma das coisas mais difíceis que Nikolai já fizera fora passar o dia inteiro com ela, sabendo que a tinha enganado. Ele queria dizer-lhe, depois que fizeram amor, depois que ela o honrou com o presente de seu sangue e com o vínculo completo que agora os unia eternamente. Quis dizer-lhe uma dúzia de vezes, em uma dúzia de momentos diferentes, mas, egoísta, mantivera a verdade oculta para a própria proteção dela. Ele ainda mantinha a esperança de que ela compreendesse sua cautela – que ela poderia inclusive ficar agradecida que ele a tivesse feito esperar para saber a localização de Mira até que ele e os outros guerreiros da Ordem tivessem uma oportunidade sólida de criar uma estratégia de resgate.

Sim, o macho da Raça seguia se dizendo essas coisas porque não queria sequer considerar outras alternativas.

Afastando o arrependimento que perseguia seus passos e o medo que seguia arrastando-se por trás de seu pescoço, Nikolai se moveu para uma melhor posição de acesso aos bosques. Olhou através dos ramos de pinheiro e observou vários dos ocupantes da casa enquanto eles passavam por uma janela no andar térreo. Fez uma rápida contagem dos vampiros da Raça encapuzados enquanto eles andavam a passos largos e em grupo para outra sala. Cinco, seis, sete... e então outro, este sem o capuz negro cobrindo-lhe o rosto.

*Ah! Jesus Cristo!*

Nikolai o conhecia. Ele tinha visto o filho da mãe de perto e pessoalmente apenas algumas semanas antes, quando uma missão da Ordem tinha-lhe enviado a um encontro com um dos oficiais do mais alto escalão na Agência da Lei. Naquele momento, o homem usava um pseudônimo – um dos dois nomes falsos que a Ordem tinha descoberto não fazia muito tempo. Agora eles conheciam o bastardo por seu verdadeiro nome, o nome que o Primeira Geração traidor que fora seu pai carregava antes também.

*Dragos.*

*Maldição.*

Durante semanas a Ordem havia investigado exaustivamente à procura de Dragos, tudo sem êxito. Agora, ele estava ali, na frente deles, como um peixe em um barril. O bastardo estava ali. E, maldito seja, ele ia cair – *naquela noite.*

Niko recuou para a mata cerrada, então arrastou o traseiro na direção sul, onde tinha deixado Renata no SUV da Agência que roubaram. Mal podia esperar para ligar para Tegan e Rio e lhes dar essas boas notícias.

A confusão e a angústia de Edgar Fabien por causa do fracasso de seu presente para Dragos assombrava-o como um fantasma enquanto ele e os outros seguiam o recém-chegado líder à sala de conferências no abrigo ao norte. Ele sabia que era perigoso, geralmente mortal, desagradar Dragos, algo que tinha evitado muito bem até agora. Mas ele também sabia – assim como o resto dos vampiros da Raça reunidos ali para aquele encontro – que Dragos os tinha juntado por um objetivo específico. Aquela seria uma noite histórica. Eles seriam recompensados, Dragos prometera, pelos anos de parceria oculta e lealdade a um objetivo comum.

Depois de tanto tempo e esforço adulando Dragos durante as últimas décadas, Fabien só rezava que não tivesse jogado tudo fora naquele instante infeliz perto do cais.

– Sentem-se – Dragos ordenou, tomando seu lugar na frente da sala de reuniões. Assistiu enquanto Fabien e os outros seis, todos ocultos atrás de seus capuzes negros, ocupavam as cadeiras reunidas ao redor do bloco de granito polido que servia como mesa de conferências. – Nós nos reunimos aqui nesta sala porque compartilhamos um interesse comum: o atual e o futuro estado de nossa Raça.

Fabien assentiu sob seu capuz, assim como o fizeram os outros ao redor da mesa.

– Compartilhamos um ressentimento comum pela corrupção de nossas descendências pela mancha de humanidade e pela maneira ambiciosa com a qual os que estão no poder dentro da Raça escolheram nos governar com respeito à inferioridade humana. Desde que as primeiras sementes da Raça foram semeadas neste planeta, os vampiros degeneraram-se em uma vergonha grande e triste. A cada nova geração nascida, nossa descendência cresce mais e mais mesclada com a humanidade. Nossos líderes preferem que nos ocultemos dos *Homo sapiens*, todos com medo de serem descobertos, e mascaram essa covardia com leis e políticas supostamente feitas para proteger o segredo de nossa existência. Ficamos debilitados pelo medo e pelo segredo. Já é hora de isso mudar e precisamos de um novo e poderoso líder.

Agora os assentimentos chegaram mais vigorosos, os acordos murmurados mais fervorosamente.

Dragos começou a dar passos sem pressa na frente da sala, suas mãos juntas e frouxas atrás das costas.

– Nem todos partilham de nosso desejo de reverter radicalmente as falhas passadas e restaurar a Raça a uma posição de poder. Nem todos veem o futuro que nós vemos. Alguns diriam que o preço é muito alto, que os riscos são muito grandes. Mil desculpas para explicar por que a Raça deveria manter seu *status quo* e não dar os passos firmes requeridos para aproveitar o futuro a que temos direito.

– Ouça, ouça – Fabien interferiu, ansioso por aquele futuro que o lambia como uma chama.

– Estou encantado com o fato de que todos vocês nesta sala entendam que passos firmes devem ser tomados – disse Dragos. – Cada um de vocês, individualmente, tem tido um papel no avanço de nossa visão ao seguinte nível. E vocês o fizeram sem questionar, sem conhecer uns aos outros... até agora. Nosso próprio momento de segredo terminou. Por favor – disse ele –, tirem seus capuzes e nos deixem começar a mais nova fase de nossa aliança.

Fabien estendeu a mão para o pano negro que lhe cobria a cabeça, a insegurança fazendo seus dedos duvidarem. Deteve-se até que alguns dos outros assistentes tiraram seus capuzes antes de encontrar coragem para tirar o seu.

Por um momento, nenhum dos vampiros da Raça disse uma palavra. Olhadas passaram ao redor da mesa, alguns presunçosos com reconhecimento de olhares conhecidos, outros cautelosos pelos estranhos que agora, com essa confissão de mal-intencionada traição, tinham se tornado seus mais profundos aliados. Fabien conhecia vários dos rostos que lhe devolveram o olhar – todos eles de Refúgios de alto escalão ou oficiais da Agência da Lei, alguns dos Estados Unidos e outros do exterior.

– Somos um conselho de oito – anunciou Dragos. – Como os Antigos que chegaram aqui há tanto tempo. Somos, todos nós, a segunda geração de filhos desses poderosos extraterrestres. Logo, uma vez que o último vampiro Primeira Geração for eliminado, estaremos entre os mais velhos e mais poderosos de nossa Raça. Cada um de vocês ajudou nesse esforço, seja oferecendo as localizações dos membros que restavam de nossa primeira geração, seja apoiando a causa oferecendo Companheiras de Raça para levar as sementes de nossa revolução.

– E quanto à Ordem? – perguntou um dos assistentes europeus, seu sotaque alemão afiado como uma lâmina de barbear. – Há dois guerreiros Primeira Geração com quem ainda temos de lutar.

– E o faremos – disse Dragos, sem problemas. – Vou planejar o ataque direto na Ordem muito em breve. Depois do recente golpe contra mim, será um prazer pessoal enterrar a operação da Ordem e ver os guerreiros e suas Companheiras encontrarem a morte.

Um diretor da Agência da Costa Oeste dos Estados Unidos inclinou-se para trás em sua cadeira e arqueou as sobrancelhas castanhas.

– Lucan e seus guerreiros já sobreviveram a outros ataques antes. A Ordem existe desde a Idade Média. Eles não cairão sem luta. Uma luta dura e sangrenta.

Dragos riu.

– Ah! E eles sangrarão. E se tudo sair como espero, vão pedir misericórdia e não receberão nenhuma. Não do poderoso exército que terei às minhas ordens.

– Quando começaremos a criar esse exército? – alguém no grupo perguntou.

O sorriso de Dragos se encheu de malícia.

– Começamos faz 50 anos. Na verdade, essa revolução começou há muito mais tempo do que isso. Muito mais.

Todos os olhos estavam cravados nele enquanto ia a passos largos até um laptop que Fabien tinha mandado deixar preparado na sala. Enquanto digitava algo, o grande monitor plano da sala de conferências se elevou do chão. Dragos digitou mais outras coisas e logo o monitor piscou, mostrando o que parecia ser um laboratório.

– Uma conexão por satélite com uma de minhas fortalezas – explicou, usando o *touchpad* para controlar remotamente a câmera. – É aqui onde estive juntando as peças do quebra-cabeças – a câmera vagou para um muro de cilindros criogênicos codificados, depois passou por um grupo de microscópios, computadores e tubos de DNA alinhados nas mesas. No meio de todo aquele equipamento, vários Subordinados cientistas vestidos com máscaras e jalecos brancos.

– Parece um laboratório de genética – disse o alemão.

– E é – respondeu Dragos.

– Que tipo de experimentos está fazendo?

– De todo tipo – Dragos voltou para o teclado e teclou outra sequência de comandos. A câmera do laboratório apagou e foi substituída por outra: essa era um ângulo panorâmico de um longo corredor com celas de prisão. Embora da posição da câmera fosse difícil distinguir algo além das mais rudimentares formas, era óbvio que as celas continham mulheres, algumas delas com crianças.

– Companheiras de Raça – tomou fôlego Fabien. – Deve haver vinte ou mais ali.

– Elas nem sempre sobrevivem aos testes, de modo que o número tende a variar – disse Dragos, em tom de conversa. – Mas tivemos nossos êxitos com o processo de reprodução. Essas mulheres e as que viveram antes delas estão dando a luz ao maior exército que este mundo jamais viu. Uma brigada de assassinos Primeira Geração que estarão sob minhas ordens.

Um silêncio tão grande como uma capa de inverno caiu sobre a reunião.

– Primeira Geração? – perguntou o diretor da Costa Oeste. – Isso não pode ser possível. Seria preciso um dos Antigos para produzir uma primeira geração de vampiros da Raça. Todos foram exterminados pela Ordem faz uns 700 anos. O próprio Lucan declarou Guerra a todos os Antigos e se certificou de que nenhum sobrevivesse.

– Certificou-se? – sorriu Dragos, mostrando as pontas de suas presas. – Acredito que... não.

Com uns poucos golpes mais de teclado, mostrou as imagens de outra câmera na conexão do satélite. Dessa vez, o foco se localizava em uma grande sala cheia de segurança, que tinha em seu centro uma cela cilíndrica construída com raios de luz. Os raios ultravioleta emitidos da jaula de barras verticais estavam piscando, inclusive na tela.

E dentro dessa jaula de raios ultravioleta havia uma criatura nua e sem cabelo que, de pé, mediria dois metros. Seu corpo nu era imenso, cada polegada coberta de dermoglifos. Ele elevou a vista enquanto as lentes da câmara zumbiam sobre ele de algum lugar da câmara. Pupilas e olhos âmbar, mas devoradas pelo fogo que ardia fora de suas órbitas, reduzido com letal consciência. A criatura saiu de sua posição de cócoras e se preparou para atacar, só para receber de novo o calor das barras ultravioleta que o deixavam prisioneiro. Abriu a boca e soltou um rugido furioso que não precisou ser ouvido para ser entendido.

– Meu Deus – mais de um dos assistentes ofegou.

Dragos lançou um olhar mortalmente sóbrio sobre o grupo.

– Admirem... nossa revolução.

O celular de Lex vibrou no centro do console do SUV. Renata o pegou e olhou a tela: *Número desconhecido.*

Inferno.

Ela não podia estar segura se a chamada era para Lex ou para Nikolai, já que o guerreiro da Raça estava usando o telefone para chamar e receber chamadas da Ordem. Ela não sabia há quanto tempo ele tinha saído para fazer o reconhecimento e estava a ponto de perder a cabeça esperando por ele. Ela precisava fazer algo. Ao menos, precisava sentir que estavam fazendo algum progresso para encontrar Mira logo...

O celular continuou vibrando em sua mão. Ela pressionou o botão de atender, mas não disse nada. Apenas deixou que a pessoa se revelasse primeiro.

– Olá? Niko? Você está aí, *hermano*? – a profunda voz denotava um acento espanhol, tão quente e suave como caramelo. – É Rio, cara...

– Ele não está aqui – disse Renata. – Estamos no lado norte da cidade, esperando que vocês cheguem. Nikolai saiu para fazer um reconhecimento da área. Não deve demorar muito.

– Bem – disse o guerreiro. – Já estamos quase chegando, demoraremos aproximadamente 45 minutos. Você deve ser Renata.

– Sim.

– Quero agradecê-la por você ter salvado o traseiro de nosso garoto aí. O que fez foi... bem, ele tem sorte de tê-la ao seu lado. Todos temos – ela podia ouvir a genuína preocupação e gratidão na voz do vampiro, e ficou demasiado curiosa por conhecer os outros guerreiros que Nikolai chamava de amigos. – Está tudo bem aí? Você está bem?

– Estou bem. Só ansiosa para que tudo isto acabe essa noite.

– Entendo – respondeu Rio. – Niko nos contou sobre a menina, Mira. Lamento pelo que você está passando, sabendo que um doente como Fabien está com ela. Sei que não deve ter sido fácil esperar o dia todo para se encontrar conosco.

– Não, não foi. Sinto-me tão inútil – confessou ela. – Odeio esse sentimento.

– Lamento tudo isso. Não vamos deixar que nada aconteça com ela esta noite quando entrarmos lá, Renata. Tenho certeza de que Nikolai explicou para você que pôr nossas mãos em Edgar Fabien é fundamental para a Ordem, mas vamos dar o nosso melhor para que a menina saia de toda esta situação bem.

Um súbito frio impregnou seu peito enquanto as palavras de Rio se afundavam em sua mente.

– O que disse?

– Que ela vai ficar bem.

– Não... isso de que você não deixarão que nada aconteça... lá dentro...

Do outro lado da linha, um longo silêncio.

– *Ah! Cristo!* Niko não lhe disse nada sobre o vídeo que temos do Refúgio de Fabien de ontem à noite?

O calafrio em Renata congelou, o gelo estendendo-se do peito aos seus membros.

– Um vídeo... de ontem à noite? – respondeu ela paralisada. – O que havia nele? Você viu Mira? Ah! Deus! Fabien fez algo? Diga-me!

– *Madre de Dios* – disse com uma larga exalação. – Se Niko não lhe disse isso... não tenho certeza de que devo lhe contar agora.

– *Fale, maldição.*

Ela ouviu um estrondo de conversa rápida ao fundo antes que Rio finalmente cedesse.

– A menina está com Fabien e com outros que ainda não identificamos. Pegamos a informação de uma câmera de segurança no Refúgio de Fabien. Eles partiram ontem à noite e nós os seguimos até a propriedade onde está agora.

– Ontem à noite – murmurou Renata. – Fabien está com Mira aqui... *desde ontem à noite.* E Nikolai? Vai me dizer que ele sabia? Quando ele ficou sabendo disso tudo? *Quando*?

– Tenho que pedir que aguente aí um momento mais – disse Rio. – Vai ficar tudo bem...

Renata sabia que o guerreiro ainda estava falando, ainda estava tentando acalmá-la, mas sua voz se apagou lentamente de sua consciência conforme uma profunda cólera e um profundo medo – uma dor tão desmedida que ela acreditava que poderia despedaçá-la – tomou conta de si. Ela desligou o telefone, cortando a chamada e deixando o aparelho cair no chão, aos seus pés.

Mira estava ali desde a noite passada, com Fabien. Todo este tempo. *E Nikolai sabia.*

Ele sabia, e escondeu isso dela. Ela poderia estar aqui há horas – nas horas de sol – fazendo algo, algo para salvar Mira. Em vez disso, Nikolai tinha ocultado deliberadamente a verdade e, como resultado, ela não tinha feito nada.

Não totalmente nada, ela admitiu, golpeada pela culpa por causa do prazer que tinha desfrutado com Niko enquanto Mira estava sozinha perto dali.

– Ah! Deus! – ela sussurrou, sentindo-se enjoada diante daquele pensamento.

Estava vagamente consciente dos passos aproximando-se do veículo, seus sentidos elevando-se antes que sua mente pudesse processar o som. O vínculo de sangue que agora compartilhava com Nikolai lhe disse que era ele antes que sua sombra aparecesse. Ele abriu a porta do carro esportivo e entrou.

– É Dragos – disse ele, procurando no console, no painel e no assento pelo celular. – Maldito seja, não posso acreditar nisso, mas era ele. Acabei de ver o filho da mãe dentro da casa com Fabien e com os outros. Dragos está aqui, ao nosso alcance. Onde diabos está aquele telefone?

Renata o olhou fixamente, vendo um estranho enquanto ele se inclinava para a frente e estendia a mão para apanhar o celular que estava aos pés dela, no chão do veículo. Ela mal ouvia o que estava dizendo. Mal se preocupava agora.

– Você mentiu para mim.

Ele se voltou para trás, com o telefone de Lex na mão. O rangido de adrenalina que tinha iluminado seus olhos se reduziu um pouco quando encontrou seu olhar.

– O quê?

– Eu confiei em você. Você me disse que eu podia confiar em você, que podia contar com você, e o fiz. Acreditei em você e você me traiu

– ela tragou a saliva passando o terrível nó de sua garganta e forçando a si mesma a pronunciar as palavras. – Mira está aqui. Está aqui com Fabien desde ontem à noite. Você sabia disso... *e não me disse nada.*

Ele estava calado, mas sequer tentou negar o que ela dizia. Ele olhou o telefone em sua mão como se acabasse de se dar conta de como ela tinha descoberto.

– Eu podia estar aqui, Nikolai. Há horas, podia estar aqui, fazendo algo para tirar Mira das mãos desse monstro!

– Motivo pelo qual eu não lhe disse nada – disse amavelmente.

Ela sentia o coração quebrado.

– Você me traiu.

– Fiz isso para protegê-la. Porque te amo.

– Não – disse ela, agitando a cabeça para evitar ser feita de idiota de novo. – Não. Não diga isso. Como pode dizer isso quando usou todas essas palavras para me manter distraída, para me fazer acreditar que realmente se preocupava comigo enquanto você e seus amigos da Ordem faziam planos pelas minhas costas?

– Não foi assim. Nada do que aconteceu entre nós hoje... nada do que eu disse tem a ver com a Ordem. Hoje era você e eu... era sobre *nós*.

– Grande merda!

Ele estendeu a mão para ela e ela recuou, mantendo-se fora do alcance dele. Ela abriu a porta e saiu do carro, mas ele estava fora do veículo, a seu lado, bloqueando-a com o enorme corpo, tão rápido que ela sequer pôde dar um passo.

– Afaste-se de mim, Nikolai.

– Aonde você vai? – perguntou ele gentilmente.

– Não posso me sentar aqui por mais tempo e não fazer nada – ela deu um passo, mas ele continuava ali. A sutileza desapareceu rápido, substituída por uma firmeza que dizia que ele a manteria amarrada se fosse necessário.

– Não posso deixar que você faça isso, Renata.

– Essa não é uma escolha sua – ela respondeu, tremendo com medo e indignação. – Que droga, nunca foi uma escolha sua!

Ele grunhiu uma maldição e a agarrou.

Renata mal percebeu o que tinha feito até que ele ficou paralisado, segurando a cabeça entre suas mãos. Ele sibilou, seus olhos pulsando brilhos âmbar enquanto lhe dirigia um olhar horrorizado e furioso.

– Renata. Não faça isso.

Ela o atacou de novo, todo seu medo por Mira e sua dor por causa da traição verteram dela uma corrente castigadora de dor mental. Nikolai caiu de joelhos, rugindo e retorcendo-se pela dor que ela tinha desencadeado nele.

Renata se afastou do guerreiro, no bosque, antes que se permitisse ser dissuadida pelo arrependimento crescente dentro de si.

# Capítulo 30

A casa estava sob forte armamento, guardada por todos os lados. Era impossível entrar sem ser notado por pelo menos um dos agentes de execução vestidos com roupas parecidas com as da equipe antiterrorista da SWAT. Todos eles ostentavam uma expressão do tipo "atire primeiro e pergunte depois", desde a escura viseira do capacete preto e dos equipamentos de combate até os rifles automáticos pendurados no corpo.

Graças aos agentes que tinham invadido a casa de Jack na noite anterior, Renata e Nikolai tinham conseguido transporte, uniforme e armas. Ela não tinha a ilusão de que teria a sorte de chegar ao edifício, mas, à primeira vista, vestida como eles, os agentes de plantão podiam pensar que ela era um dos seus.

Ela colocou o capacete que tinha trazido consigo do SUV e fechou o visor colorido. Adotando a melhor postura de soldado que podia, saiu da mata e se aproximou do vampiro que guardava o lado oeste da casa.

O agente a viu imediatamente.

– Henri? Que porcaria você estava fazendo lá fora?

Renata deu de ombros, ergueu o braço bom em um gesto de "vá se ferrar". Ela não correria o risco de falar com ele, arriscaria no máximo usar sua arma para tirar esse obstáculo do caminho. Mas se o derrubasse, teria toda a segurança em seu traseiro. Não, ela tinha de manter a calma e apenas seguir caminhando na direção dele com a esperança de que ele não abrisse fogo se suspeitasse de algo.

– Qual o problema com você, idiota?

Renata deu de ombros novamente. Chegando mais perto.

Seus dedos coçavam para fazê-lo voar – ele era um alvo fácil ali parado como um tronco, mas o mais leve cheiro de sangue derramado chamaria a atenção de todos os vampiros ao redor. Renata sabia que tinha de aproximar-se o suficiente para alcançá-lo com a mente. Sua única opção era atingi-lo com uma explosão rápida e sólida.

– Ingrato dos infernos. Henri, volte ao seu posto – disse o agente, grunhindo. Estendeu a mão para um pequeno dispositivo de comunicação em seu cinto. – Estou chamando Fabien para denunciá-lo. Se quiser irritá-lo, vá em frente, mas eu não quero fazer parte disso...

Usando todo seu poder, Renata lançou uma descarga selvagem de energia a partir de sua mente e a enviou ao vampiro diante de si. Suas palavras sufocaram com um grunhido e ele caiu como uma pedra. Ela manteve a descarga até que ele ficou em silêncio. Quando estava certa de que ele estava morto, inclinou-se e tirou-lhe a arma e o rádio.

Renata abriu a porta de entrada lateral e deu uma rápida olhada na área interna. Estava vazia. Ela deslizou para dentro, o coração martelando no peito, a respiração ofegante contra a viseira fechada do capacete.

Depois de toda a fúria que ela sentira por Nikolai não ter contado que Mira estava ali com Fabien, agora ela tinha gratidão para com a Ordem pela prova visual da localização da criança. Era tarde demais para saber como tinham ficado as coisas com Nikolai. Tarde demais para se preocupar se deveria ter esperado por ele e por seus companheiros de armas para apoiá-la. Parte dela sabia que tinha sido injusta, mas tinha ido muito longe para voltar.

Ela tomou uma decisão impulsiva e emocional baseada em sentimentos feridos. Foi uma decisão que poderia custar a amizade que tinha com Nikolai – talvez até mesmo seu amor –, mas mesmo já lamentando, aquilo não podia ser desfeito. Nikolai poderia nunca perdoá-la por colocar em risco sua missão e ela entenderia se ele não a perdoasse.

Agora, ela podia apenas rezar para que Mira não pagasse o preço daquilo tudo.

Niko despertou com o zumbido irritante de um celular ao lado de sua cabeça. Ele estava no chão ao lado do veículo. Não fazia ideia de quanto tempo estava ali. O celular vibrou novamente, mexendo na grama e nas folhas secas que se espalhavam pelo chão da floresta. Usou quase toda a sua força para mover a mão e pegar o maldito aparelho. Desajeitadamente, atendeu. Tentou dizer algo, mas apenas conseguiu soltar um grunhido seco.

– Alô – disse ele mais uma vez, forçando seus membros a se arrastarem e se apoiarem na roda dianteira do SUV.

– Niko? – a voz de Rio veio do outro lado do receptor, pesada com a preocupação. – Você parece uma porcaria, *hermano*. Fale comigo. O que está acontecendo?

– Renata – disse ele, segurando a cabeça nas mãos. – Está enlouquecida...

Rio amaldiçoou.

– Sim, deduzi isso. A culpa é minha, cara. Não sabia que ela não estava a par sobre a menina ter sido levada na noite passada.

– Ela sumiu – Niko disse. Notou que todos os seus sentidos começaram a voltar como se um interruptor em um gerador de energia fosse ligado dentro dele. – Ah! Caramba, Rio.... eu a enfureci e agora ela foi em busca de Mira por conta própria.

– *Madre de Dios*.

Na outra ponta da linha, Niko ouviu Rio dar a Tegan e aos outros um rápido esboço da situação.

– Isso não é o pior, cara – acrescentou Nikolai, ignorando a dor do tiro em sua cabeça enquanto se levantava do chão e dava uma corrida impressionante para a parte traseira do SUV. – A reunião de Fabien é maior do que pensávamos... Dragos está aqui também.

– Você tem certeza disso?

– Eu vi o desgraçado com meus próprios olhos. Ele está aqui. Nikolai foi pegar as armas automáticas na parte traseira tão rápido quanto seus braços lentos poderiam se mover. Ele cobriu o corpo com fuzis, enfiou uma pistola na parte traseira de seu uniforme roubado do Agente de Execução e outra em um coldre no tornozelo. – A casa está cercada por guardas, então quando vocês chegarem aqui, entrem a pé e se dividam.

– Niko, o que você está fazendo?

Ele não respondeu; sabia que seu velho amigo não gostaria da resposta. Em vez disso, carregava com munição tudo o que pudesse.

– Há dois homens no meio do estacionamento e três na frente. Retire-os primeiro e terão o caminho limpo.

– Nikolai – a voz de Rio era baixa, em forma de advertência. – *Hermano*, você não está pensando direito agora... não.

– Ela está lá dentro, Rio. Com Dragos, Fabien e sabe Deus quem mais... e ela está sozinha. Eu vou atrás dela.

Rio soltou uma palavra desagradável em espanhol.

– Fique atento. Estamos a dez minutos de distância e estamos acelerando, cara.

Niko fechou a parte de trás do SUV.

– Vou dar uma olhada no entorno.

– Caramba, Nikolai, se essa mulher quer se matar, isso não é problema seu. Nós vamos ajudá-la no que pudermos, mas...

– Ela é minha companheira, Rio – Nikolai soprou uma maldição. – Estamos ligados pelo sangue... e eu a amo. Eu a amo mais do que minha própria vida.

O suspiro do guerreiro soou pesado com compreensão e derrota.

– Suponho que não há necessidade de lhe dizer que você desafiará as ordens diretas de Lucan se for lá agora. Se Dragos está no lugar, isso torna as coisas ainda mais críticas e você sabe disso. Precisamos que você fique onde está e espere por ajuda.

– Não posso fazer isso – respondeu Nikolai.

Ele desligou o telefone e o atirou pela janela do motorista. Então, partiu para encontrar sua mulher.

# Capítulo 31

Dragos se permitiu deleitar-se com o temor de seus subalternos quando eles observavam o Antigo preso na cela de raios ultravioleta sendo mostrada na tela. Do assombro de seus rostos – a absorta incredibilidade –, qualquer um pensaria que ele tinha conseguido capturar a luz em uma garrafa. Na verdade, o que tinha conseguido nas últimas décadas era algo ainda maior. Os sete machos da Raça que se reuniram com ele no quarto já o olhavam como um deus justamente por isso. Ele era o arquiteto de uma revolução que iria virar o planeta inteiro de cabeça para baixo. Naquela noite, eles testemunhariam a história e o começo de um futuro que ele tinha projetado pessoalmente.

– Como isso é possível? – alguém murmurou. – Se realmente é um dos Antigos que foi pai de nossa Raça, como sobreviveu à guerra com a Ordem?

Dragos sorriu enquanto andava mais perto da tela.

– Meu pai era um membro original da Ordem... mas foi, em primeiro lugar, o filho dessa criatura. Durante o banho de sangue perpetrado pela Ordem, quando Lucan declarou guerra aos Antigos, meu pai e seu pai alienígena fizeram um pacto. Em troca do poder compartilhado no futuro, meu pai iria escondê-lo até a histeria passar. Infelizmente, depois de fazer sua promessa, meu pai não sobreviveu à guerra. Mas o Antigo sim, como podem ver.

– Então, pretende cumprir o acordo de seu pai com essa... coisa? – Fabien perguntou, sua expressão como a de um cãozinho que acabara de perder o osso para um lobo selvagem.

– O Antigo está totalmente sob meu controle. Ele é uma ferramenta que utilizo quando e como for melhor para mim e para nossa causa.

– Como assim? – perguntou outro homem do grupo.

– Permitam-me dar-lhes uma demonstração.

Dragos caminhou até a porta da sala de conferências. Estalou os dedos para o Caçador que esperava lá fora, então, virou de volta para seus associados conforme o grande Primeira Geração o obedecia.

– Tire a camisa – ele ordenou ao Caçador.

O enorme macho obedeceu em silêncio, desnudando os ombros enormes e o peito sem pelos coberto por uma densa rede emaranhada de glifos. Mais de uma cabeça se voltou para o monitor para comparar as marcas da pele hereditárias da criatura contido dentro da célula ultravioleta.

– Eles têm dermoglifos semelhantes – Fabien engasgou. – Esse macho é da família do Antigo?

– Filho de Primeira Geração, criado com o único propósito de servir à causa – disse Dragos. – Todos os Caçadores de meu exército pessoal são os mais fortes, as armas mais letais do mundo. Eles foram especialmente criados e treinados sob minha orientação. São assassinos e infalivelmente leais a mim.

– Como pode estar certo disso? – perguntou o líder do Refúgio de Hamburgo, um homem sagaz que, sem dúvida, apreciaria a demonstração em tempo real que Dragos tinha em mente.

– Você percebe que o Caçador usa uma coleira. É um dispositivo de monitoramento GPS, mas também está equipado com um laser ultravioleta. Cada Caçador usa uma desde o momento em que começa a andar. Posso acompanhar todos os seus movimentos, localizá-los em um instante. E se me desagradam de qualquer maneira, basta um simples controle remoto para o laser ser ativado e emitir uma luz ultravioleta fina como uma navalha no pescoço do Caçador, cortando sua cabeça – disse Dragos, lançando um olhar significativo ao Caçador rigidamente em pé ao seu lado.

Um ou dois homens na mesa trocaram olhares desconfortáveis.

Foi o alemão quem falou primeiro, os olhos brilhantes.

– O que acontece se o colar for adulterado, ou removido?

Dragos sorriu, não para o alemão, mas para o próprio Caçador.

– Que tal vermos?

Apesar de seu instinto gritar para que entrasse como um ladrão à espreita, Renata caminhou pelo corredor oeste do covil de seus inimigos como se tivesse todo o direito de estar lá. Ela ouviu o baixo ruído de conversa masculina vindo de uma das grandes salas nos fundos. Em outra parte da casa, não havia nada além de calma, até que...

Soluços suaves de uma criança chegavam a partir de uma escada que conduzia ao segundo andar.

*Mira.*

Renata voou pelos degraus e seguiu os soluços até o final do corredor. A porta do quarto estava trancada pelo lado de fora. Ela passou a mão na parte superior do batente, mas não encontrou chave alguma.

– Maldição – sussurrou, tirando uma de suas lâminas da lateral da calça. Enfiou-a no ponto entre a porta e o batente, bem acima da fechadura, e fez uma alavanca dura. A madeira rachou, afrouxando um pouco. Mais duas vezes e, finalmente, tinha espaço suficiente para abrir. Com agitação e mãos ansiosas, Renata abriu a porta.

Mira estava lá dentro, graças a Deus.

Estava sem véu e assim que olhou para cima e viu a figura vestida de preto entrando na sala, encolheu-se no canto com terror absoluto.

– Mira, sou eu – disse Renata, abrindo a viseira escura. – Está tudo bem agora, querida. Estou aqui para levá-la para casa.

– Rê!

Ajoelhando-se, Renata estendeu os braços. Com um pequeno grito, Mira voou para seu abraço.

– Ah, minha ratinha! – Renata sussurrou, dando beijos aliviados na cabeça loira da garota. – Fiquei tão preocupada com você. Desculpe-me por eu não ter vindo mais cedo. Está tudo bem, querida?

Mira assentiu com a cabeça, os braços pequenos em volta do pescoço de Renata.

– Eu estava preocupada com você também, Rê. Eu estava com medo de nunca mais voltar a vê-la.

– Eu também, querida. Eu também – Renata odiava ter de soltá-la, mas ainda tinha que sair de lá antes que Fabien e seus companheiros chegassem. Ficou de pé, levantando Mira nos braços. – Temos que correr agora. Agarre-se em mim, certo?

Renata ainda não tinha descido dois degraus com a criança quando as explosões rápidas de tiros irromperam de todas as direções em algum lugar fora da casa.

Dragos estava ansioso para demonstrar a beleza tecnológica da coleira de raios ultravioleta que o Caçador usava quando o inferno desabou fora da reunião. Ele disparou um olhar mortal a Edgar Fabien quando o grupo pulou de seus assentos em alarme atordoado.

– O que está acontecendo lá fora? – exigiu de seu anfitrião. – Essa é outra de suas incompetências?

O rosto estreito de Fabien tinha uma sombra pálida.

– Eu... não sei... senhor. Seja o que for, tenho certeza de que meus agentes resolverão.

– Ao diabo seus agentes! – Dragos rugiu. Ele tateou para o rádio e emitiu uma ordem para o motorista levar o barco. Em seguida, olhou para o rosto do Caçador. – Fora, agora. Cuide disso. Mate todos que cruzarem seu caminho.

O Caçador – o soldado altamente treinado, obediente e impecável – apenas ficou ali, imóvel como um pilar de pedra.

– Fora. Eu ordeno!

– Não.

– O quê? – Dragos não podia acreditar em seus ouvidos. Ele sentiu os olhares de seus subordinados fixos nele. Ele podia sentir a descrença deles, a dúvida deles. Um silêncio floresceu, maduro, com a expectativa. – Eu lhe dei uma ordem direta, Caçador. Faça-o, ou vou acabar com você aqui e agora.

Com tiros chegando aos muros da casa, o Caçador teve a audácia de olhar Dragos nos olhos e balançar a cabeça.

– De qualquer forma, estou morto. Se quer que eu lute para que você possa viver, desative o meu colar.

– Como ousa sequer sugerir...

– Está perdendo tempo – disse ele, aparentemente imperturbável com caos crescente à sua volta. – Liberte-me deste colar, seu filho da mãe arrogante.

Nesse momento, um dos fracos vigias de Fabien apareceu correndo pela porta entreaberta.

– Senhor, estamos sendo alvejados por todos os lados. Não podemos ter certeza ainda, mas deve haver um exército na floresta nos cercando.

– Ah! Jesus! – Fabien engasgou. – Vamos todos morrer!

Dragos rosnou em fúria, sem a menor confiança de que os guardas de Fabien pudessem encontrar seus próprios traseiros, muito menos proporcionar uma cobertura adequada para o grupo de machos da Raça de alto escalão que estavam olhando naquele momento para Dragos como seu líder para ajudá-los a fugir. Esperando que ele decidisse se os salvaria ou se deixaria a prometida revolução cair por terra.

– Terminamos por aqui – ele rosnou. – Todo mundo para fora pela porta de trás, para o barco. Sigam-me.

Quando o grupo começou a sair em torno dele, Dragos lançou um olhar ameaçador por cima do ombro para o Caçador. Ninguém disse uma palavra – o ódio mútuo era suficiente para ler em seus olhares quando Dragos pôs a mão no bolso e pegou o dispositivo que controlava a coleira do Caçador e digitou o código que a desativava.

No instante que a coleira se desligou, o Caçador estendeu a mão e a arrancou do pescoço. Então, com um olhar de descrença, de fria determinação, ele caminhou para fora da porta em direção ao caos que se estendia do lado de fora.

# Capítulo 32

Nikolai sorriu sozinho quando sua tática de distração criou uma confusão repentina e maciça em todo o complexo. Os Agentes em guarda corriam precipitadamente em pânico total, mais de um recebeu um golpe da explosão de disparos que vinham de todas as direções do bosque. Niko ordenou que uma videira enrolasse os ramos no gatilho de sua última M16 escondida.

Quando a videira fez como as anteriores, segurando o fuzil no alto e aplicando uma pressão cada vez maior no gatilho, o galho verde ficou mais grosso e mais forte, então Niko correu para a entrada lateral da casa.

Não foi difícil encontrar Renata. Seu vínculo de sangue era um farol para ele, levando-o através da parte traseira do lugar para um voo por cima das escadas. Renata estava descendo com Mira apertada nos braços. Ela encontrou o olhar dele e, por um instante infinito, nenhum dos dois disse uma palavra. Nikolai queria dizer como estava arrependido, e como estava aliviado por ela ter encontrado a criança ilesa.

Ele tinha mil coisas que queria dizer a Renata naquele momento, principalmente que a amava e que sempre a amaria.

– Rápido – ele murmurou. – Precisamos sair daqui agora.

– O tiroteio está por toda parte – disse Renata, a preocupação marcando suas feições. – O que está acontecendo?

– Apenas diversão. Tive que criar uma oportunidade para conseguir tirar você daqui.

Ela parecia aliviada, mas só por um segundo.

– Fabien e os outros... Eu os ouvi saindo pelo caminho de trás há alguns minutos.

– Estou trabalhando nisso – Niko disse. – Agora vá. Não pare por nada. Leve Mira de volta para o carro. A Ordem deve chegar a qualquer minuto.

– Nikolai... – disse Renata, olhando Nikolai firmemente, fazendo-o parar na esperança de ouvir o perdão ou uma afirmação de que ela ainda podia amá-lo depois de tudo o que tinha acontecido. Ela prendeu seu olhar, formando um vinco entre as sobrancelhas. – Seja cuidadoso.

Ele ofereceu-lhe um aceno triste, não sentindo o comum aumento de adrenalina que precedia o combate. Aqueles dias pareciam séculos atrás, quando nada mais importava para ele exceto a glória da batalha e o triunfo da vitória, por mais sem sentido que fosse.

Agora tudo importava, sobretudo em se tratando de Renata. Sua segurança e felicidade eram tudo o que importava, mesmo que isso significasse que ele poderia não estar em cena.

– Leve Mira de volta para o carro – disse novamente. – Mantenha a cabeça baixa e cuide-se. Vamos tirá-las daqui.

Ele esperou até que Renata saísse correndo, então foi para a porta dos fundos da propriedade por onde seus inimigos tinham fugido.

A lancha estava parada na doca quando Dragos e os outros correram ladeira abaixo para pegá-la. Ao redor da floresta e até perto da casa, os agentes de Fabien mexiam-se como formigas que tinham acabado de perder a casa. Tiros iluminavam a noite de modo tão enlouquecido que era impossível dizer quais rajadas vinham dos aliados e quais dos aparentes intrusos.

Tudo que Dragos sabia era que não ficaria para enfrentar a Ordem ou esperar que alguém o derrubasse.

Quando ele e seu grupo começaram a subir no barco, Dragos colocou-se no caminho de Edgar Fabien.

– Não há espaço a bordo para você – disse para o líder do Refúgio de Montreal. – Você nos prejudicou bastante com sua idiotice. Você fica aqui.

– Mas... senhor, eu... por favor, posso garantir que não vou decepcioná-lo novamente.

Dragos sorriu, mostrando as pontas de seus dentes.

– Não, você não vai.

Dizendo isso, levantou uma pistola 9 mm e disparou um tiro mortal direto entre os olhos redondos de Fabien.

– Vamos! – ordenou ao condutor do barco, Edgar Fabien completamente apagado quando o motor rugiu e a embarcação os levou até o hidroavião que esperava na outra extremidade do lago.

Ele chegou tarde demais.

Niko encontrou alguns Agentes em seu caminho até o lago, mas quando chegou lá, a lancha não passava de uma agitação na água. Nikolai disparou alguns tiros atrás deles, mas estava apenas perdendo balas. O cadáver de Edgar Fabien jazia na doca de madeira. Dragos e os outros já estavam do outro lado do lago naquele momento.

– Maldição.

Alimentado pela fúria e pela determinação, Nikolai começou a se movimentar ao longo da costa, recorrendo à velocidade sobrenatural que todos os da sua espécie possuíam quando precisavam. O barco era rápido, mas a água estava cercada de terra. Em algum ponto Dragos e seus companheiros teriam de desembarcar e pegar outro meio para terminar a fuga. Com alguma sorte, Niko poderia alcançá-los antes que fugissem.

Ele não sabia quão longe estavam – um quilômetro, provavelmente – quando, de repente, seu peito congelou de medo.

*Renata.*

Algo estava errado. Terrivelmente errado. Ele podia sentir as emoções de Renata como se fossem suas. Ela, a corajosa e imperturbável Renata, agora estava morrendo de medo.

*Ah! Cristo! Se alguma coisa acontecesse com ela...*

Não. Ele não podia sequer pensar nisso.

Com todos os pensamentos sobre Dragos deixados de lado, Nikolai virou e continuou em alta velocidade, rezando para chegar a tempo.

Ela não tinha visto o vampiro enorme vindo.

Em um minuto estava cortando o mato escuro com Mira firme em seus braços e, no minuto seguinte, viu-se olhando para o rosto implacável e para os impiedosos olhos dourados de um macho da Raça, cujo imenso torso nu, ombros e braços estavam cobertos por um espesso padrão de dermoglifos.

Era um Primeira Geração; Renata soube instintivamente. Seus instintos também diziam que aquele macho era mais letal do que a maioria, frio como pedra.

Um assassino.

O terror a cobriu como uma maré negra. Ela sabia que se o atacasse era melhor ter certeza de que poderia matá-lo rapidamente, ou então ela e Mira seriam mortas no mesmo instante. Não se atreveu a tentar quando Mira podia sofrer caso ela falhasse.

*Santa Mãe de Deus, chegar tão longe, finalmente ter Mira em seus braços, a poucos passos da liberdade... e agora... Jesus Cristo!*

– Por favor – Renata murmurou, desesperada para atrair a mais leve misericórdia. – A criança não. Deixe-a ir... por favor, deixe a criança, não lhe faça mal...

O silêncio do vampiro era irritante. Mira tentou levantar a cabeça do ombro da amiga, mas Renata gentilmente a empurrou de volta para baixo, não querendo que ela se assustasse com o mensageiro da morte que, sem dúvida, tinha sido enviado por Edgar Fabien ou por Dragos. Ou pelo próprio Diabo em pessoa, maldito seja.

– Vou colocá-la no chão – Renata disse a ele, sem ter certeza de que ele a compreendia e que muito menos concordaria. – Apenas... deixe a criança ir. Sou eu quem você quer, não ela. Apenas eu.

Os olhos de falcão dourado seguiam cada movimento de Renata enquanto ela cuidadosamente tirava Mira dos braços e lentamente colocava os pés da menina no chão. Renata colocou-se entre o assassino e a criança, rezando para que a morte dela fosse suficiente para satisfazer ao assassino e ao seu mestre do mal.

– Rê, o que está acontecendo? – Mira perguntou por trás de suas pernas, as mãos pequenas segurando-lhe as calças enquanto olhava ao seu redor. – Quem é esse homem?

O vampiro deixou seu olhar de pedra viajar até a origem daquela voz minúscula. Ele olhou. Sua cabeça raspada virou lentamente para o lado. Então, ele fez uma careta.

– Você – disse ele, com uma voz tão profunda que estremeceu todo o caminho até a medula Renata. Algo sombrio passou em seu rosto. – Deixe-me vê-la.

– Não – declarou Renata, segurando Mira atrás de si e bloqueando-a como um escudo. – Ela é apenas uma criança. Não fez nada contra você ou qualquer outra pessoa. Ela é inocente.

Ele lançou a Renata um olhar tão feroz que quase a derrubou.

– Deixe-me ver os olhos dela.

Antes que pudesse recusar mais uma vez, antes que pudesse pensar em alguma forma de pegar Mira e fugir o mais rápido possível, Renata sentiu Mira dar um passo para sair detrás de sua proteção.

– Mira, não.

Tarde demais para interromper o que aconteceria. Renata só pôde olhar com terror quando Mira caminhou direto para fora e olhou para cima, subindo para o duro olhar do letal vampiro Primeira Geração.

– Você... – disse ele novamente, olhando para o doce rosto de Mira.

Renata poderia dizer o momento em que começou a testemunhar o presente de Mira. Os olhos dourados dele ficaram tempestuosos, e ele olhava, absorto, enquanto a criança mostrava seu futuro. Ele chegou mais perto, muito perto, até que os braços maciços poderiam atacar e quebrar Mira inadvertidamente.

– Não... – ela deixou escapar, mas ele já estava chegando até Mira.

– Está tudo bem, Rê – Mira sussurrou, em pé diante do vampiro, tão inocente como uma criancinha que vagava na cova dos leões.

E foi então que Renata percebeu que algo de extraordinário estava para acontecer.

– Você me salvou – ele sussurrou, com as mãos enormes nos pequenos ombros de Mira. O vampiro se ajoelhou, ficando no nível da criança. Quando ele falou, a voz letal estava tranquila, com espanto e confusão. – Você salvou minha vida. Eu vi isso, agora, em seus olhos. Vi naquela noite também...

# Capítulo 33

O coração de Nikolai congelou dentro de seu peito, um crescente pânico, medo transformado em gelo. Com o tiroteio ainda em erupção na área, ele tinha dado uma volta pela floresta até o lugar onde seu sangue tinha mostrado que encontraria sua Companheira apavorada.

Renata estava lá. Na escuridão da floresta banhada pela luz da lua, imóvel como uma estátua e olhando um imenso vampiro Primeira Geração agachado diante de Mira, segurando a criança com suas enormes mãos.

*Jesus Cristo.*

Niko moveu-se silenciosamente, rastejando para se aproximar e tentar encontrar uma posição em que poderia atirar sem colocar Renata ou a menina no fogo cruzado.

*Ataque-o com uma onda, Renata. Faça-o cair e corra como se estivesse correndo do diabo.*

Ela não lançou o poder mental sobre ele. Ela não tentou contrair um dedo na direção de qualquer uma de suas armas, psíquica ou não. Não, para o horror de Niko, ela não moveu sequer um dedo. Apenas ficou ali, no centro do que rapidamente se transformaria em uma tempestade infernal de sangue e violência.

O próprio medo de Niko naquele momento era insondável. Tudo o que ele sentia era o terror rasgando-o por dentro, seus ossos congelados, um desespero tão selvagem dentro do coração que batia como um tambor no peito.

Ele tirou as pistolas 9 mm de seus coldres laterais e avançou. Embora estivesse se movendo a um ritmo que apenas alguém da Raça poderia controlar, Renata olhou para cima. Ela o sentiu ali, movendo o ar ao seu redor, mesmo que os olhos não conseguissem registrar a velocidade. O sangue dele nela lhe disse que seu macho estava perto, assim como o seu sangue correndo nele sempre o faria encontrá-la.

Ele estava muito consumido pela raiva para notar que ela olhava para ele com alarme e não para o inimigo vampiro que enfrentava.

Nikolai avançou como um *flash*, totalmente preparado para matar. Ele parou logo atrás do grande Primeira Geração, as duas pistolas apertadas contra os glifos que seguiam até a parte traseira do crânio raspado do vampiro.

Tudo aconteceu em um piscar de olhos, mas parecia em câmara lenta na consciência de Nikolai.

Ele apontou as armas, os dedos nos gatilhos.

Os olhos de Renata se abriram. Ela balançou a cabeça.

- Niko, espere... não!

O Primeira Geração soltou Mira, deixando as grandes mãos caírem ao seu lado. Ele nem sequer reagiu às armas apontadas em sua cabeça. Seu peito expandiu quando puxou uma respiração longa, então deixou o ar sair em um suspiro resignado.

Ele não estava lutando contra sua morte.

Ele não se importava se morresse.

E então Mira gritou, a voz da criança alta com o medo.

- Não! Não o machuque!

Nikolai assistiu incrédulo e com espanto total quando Mira jogou seus braços em torno dos ombros largos do Primeira Geração.

– Por favor, não o machuque! – ela chorou, olhando para Niko, suplicando-lhe enquanto tentava proteger o vampiro com seu corpo minúsculo.

– Nikolai – Renata prendeu seu olhar quando ele a olhou, incrédulo, as duas pistolas de grande porte ainda armadas e prontas, niveladas na cabeça do Primeira Geração. – Nikolai... por favor, está tudo bem. Espere.

Ele franziu a testa, mas sua atitude guerreira relaxou um pouco.

– Levante-se – ordenou ao vampiro. – Levante-se e afaste-se da criança.

O Primeira Geração obedeceu sem qualquer comentário, lentamente, soltando os braços de Mira do seu pescoço e empurrando-a para longe enquanto levantava.

Niko se moveu para enfrentá-lo, as armas ainda sobre ele, quando orientou tanto Renata quanto Mira a ficar atrás dele.

– Quem diabos é você?

Os olhos sóbrios, inexpressivos, fitaram a terra.

– Chamam-me de Caçador.

– Você não é um Agente – disse Nikolai, cautelosamente.

– Não. Eu sou um Caçador.

Renata levou Mira para perto, segurando-a enquanto o caos na floresta e na casa lentamente morria em torno deles.

– Seus olhos, Nikolai – disse ela, entendendo agora. – Ele é o assassino que tentou matar Sergei Yakut naquela noite. Foi ele quem Mira viu no retiro de Yakut.

A expressão de Nikolai escureceu.

– É verdade? Você é um assassino de aluguel?

– Eu era – o Caçador deu um aceno triste e, finalmente, levantou o olhar. – A criança me salvou... Algo mudou em mim depois que eu vi a visão nos olhos dela naquela noite. Eu a vi salvar minha vida, exatamente como aconteceu há pouco.

No instante seguinte, a floresta ganhou vida com homens armados se deslocando sobre eles de todas as direções. Nikolai tinha as armas na mão, mas não fez nenhum movimento para disparar sobre as ameaças recém-chegadas. Renata entrou em pânico.

– Ah, merda. Niko...

– Está tudo bem – ele a acalmou com um olhar tranquilizador e algumas palavras gentis. – Estes são os mocinhos, meus amigos da Ordem.

Ela observou quando quatro dos guerreiros amigos de Nikolai entraram na área. Todos eram formidáveis no tamanho e na atitude, um grupo de músculos e de força que parecia sugar todo o ar da floresta pela simples presença dele.

– Como vai, *hermano*? Tudo bem aqui? – perguntou a voz suave que agora Renata reconhecia como pertencente a Rio.

Nikolai assentiu com a cabeça, os olhos e armas ainda apontadas na direção do Primeira Geração.

– Tenho tudo sob controle, mas a situação na casa está arruinada. Edgar Fabien está morto e Dragos e os outros fugiram pela costa. Foram de barco para o outro lado do lago. Tentei segui-los, mas... – olhou para Renata. – Tinha que me assegurar de que tudo estava bem por aqui primeiro.

– Nós ouvimos o zumbido de um motor de avião pequeno quando chegamos – disse Rio.

– Droga – Nikolai sussurrou. – Eram eles, sem dúvida. Fugiram. Diabos, Dragos estava aqui e nós perdemos o filho da mãe maldito.

– Deixe-me ajudar a encontrá-lo.

Todos os olhos se voltaram para o vampiro ainda detido na mira de Nikolai.

– Por que confiaríamos em você? – Nikolai perguntou, estreitando o olhar. – Por que estaria disposto a nos ajudar a colocar as mãos em Dragos?

– Porque ele é a pessoa que me criou – não havia calor no tom dourado dos olhos do Primeira Geração assassino quando respondeu à pergunta, apenas ódio gelado. – Ele me fez o que sou. Eu e todos os outros Caçadores criados por ele para matar.

– Ah, meu Deus! – Renata respirou. – Você quer dizer que há outros como você?

A cabeça raspada do Caçador acenou sobriamente.

– Não sei quantos nem onde estão, mas Dragos me disse que não sou o único de minha espécie. Há outros. *Muitos* outros.

– Por que devemos acreditar em você? – perguntou outro dos guerreiros, quase tão sombrio quanto a noite ao seu redor, seus dentes e presas brilhando como pérolas contra sua pele morena.

Outro guerreiro interveio, então, de olhos rápidos e sagazes, astuto como um lobo sob os pontos de ébano de seus cabelos cortados.

– Deixe Tegan nos dizer se podemos confiar nele.

Renata assistiu com espanto e um pouco de medo quando o maior do grupo, um guerreiro que parecia um fantasma perseguindo as sombras, deu alguns passos a frente. Imenso, com cabelos alourados sob o capuz preto de malha que usava, ele era um grande bloco de músculos másculos e energia sombria. Facilmente tão grande quanto o Primeira Geração diante dele, esperando seu julgamento.

Sem dizer nada, o guerreiro chamado Tegan estendeu sua enorme mão. O Caçador a pegou, seus olhos tão constantes quanto seu aperto.

Após um longo momento, Tegan deu um aceno vago.

– Ele vem com a gente. Vamos lacrar este lugar e dar o fora daqui.

Renata sentiu o enorme peso da tensão do momento ser removido, dando lugar a um novo propósito. O grupo se dividiu, a maioria dos guerreiros indo cuidar das coisas na casa de Fabien enquanto Rio e Nikolai andavam com Renata, Mira e seu companheiro inesperado de volta ao veículo à espera da Ordem.

Já perto, Nikolai pegou a mão de Renata.

– Encontramos você lá, Rio.

O guerreiro assentiu. À medida que avançavam, Renata olhou maravilhada e atemorizada quando Mira deslizou sua mão muito pequena na palma maior do Caçador.

– Meu Deus – disse ela a Nikolai. – O que está acontecendo?

Ele balançou a cabeça, claramente surpreso como ela.

– Vou levar algum tempo para descobrir isso, acho. Mas primeiro quero esclarecer as coisas entre nós.

– Nikolai, desculpe-me.

Ele a silenciou com um beijo longo e doce, puxando-a em seus braços quentes e musculosos.

– Eu estraguei tudo, Renata. Eu estava com tanto medo de perder você que a empurrei para longe de mim com uma mentira, fui um estúpido imprudente! Eu nunca me perdoaria se alguma coisa acontecesse com você ou Mira. Você é meu coração, Renata. Minha vida – ele acariciou-lhe o rosto, seu olhar a engolindo inteira. – Eu te amo tanto... Não quero viver um só momento sem você ao meu lado.

Ela fechou os olhos, dominada pela emoção.

– Eu nunca quis nada mais – ela sussurrou, sua garganta fechada com alegria. – Eu também te amo, Nikolai. Mas tem que entender que venho com um pacote agora. Mira não é minha filha de sangue, mas é de coração. Eu a amo como se fosse minha.

– Eu sei – disse sobriamente. – Você já provou isso.

Renata olhou para ele, incapaz de conter a esperança que se espremia em seu peito.

– Você acha que pode encontrar espaço em sua vida e em seu coração para nós duas?

– O que a faz pensar que eu já não tenha feito isso? – ele a beijou novamente, dessa vez com ternura. Quando olhou nos olhos dela, seu olhar era tão cheio de amor que lhe varreu o fôlego. – Vamos dar o fora daqui agora. Quero levar minhas garotas para casa.

# Capítulo 34

*Boston. Três noites depois.*

O complexo da Ordem pareceu muito diferente para Nikolai quando ele andou pelo corredor que conduzia ao laboratório de tecnologia onde tinha se reunido com os outros guerreiros. A missão de capturar Dragos sofrera um golpe significante há algumas noites, mas também tinham ganhado uma vantagem muito inesperada na sua busca e encerramento da operação.

Infelizmente, embora o Caçador tivesse se tornado um valioso aliado, a Ordem também tinha perdido um membro crucial e confiável amigo: Andreas Reichen tinha sumido completamente e a notícia de Berlim era a pior possível. Ninguém sabia se o líder do Refúgio alemão tinha sobrevivido ao ataque em sua residência. Baseado na matança de toda sua família e no fogo que consumira a propriedade inteira, a Ordem tinha poucas esperanças de encontrar o amigo vivo.

Pessoalmente, Nikolai pensou que seria consolador para Reichen se ele tivesse morrido no ataque. Ele sabia que uma perda tão profunda jamais poderia ser superada. Certamente nenhum homem, da Raça ou não, seria forte o suficiente para sair ileso de um golpe tão brutal na alma. Como um guerreiro, Nikolai entendia baixas em combate. Todo guerreiro entrava na batalha sabendo que ele ou seus irmãos podiam não retornar para a base. Mas perder uma família...

Ele não queria nem mesmo considerar o que isso faria com um homem. Em vez disso, Nikolai se concentrou nas bênçãos que tinha, uma das quais podia ser ouvida falando baixinho quando ele se aproximou da porta aberta de seus aposentos.

Renata estava lá dentro, sentada no sofá da sala, lendo para Mira.

Por um momento, quando Niko aproximou-se da entrada, encostou-se na soleira da porta, simplesmente ouvindo e deleitando-se com a visão da bela mulher que agora era *sua* Companheira. Ele adorava ver como Renata ficava tão confortável com um livro quanto segurando uma arma. Ela tinha uma suavidade que ele admirava, uma inteligência que o desafiava continuamente e uma força interior que o fazia procurar ser um homem digno de sua devoção.

Não era nada mal também que ela fosse mais quente do que o inferno, sobretudo quando ela estava com o olhar na sua 9 mm ou treinando com suas adagas queridas no centro de treinamento. Kade e Brock tinham estado quase permanentemente na sala de armas nos últimos dias, só pela possibilidade de treinar com Renata ou olhá-la em ação. Nikolai não podia culpá-los. Mas quando sentiu o beliscão leve do ciúme, bastou um olhar malicioso de sua mulher para colocá-lo à vontade. Ela o amava e Nikolai era o macho mais sortudo do planeta.

– Oi – disse, olhando enquanto virava a última página de um capítulo e parava para cumprimentá-lo.

– Olá, Niko – Mira sussurrou sob o véu curto. – Você acabou de perder uma parte muito boa da história.

– Mesmo? Talvez eu possa convencer Renata a ler para mim mais tarde – disse ele, enviando um olhar aquecido para sua Companheira quando entrou na sala. Ele caminhou até o sofá e se agachou na frente de Mira. – Tenho algo para você.

– Sério? – o rosto dela se iluminou com um pequeno sorriso. – O que é?

– Uma coisa que pedi a Gideon para você. Tire seu véu, e vou lhe mostrar.

Ele não perdeu o olhar protetor de Renata quando Mira afastou o tecido preto para longe do seu rosto.

– O que é?

– Tudo bem – disse ele, tirando uma pequena caixa de plástico do bolso da calça jeans. – Você pode confiar em mim. Ambas podem confiar em mim.

Renata relaxou, e olhou quando Nikolai retirou a tampa de um recipiente de lentes de contato.

– Estas são as lentes especiais que Gideon acha que vão ajudar com seus olhos. Você gostaria de nunca mais usar o véu de novo?

Mira concordou com entusiasmo.

– Deixa eu ver, Niko!

– Que tipo de lentes são essas? – Renata perguntou, cautelosamente otimista.

– Íris opacas para proteger o efeito de espelhamento dos olhos de Mira. Ela será capaz de ver através delas, mas ninguém que olhar para ela vai notar nada de incomum sobre os olhos. Suas íris serão cobertas, da mesma forma que o véu cobre. Eu pensei que seriam melhores.

Renata acenou, sorrindo calorosamente para ele.

– Muito melhor. Obrigada.

– Posso experimentá-las? – Mira perguntou, ansiosamente olhando a pequena caixa nas mãos de Niko. – Olha, Rê, são roxas!

– Essa é sua cor favorita – disse ela, jogando um olhar interrogativo sobre Nikolai.

Ele tinha mudado muito nos últimos dias, empreendendo um papel que nunca se imaginou, sem falar no fato de se ajustar tão confortavelmente nele. Ele era um macho com laço de sangue com uma Companheira de Raça que o amava e uma criança para criar como sua. E ele apreciou as duas ideias.

Ele, um dissidente e imprudente, tinha uma família própria agora. Era incompreensível para ele, para não mencionar para o resto do complexo. Era a última coisa que sonhou que queria ou precisava e agora, apenas alguns dias depois, não poderia ver sua vida de outra maneira.

Seu coração nunca se sentiu tão completo.

– Deixe-me ajudá-la com isso – disse Renata, pegando as lentes das mãos de Niko com cuidado e colocando-as em Mira. Quando estavam no lugar há alguns segundos e o talento da criança não se manifestou, Renata sorriu. – Ah, meu Deus. Funcionou, Nikolai! Olhe para ela. As lentes funcionam perfeitamente.

Ele olhou para as piscinas violeta nos olhos alterados de Mira e viu... nada. Apenas o feliz e despreocupado olhar de uma criança.

Renata jogou os braços em volta dele e o beijou. Mira estava bem atrás dela e Niko pegou as duas em um sincero abraço.

– Há mais – disse, esperando que gostassem do resto da sua surpresa. Ele se levantou e pegou cada uma delas pela mão. – Venham comigo.

Ele as levou pelo corredor até o elevador que subia da sede subterrânea para a enorme mansão que ficava no piso acima. Ele podia sentir a apreensão de Renata pelo modo como ela apertava-lhe a mão grande e pela adrenalina que lhe corria na corrente sanguínea.

– Não se preocupe – ele sussurrou na orelha dela. –Você vai gostar, eu prometo.

Pelo menos, ele esperava que sim. Ele tinha trabalhado naquilo durante um dia e meio, tentando fazer tudo certo. Ele guiou Renata e Mira ao coração da propriedade, em direção à luz de velas e ao calor da sala de jantar formal. Os aromas de pão e carne assada os receberam. Niko não tinha apreço por comida humana, mas as Companheiras de Raça que viviam no lugar certamente tinham e, a julgar pela aparência das duas mulheres caminhando ao seu lado, elas também.

O espanto brilhou nos olhos de Renata.

– Você fez o jantar?

– Claro que não. Acredite em mim, sou a última pessoa que você iria querer para preparar suas refeições. Pedi alguns favores a

Savannah, Gabrielle e as outras mulheres. Seu estômago está em muito boas mãos.

– Mas eu estive com todas elas mais cedo hoje e ninguém disse nada sobre isso.

– Eu queria fazer uma surpresa. Elas queriam surpreendê-la, também.

Renata não disse mais nada, mas ele não pôde deixar de notar que seus passos diminuíam ao chegar mais perto da sala de jantar. Mira, no entanto, pulava com entusiasmo. Assim que chegaram à porta de entrada em arco, ela soltou-se de Niko e correu a mil por hora como se tivesse vivido lá toda sua vida.

Mas Renata, não.

Ela ficou em silêncio e imóvel. Olhou para a mesa cheia de pratos de porcelana e enfeites finos e suspirou levemente. Não disse uma palavra sequer quando olhou para o rosto dos guerreiros e de suas Companheiras de Raça, todos de pé dando-lhe boas-vindas quando ela e Nikolai pararam na porta.

– Ah, Santo Deus! – ela finalmente sussurrou, sua voz quebrada e crua.

Niko a seguiu quando ela recuou, voltando pelo corredor.

Maldição. Ele estava tão certo de que ela desfrutaria de um agradável jantar com todos, mas é óbvio que estava errado.

Quando falou com ele, sua voz estava embargada pela emoção.

– Todo mundo está esperando lá dentro... por nós?

– Não se preocupe com isso – disse ele, puxando-a para seus braços fortes. – Eu queria fazer algo especial para você e estraguei tudo. Sinto muito. Você não tem que fazer isso.

– Nikolai – ela olhou para ele, os olhos brilhantes marejados. – Eu nunca vi nada mais bonito do que aquela mesa, com todos ao redor, em toda a minha vida.

Ele franziu a testa, bastante confuso agora.

– Então, o que está errado?

Ela balançou a cabeça, engolindo um riso estrangulado.

– Não há nada de errado. Nada de errado em nada. Estou tão feliz! Você me faz tão imensamente feliz. Tenho medo desse sentimento. Eu nunca soube o que era e eu estou morrendo de medo que seja apenas um sonho.

– Não é um sonho – disse ele suavemente, acariciando-lhe uma lágrima perdida que deslizava assertivamente pelo rosto macio. – E você pode se segurar em mim se sentir medo. Vou estar ao seu lado enquanto você quiser.

– Para sempre – disse ela, sorrindo para ele.

Nikolai assentiu.

– Sim, meu amor. Para sempre.

O sorriso exultante de Renata explodiu em sua boca. Ela beijou Nikolai forte e, em seguida, caminhou com ele sob o abrigo daquele braço forte para se juntar aos outros. Para se juntar ao resto da sua família.

# Sobre a autora

## Lara Adrian

A autora vem de uma família que remonta ao século XVII, período do famoso navio *Mayflower*, que transportou peregrinos da Inglaterra para os EUA, chamado, na época, de Novo Mundo. Lara Adrian, atualmente, vive com seu marido na costa da Nova Inglaterra, região nordeste dos EUA, local cercado por cemitérios centenários e longe do conforto urbano, buscando uma inesgotável inspiração no oceano Atlântico.

Para saber mais sobre Lara Adrian e seus romances, acesse o site: *www.laraadrian.com*.

Este livro foi composto na fonte Adobe Caslon Pro e
impresso em papel *Chamois* 90g/m² na Intergraf.